犹太文丛

The Rebirth of Hebrew Literature

希伯来文学的再生

[以色列] 伊戈尔·施瓦茨 著
（Yigal Schwartz）

钟志清 等 译

浙江人民出版社

图书在版编目（CIP）数据

希伯来文学的再生 / （以）伊戈尔·施瓦茨（Yigal Schwartz）著；钟志清等译. — 杭州：浙江人民出版社，2022.9

ISBN 978-7-213-10769-6

Ⅰ. ①希… Ⅱ. ①伊… ②钟… Ⅲ. ①犹太文学-文学研究 Ⅳ. ①I106.9

中国版本图书馆 CIP 数据核字(2022)第 160161 号

浙江省版权局
著作权合同登记章
图字:11-2022-152号

希伯来文学的再生

[以色列] 伊戈尔·施瓦茨（Yigal Schwartz）著 钟志清等 译

出版发行：浙江人民出版社（杭州市体育场路 347 号 邮编 310006）

市场部电话：(0571)85061682 85176516

责任编辑：汪 芳

营销编辑：陈雯怡 陈芊茹 张紫懿

责任校对：何培玉

责任印务：程 琳

封面设计：秦 达

电脑制版：杭州大漠照排印刷有限公司

印 刷：杭州富春印务有限公司

开 本：880 毫米×1230 毫米 1/32 印 张：7

字 数：167 千字 插 页：6

版 次：2022 年 9 月第 1 版 印 次：2022 年 9 月第 1 次印刷

书 号：ISBN 978-7-213-10769-6

定 价：68.00 元

致中国读者

我不知道中国的读者对希伯来文学了解多少。然而，如果我用以色列的读者(我斗胆把自己也算在其中)对中国文学的了解作为标准，那么答案则是知之甚少，即便尚未考虑到中国比以色列人口要多，中国乃世界大国而以色列不是大国这一事实，但至少根据简单逻辑，大国人民对小国人民的好奇心可能会减少。显然，这两种文化在许多方面存在着差异。同时，在我看来，它们之间有一些本质的相似之处。其中包括，中华民族与犹太民族有着数千年连续不断的书面文化历史，两个民族的后代具有优越感，且在其漫长的历史发展进程中，均有着“独居民族”之感。

在本书中，我试图找出过去120年间犹太和以色列社会与文化中一些有趣的基本问题，并重新阐释。这些问题反映了近几代犹太人在不同社会文化背景下所经历的变化。然而，我相信我可以做出合理的假设，它们与中国社会文化语境中，或者至少在庞大的中国社会文化综合体中的某些共同体的语境中的类似问题相关。

拙著将以中文出版这件事令我激动不已。作为弱小民族中的一员，我生活在一个小国家，那里只有相对数量较少的人用自己民族的语言——希伯来语讲话和书写。世界上最大民族的读者，生活在十几亿人使用同一种语言——汉语阅读与书写的这样一个泱泱大国的读者有可能读我的书，令我十分欣喜。我希望我的书能提供一份关于现代希伯来文学和文化的可靠而复杂的“情况报告”。

据我所知，在这一领域，只有一本书被翻译成中文。那便是我的导师格尔绍恩·谢克德(Gershon Shaked)教授撰写的专著《现代希伯来小说史》，那本书与本书一样，也由令人信赖的钟志清教授翻译成中文，她供职于中国社会科学院外国文学研究所和中国社会科学院大学。我与钟教授相识多年，有幸与她合作开展了多项富有成效的双边学术项目。我想借此机会衷心感谢钟教授，她为渴望了解现代希伯来文学和文化的中国读者做出了实质性贡献。

我们知道，文化只有经过每一代人的不断书写、传递、推进与一遍遍地重新阐释，才能自我保存下来。在这方面，我们所有人，作家、诗人、学者和评论家，都是由许多代人组成的接力赛的参与者。我真诚地希望本书能够成功地完成其使命，能将现代希伯来文学呈现给虽然不熟悉希伯来语但有意深入了解犹太传统及其悠久而丰富历史的广大中国读者。

伊戈尔·施瓦茨

2022年元月于以色列南部小镇欧法吉姆

目　录

序　言

小时候，在第二次世界大战之前布达佩斯一个被同化的犹太家庭长大的家母对我说："你知道，匈牙利犹太人——赫茨尔和诺尔道是犹太复国主义的创造者，但是当我们来到以色列时，我们发现，先于我们到达这里的俄国和波兰犹太人已经接管了一切：政府、议会、以色列工会组织。诸如此类。我们该怎么办？只能在旁观望，对一切付之一笑。""因此，"她接着说，"这个国家的所有讽刺作家和政治漫画家都是匈牙利人：约瑟夫（·汤米）·拉皮德、杜什、基松和泽夫——他们都是。"

家母，愿她的记忆是一种祝福，并非特别可靠的历史来源。但是我接受了她以不同版本多次重复的东西。我从小就有一种感觉，阿什肯纳兹犹太人并不完全属于同一"共同体"，这与我从"兼容并蓄"的公立学校中了解的情况截然相对，在我的"兼容并蓄"的公立学校，有来自大流散所有犹太共同体的代表，他们"自然而然地"分为阿什肯纳兹犹太人和米兹拉希犹太人。正如家母证言所示，我父母的"共同体"——家父也是匈牙利人，但是出身于撒塔玛哈西德派家庭（在家母眼中他的匈牙利人身份存疑）——没有获得应有的地位，也就是说，其文化、社会和政治成就被另一个更为强大、更有组织的"共同体"侵占或最小化。

这一洞见，或者更准确地说，这种敏感性伴随我多年，在我的学术著作中有明显体现。比如，我对阿哈龙·阿佩菲尔德的创作投入了大量研究，我认为，他是 20 世纪下半叶最为重要的“奥匈”希伯来语作家。这一洞见和敏感性也体现在我作为一名编辑的品味中，例如，我对约尔·霍夫曼及其作品充满了热爱。

在本书第一章，我平生第一次尝试认真审视这一洞见和/或敏感性。我试图澄清能否把东欧犹太人说成属于两个不同的社会群体或共同体。同时，假定这些问题是相互关联的，我试图确定是否有可能谈论两种不同的文学风格：东欧犹太风格和中欧犹太风格。此外，我试图理解，为什么这些问题以及随后的（正面的）回答形成了 19 世纪末到 20 世纪初欧洲犹太文化话语的基础，但在现代希伯来文学主要史学家的著述中几乎没有占据重要地位。因此，我试图理解，为什么自 20 世纪第二个十年以来，大多数批评家和学者将奥匈犹太作家置于边缘地位（与其东欧兄弟相比），“当然”没有明确要求解释这一结论的“种族”和/或“思想”原因，而最多只能用其他概念暗示。

我想会有人在读毕这一章，也许还读毕本书的其他章节时，指责我采取了本质主义的方法。在这一语境中，我想从开始就作一些明确的声明。在我看来，作为一种精神气质，或换句话说，作为一种基本道德准则，反本质主义方法有其优长。此外，在我看来，从中衍生出来的批评策略，其目的是指出每种文化建设都是自然现象产生的场所，拆除其模仿机制，并揭示其所承负的积极使命，是至关重要的。

然而，这并不意味着我们需要把婴儿和洗澡水一起倒掉。文化模式呈现为自然现象，乃是控制机制的产物，这一事实无论如何并不意味着不能谈论不同人群的独特特征，这些特征决定了他们作为个人和群体的身份。我们可以谈论“思想主导”或“风格主导”（雅各布森意义上的）等。它是可能的，也是必要的，因为如果不这样做，我们的视野就会局限于有限且令人生畏的X射线图像里。当然，其条件是我们要尽可能细化——这里没有“总是”，因为“总是”是纯粹主义者使用的一个词语，他们不属于爱护芸芸众生之列——将观察到的许多现象组成基于任何一种等级思维的价值判断系统。换句话说，我希望从反本质主义的进路出发，采纳它对“他者”的敏感性，而祛除它回避任何“颜色”现象的典型倾向。这恰恰是出于对“他者”的尊重。我希望并相信，我所选择的探讨阿什肯纳兹犹太人问题的这一中间立场，可为重新审视迷人的现代希伯来文学史上的重要部分拓宽视野。

在本书的其他三章中，我也试图开启一扇窗，重新审视现代希伯来文学史上其他重要而有趣的篇章。在第二章中，我指出了我所看到的大多数现代犹太作家所承担的中心使命：创造希伯来民族的“再生”，并试图描述在这一任务中为其服务的关键性机制、它的各种特征以及一些含义。在第三章中，我讨论了现代希伯来文学在现代民族总体文学中，特别是在关于定居者/移民的民族文学中的独特特征，以及这些特征给希伯来语作家，特别是在20世纪上半叶来到巴勒斯坦地区的希伯来语作家带来的挑战。在第四章中，我针对，或开始针对我认为硕果累累的研究领域发表论见：以色列文学想象的地图，正如通过希伯来语作家书写的世界不同地区的变化情形所展示的那样。我选择了南美作为测试案例，它在犹太复国主义历史上是一个“具有重要意义的地方”，最近又在以色列作家的著作中重新出现。

本书所有章节有一个非常突出的共同特征，那便是它的对话“状态”，邀请读者参与四场讨论。我对阿什肯纳兹犹太人及其思想-风格阵营、再生叙事、复兴文学中的（迟到）回归问题和南美区域在以色列文学想象地图上位置的探讨，构成了一条跑道上的初始标记，从那里可以起飞。与已经标记和铺设的数十条跑道一样，也许也可从这里的跑道出发，重新开始犹太和以色列“文学与人生”之旅。

我要感谢所有在工作中帮助过我的人：我在内盖夫本-古里安大学的学生，本-古里安大学犹太-以色列文学与文化研究中心行政主管拉维特·列文，提供了诸多重要评点与建议的同仁，以及将此书翻译成英文、颇具敏感性的汉娜·科米博士。

最后，还要感谢我的家人，尤其是我的爱妻嘉丽特女士。

2013 年 7 月于和平绿洲

第一章　阿什肯纳兹犹太人：中欧与东欧

邀请你参加关于现代希伯来文学思想-风格的讨论

祈王之福祉

愿赐国王救赎权，赐统治者支配权者

祂的王国是永恒之王国

祂把仆人大卫从邪恶之剑下放出

祂在海上铺路，在浩瀚水域中开辟通道

愿祂保佑、守卫、保护

赞美、提升、推举我们的主人弗兰茨·约瑟夫一世

愿祂荣耀得到赞颂

（选自20世纪早期希伯来-匈牙利语祈祷书）

一

在本章中，我根据思想-风格标准提出现代希伯来文学的新史学基础。我将证明四点。第一，现代希伯来文学包含作家群体创造的各种集合体（或系列文本），每一集合体具有各自不同的思想特征，这一特征源于它创作产生的地缘-文化语境。第二，来自不同地缘-文化群体的作家们的思想特征，反映在这些群体内部每个单一群体的诸多文

学集合体的风格特色里。第三,这些风格特征,或更确切地说,这些风格特征群、特征描述组合、典型视点、互文结构、典型叙事基调等,已经固定下来,并化作了“文学风格”。第四,这些在某种地缘-文化语境中创造的“文学风格”,经过必要的修改,被数代作家采用,这些作家或与拥有某种特殊风格的作家具有“与生俱来的”“遗传的”联系——他们的父母就出生在那些地缘-文化省份,或与出生在那的人“只”有一种“后天的”密切关系,也就是说,他们只采用了其中一种文学风格,因为这种风格符合其哲学与文学设想和期待。

我提出的现代希伯来文学思想-风格史学的“测试案例”指的是被称为“阿什肯纳兹文学”的集合体。我尝试证明这一通常被视为单一实体的集合体由(至少)两个不同的集合体组成,这两个不同的集合体在不同地缘-文化语境中创建而成,因此具有独特的风格特征。本章第一部分致力于证明这两种文学集合体是存在的。第二部分致力于对希伯来文学经典史学进行批判性阅读,正如我将展示的那样,由于“客观”原因,加上对保护文化体制权力基础具有明确的兴趣,希伯来文学经典史学公然忽视了这一思想-风格的分野。

“阿什肯纳兹犹太人”这一术语主要指三个群体:第一,居住在德国西部和法国北部的犹太人;第二,居住在中欧和东欧的犹太人;第三,从欧洲来到以色列的犹太人。“阿什肯纳兹犹太人”作为泛指从欧洲来到以色列的所有犹太人之术语,相对来说,是一个新词。它在 20 世纪下半叶被创造出来,其创造过程同创造与种族及民族群体定义相关的其他术语的过程非常相似。这一创造过程源自某一群体在特定时期的愿望——这里是指 20 世纪 60 年代米兹拉希以色列犹太人群体界定另一个群体的愿望,另一个群体在这里指的是所有来自欧洲的犹太人。米兹拉希把欧洲犹太人当作一个群体,主要是出于批判目的与贬损意识,认为他们因剥夺他人权利、歧视他人等行为应遭受指责。在这一过程接近尾声之际，即在20世纪80年代中期，这一遭受谴责的群体（阿什肯纳兹犹太人）采用了这一最初带有贬义色彩的术语，从根本上改变了其本质，并在道德伦理方面相应地改变了其公共地位。

因此，任何从20世纪60年代开始在以色列国成长起来的人均会把"米兹拉希"和"阿什肯纳兹"术语视为两个"自然"范畴，它们共同标志着从欧洲、亚洲和非洲来到以色列的犹太人整体——两个既联系紧密又具有明显差异的实体，每个实体既具有本身的内在特征，又与另一个实体具有关联，后者则被当作"异类"和"他者"。然而，从更为广泛的历史学角度来看，显然欧洲犹太人（当然还有非洲和亚洲犹太人）也认为他们属于同一共同体。按照费迪南·滕尼斯之说，[1]这是一个具有血缘纽带与宗教纽带联系的群体，但并非真的属于同一社会群体。或者，按照滕尼斯的说法，这是一个具有共同利益（社会、文化等）并就特定领域达成共识的群体。实际上，几个世纪以来，欧洲逐步形成了数十个犹太社会群体，每个社会群体都有其独有的特征。[2]

与此同时，一场文化-历史进程至少在18世纪中叶即已出现，它植根于欧洲历史，在欧洲历史上，许多犹太社群聚集在两个地缘-文化中心周围。一部分是生活在沙俄统治下，尤其是"隔离地带"小镇和村庄的犹太人；另一部分则是生活在奥匈帝国统治下的犹太人。在历史事实层面上，这一二分法与之前的二分法一样，相当武断。比如，它没有考虑到本课题所研究的许多知识分子，从俄国空间文化中心迁移到了奥匈空间文化中心，反之亦然。然而，根据图像经济，"俄国人"与"奥匈帝国人"的划分折射出欧洲犹太文化地图延续数代之久的分野。

证明该地图存在的有效证据来自，如阿格农在其小说《昨日未远》（又译《只是昨天》，1945）[3]的许多段落中描绘的具有讽刺意味的社会文化意象。的确，在以下段落中，叙述人“引用”小说主人公伊扎克·库默及其朋友索尼娅的想法，并像平时一样加进了自己的思考。

> 他(伊扎克·库默)碰到一些经验丰富的劳动者，起初他把他们当作贵族，因为他们比他早一两年来到这片土地，而今他和他们没有什么区别，只是他们大多数都无所事事，而他在工作。因为他们无所事事，他们一无所获；因为他们一无所获，他们缺少面包，他们从他那里借一个或半个比施里克(20 世纪初期巴勒斯坦的货币单位)。如果他们只借不还，他也不让他们用财产做抵押。以色列人的所有子孙皆同志，尤其是在以色列地，在来以色列地的船上，伊扎克曾对他碰到的匈牙利人说过这话，伊扎克并不食言。他们不再因伊扎克是加利西亚人而小瞧他，尽管他的口音暴露了他的原籍。他同志的口音也没给他留下什么印象，这事你知我知，因为他同志的口音不值得留下印象，你可以感受到俄国口音的影响。我们的伊扎克同志并非奥地利爱国者，也不区分一个犹太人和另一个犹太人，然而他确实为自己生在一个沐浴在恩典中的国度感到有点自豪，在这个国度里，不管是犹太人还是非犹太人，在皇帝面前人人平等，他们不像在俄国那样遭受迫害。[4]

阿格农的《昨日未远》乃是塑造以色列地犹太复国主义拓荒者遗产的小说之一，主人公伊扎克·库默在去往祖辈的土地时，绝对确信：“以色列人的所有子孙皆同志，尤其是在以色列地”。[5]但是我们对他的信念半信半疑，因为正如叙述人背着他明确告诉我们的那样：“伊扎克是个充满想象力的人，他心中的所有愿望都会在想象中实现。”[6]库默相信“以色列人的所有子孙皆同志，尤其是在以色列地”，就像他相信

“整个以色列地乃福佑之所，其百姓受到上帝庇护”，且坚信，同样是在那个应许之地，“人人都坐在葡萄藤和无花果树下，他的妻子儿女与之同坐，愉快地劳作，愉快地坐在那里”一样毫无根据。[7]

的确，在以色列地居住期间，伊扎克得知阿什肯纳兹族群并非同一血脉。在阿什肯纳兹这同一个标签下，可看到各种各样的族裔共同体，各个族裔共同体在敏感性、性情、语言和非语言话语范式等方面迥然相异。而且，这些人能流利地讲反映出巨大思想差异的不同语言，这一点对于这些共同体成员之间有对话的可能至关重要。一个有趣的例证来自伊扎克和索尼娅之间的交流：

> 索尼娅并没有试图取悦伊扎克。相反，她脸上的表情变得越来越有敌意。他开始害怕她可能会对他说出一些难听的话。他预料到这点，开始说些充满柔情蜜意的词语。索尼娅看着他，心中对他一本正经的话语充满了愤怒。
>
> 我们在此必须承认(叙述人插话)，里面有些真实的东西。伊扎克说话的语气，就像在度假中的一位小资产阶级。那种一本正经让她失去理智，勃然大怒。由于她在生气时找不到希伯来语词汇，就开始对他讲起了俄语。他不懂俄语。索尼娅意识到这一点，说，我忘了你是加利西亚人，她向他讲意第绪语，那样子就像是对普通人讲话，他们不使用受教育者的语言。(但是)索尼娅不习惯使用意第绪语，在讲意第绪语时掺杂着俄语；而他呢，不懂俄语，她讲话的大部分内容他都听不懂。这样一来，他们之间隔着的那堵墙越来越高，直到他与她疏远了。[8]

加利西亚的伊扎克与俄国的索尼娅之间的对话被打断，因为许多符号成分与错综复杂的互为关联的网络相关。其中之一便是说话的语气：伊扎克说“充满柔情蜜意的词语”，可索尼娅听着这些话，就像忍受过于“一本正经”，她“失去理智，勃然大怒”，这种反应，至少在某种程度上，唤起了叙述人的同情，因为他称库默的语气令其想起“度假中的一位小资产阶级”。如果我们考虑到叙述人代表着作家，他（指阿格农）也是加利西亚人，就会觉得这种说法显得有些奇怪。伊扎克与索尼娅之间的交流被打断的另一个原因乃是语言学系统的特征，在这个系统中，他们找到了自我，这个系统便是移民社会中的一个多语言体系，其中任何一种语言尚未占据主导地位，只是到了后来，希伯来语才在以色列获得主导地位。反之，这些语言之间没有清晰的功能划分，比如就像在“隔离地带”的双语制中，希伯来语是一种神圣的语言，用于仪式，而意第绪语则是一种日常用语，是“市场语言”。[9]

索尼娅俄语流利，懂意第绪语，还懂一点希伯来语。与之相对，伊扎克意第绪语流利，懂希伯来语，但是一个俄语单词也不懂。由于他们所懂、不懂或部分懂的语言具有情感和个人符号成分，尤其是与我们的讨论特别相关的社会-经济-文化成分更是如此，因此两者之间进行对话的可能性也在减小（尤其是在索尼娅一方）。索尼娅在生气时，无法找到合适的希伯来语词汇。至于意第绪语，她显然懂这门语言，能够用意第绪语阅读，但是讲起来困难，因为她“不习惯使用意第绪语，在讲意第绪语时掺杂着俄语”。

然而，正如前文所示，这一语言丛林描述的主要问题是“图像经济”。通过描述二人之间沟通不畅，阿格农出色地传达出“俄国人”索尼娅在“加利西亚人”面前表现出傲慢尊大、居高临下的姿态。在索尼娅和叙述人眼中，他是“小资产阶级”犹太人，一个既不熟悉“大世界”语言——俄语，也不熟悉“大世界”规则的简单的人。与之相对，她来自讲俄语的空间，认为自己是熟悉“大世界”及其规则的人，按照她的理解，其中一条规则便是，与“简单的人”必须讲意第绪语，因为他们

“不使用受教育者的语言”——俄语。

伊扎克和索尼娅在谈话中说了什么，又没说什么，尤其是索尼娅脑海里想了些什么，表明存在着一种犹太地缘环境，其划分基础是以“加利西亚人”伊扎克为代表的经济资本，即小资产阶级的驱动力（至少在索尼娅与叙述人眼中是这样），以及以“外部的”“俄国人”索尼娅为代表的知性资本，或者使用布尔迪厄的术语，即“文化资本”之间的张力。[10]这一犹太地缘环境可用马克斯·韦伯的术语来形容，[11]即两个“身份群体”争夺社会文化霸权的斗争。值得注意的是，这一斗争在阿格农作品中的许多方面都显而易见，这些作品几乎总是以一种复杂的、有反讽意味的方式相互阐明。

例如，当我们阅读上面引用的与语言-经济-文化领域有关的两个段落时，便相继发生了这种情况，就像它们在小说中出现的情况一样。这种解读表明，作者或隐含作者与其叙述人的立场不一致，后者将伊扎克界定为看起来“像在度假中的一位小资产阶级”，因此认同索尼娅的居高临下的、势利的姿态。这是因为，当我们（再次）读到“俄罗斯势利小人”“缺少面包”，向伊扎克借钱总是有借无还，但他并“不让他们用财产做抵押”，因为他认可“以色列人的所有子孙皆同志，尤其是在以色列地”时，这种明显偏向于文化礼仪（大世界）而不是相对的经济稳定的做法，在某种程度上并不现实，且荒唐可笑。伊扎克秉承的犹太复国主义比种族-共同体划分要高尚。在他看来，在以色列地的生存是决定性因素，它改变了传统、习俗和偏见，消除并打破了原籍国、语言、精神气质和社会经济地位之间的界限。

伊扎克的立场为小说中“俄国人”和“加利西亚人”之间的关系提供了全新视角。但是，由于序一最后一句话包含典型的阿格农式曲折，为我们此处就该问题所做的多面向阐释增加了新维度，这一立场也得到了富有反讽性的阐明。道出伊扎克所思所想的叙述人声称，

“我们的伊扎克同志并非**奥地利爱国者**，也不区分一个犹太人和另一个犹太人”。① 这句话与“以色列人的所有子孙皆同志，尤其是在以色列地”一致，一切皆好。但是这些甜蜜的话语没有与阿格农的“然而”模式达成一致，或者至少没有完全达成一致，**“然而”**模式至少具有某种颠覆色彩，可笑地削弱了伊扎克慷慨天真的立场：**“然而**他确实为自己生在一个沐浴在恩典中的国度感到有点自豪，在这个国度里，不管是犹太人还是非犹太人，在皇帝面前人人平等，他们不像在俄国那样遭受迫害。”[12]

二

在过去150年间的欧洲犹太作家作品中，具有数百个类似“加利西亚人”伊扎克与“俄国人”索尼娅之间别扭的对话。它代表着现代“阿什肯纳兹犹太人”族群中两个不同派别在争夺文化霸权方面的张力和竞争。

依我之见，这是主要观点，类似的情况存在于“东欧犹太人”和“中欧犹太人”，或者沿用不同术语，“隔离地带犹太人”以及“奥匈犹太人”之间。但是，“东部犹太人”与“德国犹太人”，[13]还有中欧、东欧“德国化的”犹太人与一般意义上的德国文化和具体的“德国犹太人”之间的关系也是如此。[14]我们稍微改换思路，从某种不同角度对这一问题加以审视，德国文化空间中的塞法尔迪犹太教反映出类似的动态。[15]

需要强调，此处要讨论的是代表符号系统的基本特征，这些符号系统的丰富性和复杂性是难以夸大的。在这片丰富而复杂的丛林中，存在着清晰明确的双边欲望之路，充满了爱、恨、猜疑、恐惧、嫉妒和钦佩之情，就像俄国与西方之间林林总总的关系，这种关系在19世纪间

---

① 黑体为作者所加，下同。——译注

世的任何一部俄国文学巨著中均有所体现。[16]

至少在20世纪中叶之前，每个“现代”阿什肯纳兹犹太人，甚至在以色列的阿什肯纳兹犹太人，都了解并熟悉这一符号系统，后来这一符号系统逐渐模糊，这种模糊性甚至在危急时刻和民族决策重要关头更为清晰明显，其原因我将在后面予以详细阐述。这样的范式情境，比如说，在赫茨尔发表了具有开创性的乌托邦小说《新故土》（一译《古老的新家园》，1902）之后就存在了。

围绕着展示了以色列地新旧交织的犹太社会群体详细景观的文学乌托邦，两大群体之间爆发了激烈争端。赫茨尔本人站在一个群体的最前方，旁边是其代言人和辩护者麦克斯·诺尔道，二人都是土生土长的布达佩斯人。另一个群体则由阿哈德·哈阿姆（字面意思为“民族中的一员”），即阿舍尔·兹维·赫尔施·金斯伯格打头阵，他生在乌克兰基辅地区的斯克维拉。

在宣言层面上，这两大群体间的争端涉及现代引导犹太人的方式。赫茨尔拥护“政治犹太复国主义”，其实质是使犹太人在其历史家园享有主权，包括规划所应担负的全部行动，并重视国际政治舞台的作用。阿哈德·哈阿姆倡导“精神犹太复国主义”。他认为，现在还不是通过领土主权实现犹太民族主义的时候，并宣称有必要首先集中“训练心灵”，即培养和教育大流散中的犹太人。正如我们在阅读发表于危机期间的著述时可以轻而易举意识到的那样，我们充分考虑到两个群体的代表所持有的意识形态主张，这一争议反映了两个共同体之间漫长而痛苦的对立，它们在思想状态与风格上截然不同，为在阿什肯纳兹犹太人等级制度中的地位争来争去。[17]

首先，是摘自阿哈德·哈阿姆著作中的一些片段，其中他嘲笑了赫茨尔创造的“古老的新国家”中所带有的欧洲普遍的特征。在他看来，这种特征源于脱离民族精神、强烈的同化倾向、自身的反犹综合征，以及讨好外邦人的可耻欲望：

因为此处确实没有任何关于古老民族的民族精神痕迹，它仅仅是一种模仿，证明了精神奴役和自我轻视，好像犹太人是没有骨气的人，只是最近才品尝到文化的味道，准备像海绵一样吸收任何东西……[18]

且在另一篇文章中：

欧洲人、欧洲习俗和欧洲发明无处不在……没有独特的“犹太特征”。缺乏民族特性，一味地模仿猴子，四处散发着西方流亡者特有的自由中的奴役气味。[19]

东欧、中欧犹太人的代表人物麦克斯·诺尔道在论及阿哈德·哈阿姆批评民族-种族宽容原则，即赫茨尔在《新故土》中所集中描写的社会特征时，明显揭示了“欧洲性”问题及其所反映的东欧犹太人与中欧犹太人之间的尖锐冲突：

阿哈德·哈阿姆不想宽容。外国人也许应该被杀，或者至少被驱逐，就像在所多玛和蛾摩拉一样。宽容之念令其心生厌恶……但是当我们闻听一个饱尝不宽容折磨的落魄受害者、遭宽容鞭挞大师掌控的可怜奴隶谈宽容时，就觉得恶心。阿哈德·哈阿姆谴责赫茨尔模仿欧洲人的做法。对他来说，从欧洲引进学术、歌剧院和白手套是不允许的。他想从欧洲带到新故土的资产是宗教裁判所法则、以色列死敌的做法以及针对俄国犹太人颁布的法令。如此的仇视令我们深感厌恶，但同情又胜过了厌恶。我们对无法摆脱隔都枷锁的人感到同情。他无法理解自由之概念。[20]

即使在文化与文学中心从欧洲转移到了以色列地之时，阿什肯纳兹犹太人各派之间的相互敌对与吸引关系也没有消除。不论是出生在流散地并移居以色列地的作家（许多人是第二次阿里亚和第三次阿里亚的成员）创作的短篇小说，还是“帕尔马赫一代”“本土”作家以及“国家一代作家”（无论本地人还是新移民）的创作，甚至近期刚发表作品的以色列年轻作家的创作，都有大量篇幅表现这一主题。在阿摩司·奥兹的长篇小说《或许在别处》（一译《另一个所在》，1966）中，关于这一问题的呈现方式有数十处，兹举一例。在此，对立的一方是俄国犹太人，另一方则是德国犹太人：

赫茨尔·戈德林对花坛的奉献在基布兹是出了名的。他属于德国派，在他内心深处，他从未让自己设法顺应俄国人的作风。他们是那样反复无常。某一天他们会满怀同情，恳求允许他们在工作之余帮你平整草坪，清除杂草；另一天他们则对你的一切要求与恳请充耳不闻，把手推车里的建筑垃圾倒在他们曾经那么热切主动地帮忙整理的同一片草坪上。的确，赫茨尔的妻子也是个俄国人。但是妮娜的内敛之风使她在女同胞中十分独特。[21]

根据《或许在别处》小说叙述人所述，尽管第二代、第三代出生在以色列，并且享有在统一、严格的以色列基布兹教育体系中接受教育的特权，但他们身上也体现出群体之间的精神特质差异。在年轻一代撰写的散文中，这一特征也很明显：

这是一个引人入胜的主题，比如，德国犹太人孩子的作业与俄国犹太人孩子的作业有所区别。它可以为精细的研究提供资料。前者在表达自我时细心使用对称的短语，且字迹整洁干净；而后者则信马由缰。前者通常流于单调，后者则绝对混乱。[22]

《或许在别处》中的这些段落，让我能够优雅地转向尝试验证我在本章开头提出的第二个主张，即虽然两种阿什肯纳兹风格是在特定风气、社会、经济和文化语境中创造而成的，但多年之后，它们已经约定俗成，转换成文学风格，及与自然栖居地隔绝了的艺术风格。

三

俄国学者德米特里·梅列日科夫斯基在1902年首发的一篇精彩文章中，区分了文学中两种代表人物的模式。[23]在他看来，第一种模式在陀思妥耶夫斯基的作品中得到了清晰体现。第二种模式，他认为，在托尔斯泰的作品中也用例证加以说明。以下是该文的摘录：

这样一来，陀思妥耶夫斯基无须形容他们自己所描述的语言和口吻，无论在思想和情感方面，还是在外貌和身体方面。

托尔斯泰借助外在身体框架的动作和手势，揭示内在特征，通常使其主人公最微不足道的话语具有深刻内涵。在托尔斯泰那里，我们因所见而倾听；在陀思妥耶夫斯基那里，我们因所闻而观察。[24]

根据梅列日科夫斯基的考察，我想以初步图解的方式指出，19世纪中叶以来在欧洲所创作的希伯来文学作品中有两种风格的变体。我想把第一种变体称作“口耳体”，把第二种变体称为“眼睛体”。

“口耳体”极富“对话”色彩。采用这种风格撰写的文本热衷于与许多不同的文本进行密集的“交谈”，创造出暴风骤雨般激烈的音箱。

用传播理论的语言来说，它是一个充满“噪音”的符号空间，或者用巴赫金的话说，是“他人话语”的对话空间。[25]这些文本具有辩论色彩，[26]可“听到”许多不同声音——哲学的、文学的、意识形态的、政治的，等等，它们对其做出“回应”，并与之“争论”。

“口耳体”风格的文本作者热衷于民族和时代问题，他们反复提及这些问题，表明立场，试图与之建立关联，并富有说服力。用罗曼·雅各布森的说法，在许多此类作家风格的作品中，两种交际功能之间存在着竞争。[27]一方面，具有诗意功能，它主要着眼于信息的形式特征，力求表现出审美和/或优美；另一方面，具有感染功能，它主要着眼于说话人尝试着影响其听众，并努力代表道德或正义。

审美和/或优美与伦理和/或正义之间的竞争以其特有的文体结构体现在“口耳体”作品中。这是一种密集的修辞语言结构，充满了运用幽默、讽刺、反讽或怪诞模仿的互文，这些模仿是有效显示关键立场所需的近乎必要的媒介。[28]

“口耳体”在沙皇俄国的“隔离地带”得以成长和发展。它活泼，狂热，带有公共-意识形态-政治色彩，通常是说教性的。它深受犹太研习框架中读书和讨论传统（经房，经学院）及激进的俄国评论家（尤其是德米特里·皮萨列夫）的影响。

“口耳体”的典型视点具有两种类型：或是公开演讲者的演讲（在大门口或在城镇广场的演讲，或参加犹太会堂的讨论，或者，比如在澡堂或酒吧等地的讨论，等等），或更为普遍的是，某个人以内心独白的方式自言自语，或以某种内在独白的方式，实际上是在独白式的框架中所做的讨论。这种独白式的演讲，有许多受话者，就像陀思妥耶夫斯基的许多主人公一样，出现在一条纵向路径的两端，半真半幻。一会儿是在一个真正的地下室般的空间，一个狭小的房间，窄仄的家庭住所，一座监狱，与世隔绝的遥远所在，或实际上是在地下室里；另一会儿则是在想象中的高处，在高山之巅，或在俯视芸芸众生的舞台。真实活动场所与想象中的活动场所之间存在的明显差异，为主人公两种性格特征状态之间的巨大鸿沟充当了恰当的空间隐喻：一方面是孤独、边缘化和致命的脆弱；另一方面则是对权力的极度渴望，以及对听众与忠实崇拜者的强烈渴望。在现代希伯来文学中，关于“口耳体”的第一种类型可在哈斯卡拉（犹太启蒙运动）作家（Y. L.戈登、里连布鲁姆、斯莫伦斯金等）以及“新道路”作家（本·阿维格多、鲁宾·布莱宁、以斯拉·戈尔丁等）的创作中找到例证。这些作家均代表着具有激进说教意图的文学运动。

以下场景乃是“口耳体”第二种典型视点的出色例证，此处我们可以听到菲尔伯格的中篇小说《去向何方？》中的主人公纳赫曼脑海里发生的一切。[29]纳赫曼是个身材矮小、意志薄弱的年轻人，他任自己的想象恣意驰骋。“他的家人认为他很滑稽”，[30]并试图让他接地气，但他并没有放弃，直到“他首先杜撰出一个超乎寻常的想法，那就是他将成为人们期待已久的英雄，他将在伟大的战争中作战，并获得胜利”。[31]

安息日夜晚。

回望他父亲的家，他首先看到的是花园，花园篱笆墙之外是一个布满沼泽禾草的宽阔池塘。一道小溪从另一端流入池塘。溪畔一侧绿柳依依，忧伤而梦幻地面对溪水，而另一侧则险峻陡峭，怪石林立，长出一片黑漆漆的小树林。

……

他竭尽全力爬上一块陡峭的岩石。站在那儿凝望着太阳，感到头晕目眩，兴奋不已：“太阳，你看看我。瞧，我是个英雄！我去把弥赛亚带来。”他朝四面八方挥舞着棍子。“以东和以实玛利、阿拉比亚和基达之子、玛什玛、杜马和马萨之子，兴起，弥赛亚王就要来了！他就要来了，他就要来了。我去把他带来。”他站在岩石上，凝望着远方，感到浑身充满了勇气和力量。他高高在上，俯视一切！他摇晃着棍子，朝四周打去。他在同歌革和玛各作战，尸横遍野。他的敌人如同草芥般倒下。他英勇作战，砍杀，刺戳，就像参孙和大卫那样的英雄一般。非利士人低声说着他的名字，因为他是以色列最勇敢的武士。阿蒙之子血流成河，而他则一次又一次鼓起勇气，挥动棍子出击。

他曾在上帝面前发出神圣誓言，他要倾其毕生把弥赛亚带来，但这是一项艰巨的任务。他必须征服萨麦尔和克里帕，他必须积聚神圣的力量，为弥赛亚王加冕——但他毕竟只是个孩子。他铭记他发出神圣誓言时那可怕的瞬间，立刻感觉到肩上担负着可怕的重任。但事已至此，无法挽回。只是，他怎么能把弥赛亚带来呢？[32]

这一场景有许多组成部分，乃是东欧“口耳体”类型中的典型场景，其中心便是“以色列之家的守望者”这个人物，[33]在至少明确坚持世俗目的论的作家们的创作集合体中，这位主人公式的人物代替了先知、法官、拉比等角色。[34]纳赫曼，以及希伯来文学中像他这种类型的许多主人公，受到我们可称之为“阿特拉斯情结”的困扰。我们这里说的是一个无助者——几乎总是一位年轻人，因为这一类文本具有明显的青春期特征——幻想的程度与实现这些幻想的可怜能力之间存在着巨大差距。

这个孩子的目标是拯救世界。“征服萨麦尔和克里帕，他必须积聚神圣的力量，为弥赛亚王加冕。”如前所述，这一目标的傲睨神明本质，包括明显的俄狄浦斯因素，在场景形成过程中便有所表达。首先，介绍给我们的是时间元素，它的形成方式很不协调。这是典型的犹太时间——安息日，休息日，家庭聚会日，共同体与其上帝同在的日子。此处在安息日这个神圣的日子，主人公幻想自己与歌革和玛各作战，战胜萨麦尔，为弥赛亚加冕。

接下来，我们了解到活动场所的空间特征。我们正处在一条水平路径上，它的每个成分都超出了以前的成分："**回**望他父亲的家，他首先看到的是花园，花园篱笆墙**之外**是一个布满沼泽禾草的宽阔池塘。"这种照应模式凸显了"之外"的浪漫成分，主人公逐渐从熟悉而安全的空间（"他父亲的家"）转移到陌生而充满威胁的空间，从而强化了它的存在。"之外"模式被"相互面对"模式取代："溪畔一侧绿柳依依，忧伤而梦幻地**面对**溪水"。这一模式充当了田园诗般的过渡环节（迷人场所），[35]恰因其具有柔和舒缓的特点，强化了后续情节的戏剧化特征。

在这一部分，即场景的最后部分，出现了两次关键性的行动。在第一次行动中，主人公纳赫曼穿过另一个典型场景中的小河，这与哈斯卡拉文学具有相似之处。[36]第一次行动使第二次行动成为可能，在第二次行动中，纳赫曼放弃了水平行动，而采取了纵向行动，在纵向行动的最后，他爬上了"陡峭的岩石……凝望着太阳，感到头晕目眩，兴奋不已：'太阳，你看看我。瞧，我是个英雄！'"

纳赫曼任务的狂暴性，可用其带有俄狄浦斯色彩的"凝望着太阳"来加以归纳，在受话人的构成上亦有所反映，他以帝王般的权威向他们讲话。他向一些受话人（太阳、以东和以实玛利、阿拉比亚和基达之子）直接讲话，又通过密集的互文网络向另一些人间接讲话，这一互文网络乃是所有场景的基础。我指的一方面是"以色列的所有英雄"，另一方面是以色列的所有敌人，以及在幻想之外的世界里围绕着他的每个人，换言之，所有的人；他们与他的视角并不一致。而且，纳赫曼幻想的程度与实现这些幻想的可怜能力之间存在着巨大差距，他自己也意识到了这一点（"他毕竟只是个孩子……只是，他怎么能把弥赛亚带来呢?”)。这一差距使之陷于两种相互矛盾的心理状态的不断纠葛之中：一方面感到庄严且无所不能，另一方面则感到徒劳和无能。

纳赫曼与出自其他作家(这些作家有的是菲尔伯格的同龄人，有的比他年轻几岁，比如 M. Y. 别尔季切夫斯基、Y. H. 布伦纳、伯沙德斯基、A.N.格尼辛等)之手的主人公的“阿特拉斯情结”，走的是不为现代希伯来语作家主人公所熟知的道路。他们在与菲尔伯格迥然有别的社会和文化语境中成长起来，并将自己的主人公带到歌革和玛各之战，菲尔伯格想象不到他们的存在。

这种类型的典型人物是大卫・格罗斯曼长篇小说《参见：爱》(一译《证之于：爱》，1986)中的主人公莫米克。[37]莫米克的目标是饲养地下室中的纳粹野兽，除掉它，借此把他身为大屠杀幸存者的父母从“恐惧、沉默、抽噎和诅咒”中拯救出来。[38]而且，“这方面还有许多工作要做，整个世界上，只有他一个人能做”，[39]因为只有他具备执行这项任务的必要技能，他确实能“像情报部门一样做出精准的预测，令孩子们为之疯狂”，[40]只有他能“把‘那边’消失了的土地像拼图玩具一样组合起来”，[41]因为他就像身披彩衣的约瑟[42]、奥德・温盖特[43]和歇洛克・福尔摩斯[44]。但是，莫米克的人生与纳赫曼的人生相似，将从水平行动——家、学校、街道(与东欧“隔离地带”日常的水平路径一致)，[45]转向沿纵向路径推进的行动(下到地下室，下到“冥府”，进行他的“歌革和玛各”之战)，最终，不过是某种“梅厄・哈尔-锡安版的老头”，[46]一个想入非非的大无畏英雄与一个身体孱弱、想象力极为丰富的老男孩的悲剧组合。而且这种组合的不同部分不能协调一致，在莫米克的灵魂与意识中沸腾翻滚，他就像纳赫曼一样，饱尝无所不能与无能为力、狂热与绝望等极端情感的折磨。

纳赫曼与莫米克具有相似性这一点也反映在他们语言表达的修辞结构中。像纳赫曼一样，莫米克用独白方式与多个受话人对话。就像莫米克所说，他是“皇室翻译”，也就是说，他“什么都能翻译”。[47]他试图应对他为自己设定的目标——喂养“纳粹野兽”，即他的怪物-狮身人面像-恶龙，这样，他就能通过带有英雄色彩的可悲尝试，迫使它创建一个有意义的、统一的语义学体系，这个体系以翻译西西弗斯式的努力为基础，从许多意义场来翻译“他人话语”的片段，比如，以色列军事语言（“我们的军队安全返回”[48]），体育播音员语言（“我们的孩子们不自由，毋宁死”[49]），他舅祖父写的儿童故事《心中的孩子》，沙洛姆·阿莱海姆的小说，他从电台特别节目《新移民致辞》[50]以及电台寻亲（他“把所有的名字都记住了”[51]）节目中听来的信息，[52]等等。这是一个充满符号的森林，其中大部分符号他都比较了解，他在其中迷失了方向。莫米克孜孜不倦地努力在“那边”（大屠杀的世界）与以色列（20世纪60年代耶路撒冷居住区孩子的“日常”世界）之间履行其“皇室翻译”的职责，这一点也表现在格罗斯曼使用了大量的自由的间接话语，这些话语既凸显了莫米克试图把“他人话语”内化的努力，以及他在应对这一挑战时遭遇的滑稽可悲的失败。

“以色列之家的守望者”王朝串联起人物殿堂中的诸多人物，比如海姆·哈扎兹《宣讲》中的主人公余德克、S. 伊兹哈尔《黑泽废墟》中的叙述人、A.B.约书亚《亚提尔夜行列车》中的主人公以及其他人物。那些人物的自然叙事环境，根据米哈尔·瓦兹纳（Michal Wazner）富有说服力的考察，可以被描述成原型故事，处理通过律法模式展现的意识形态-政治伦理困境。这一王朝还包括富有欺骗色彩的后代，乍看之下这些后代属于完全不同的谱系。然而，通过仔细审视，我们能看到“阿特拉斯情结”的独特家族标志，即在全能感与无能感之间的疯狂转换，通过来自各种不同意义场的互文拥堵，各种模式和模式片段，用幽默、反讽、讽刺、怪诞等扭曲喜剧光谱中每种颜色的描述性调色板的戏仿，与各种“他人话语”来进行对话的论辩性修辞。

奥莉·卡斯特尔-布鲁姆的主人公便是这种富有欺骗性后代的范例。有人认为，该作者避免处理与以色列公众相关的主要问题，并指责她撰写逃避现实[53]和/或不道德的文学作品。[54]依我之见，她显然是"以色列之家的守望者"这一传统的女继承人，但借助了伪装、虚伪、怪诞夸张和其他模仿手段为基础[55]的文学诡计，其目的是模糊其严肃意图和民族-公共承诺的痕迹，这与Y. L. 戈登、Y. H.布伦纳、海姆·哈扎兹、S.伊兹哈尔、阿哈龙·麦吉德、阿摩司·奥兹、A.B.约书亚、大卫·格罗斯曼以及其他属于这一辉煌王朝组成部分的重要作家没有本质区别。这一语境中的典型人物便是多莉，即奥莉·卡斯特尔-布鲁姆《多莉城》(1992)中的著名主人公。[56]

多莉是个神经错乱的人，一个精神有问题的女子，可以根据桑德拉·吉尔伯特和苏珊·古芭享有盛名的著作将其界定为后现代主义的典型，即阁楼上的疯女人。[57]如果说存在着边界，她则在一个边界不清的空间徘徊，就像她的名字与她所游荡的城市名称——多莉城在语言上具有相似性一样，暗示着整个世界也许就是她本人的投射。然而，多莉几乎全心投入构成以色列社会和文化神经枢纽的事务：母性、丧亲和以色列社会的"牺牲文化"，包括她在儿子背上画了以色列国家地图那令人难忘的一幕，这张图多年来都在扩展——大屠杀、对德国人复仇、以色列社会资本主义的加速发展、专业人才流动、社会状况、经济和政治腐败、公共卫生等各种各样的紧迫问题。当然，不无意外地让人联想到哈斯卡拉文学时代改良主义作家所提出的一系列紧迫问题。

应该提到，多莉是一位职业为外科医生的以色列作家(其家人从埃及移民到以色列)想象中的产物。的确，她在加德满都一家可疑的机构接受了培训。她与其说是治疗师，不如说是谋杀者，但是，她观察世界的棱镜是外科医生的棱镜，可以看到所有瑕疵。凭借这种特征，她加入由哈斯卡拉讽刺小说主人公领衔的一长串希伯来文学主角的行列中。正如丹·米兰在其《想象中的医生》中提道，“主人公……从事医生工作或有当医生追求的人不仅要治疗其民众身体的疾病，还要治疗民族文化和社会的弊病。从外科医生角度看，他们都是‘以色列之家的守望者’”。[58]作为一名医生，或者说至少是想象中的医生，多莉把自己置于她古怪的“面具游行”[59]之外，登上了伊扎克·尔特《灵魂转世》(1845)中的医生和“以色列之家的守望者”，以及金斯伯格《阿维泽尔》(1874)和佩雷茨·斯莫伦斯金《人生路上的徘徊者》(1868)中的医生们等人的舞台。从这个意义上讲，多莉与现代希伯来文学的基本生存原理有关，这也是东欧人构想的，同样根据丹·米兰之说，至少在这里所讨论的语境中，多莉具有基本性、决定性的重要地位。因此，“‘医学修辞’比世俗性更能体现新文学的现代实质”。[60]

我们可以领会多莉的医学修辞，此乃她工具箱中的核心要素，比如，以下段落引用了她与一个人相遇时的感觉，这个人既怪异，又可笑，同时又是A.D.戈登的严肃“翻版”：

> 此人微笑着，伸出长满老茧的手，说：“我是戈登。自从第二圣殿被毁以来，我是第一位在土地上耕作的犹太人。”
>
> “白手起家的戈登。”我脱口而出。
>
> “我种有机蔬菜。我想也许为了孩子，您可能想要有机蔬菜。”
>
> 这个人像水蛭一样把我缠住了。无论我走到哪里，他都跟着我讲他的有机蔬菜。显然他在多莉城成功地种植了蔬菜，而且是在没使用任何化学制剂的情况下种植的。回想起来，他是一个讨厌的人，但那时，我并没有真的改信其主张，我任由他讲。我唯一不许他做的是他在晚上喜欢唱《迦南之夜多么美丽》……
>
> 在听了孩子的一点受教育史之后，他说“只有大地”，“只有大地母亲。你太神经质了。你属于大地。你必须找到灵魂的根，你

必须挖掘它们……”

“……你看看我，我已经六十七岁了，我不怕死，是因为我不惧怕大地母亲。我耕耘她，最后，她会回报我，成为我永远的休憩之所。就像大地果实，多莉，当我成熟时，就会从树上掉落，就像住棚节夜晚的一个番石榴。”[61]

……

他对大地及其果实的崇拜使之失去了分寸感。他没有注射海洛因，而是给自己注射了叶绿素。[62]

……

“当我死去时——，”他有天晚上突然说，“他们真的会把我葬在里雄莱锡安的葡萄酒酒窖里吗，就像歌中所唱的那样？”

“什么？”我吃了一惊。

“我不想被葬在里雄莱锡安的葡萄酒酒窖里。他们会强迫我吗？”

我什么话也没说。历史与民间传说已然完全将其征服。他关于大地母亲以及在土地上耕作的所有理论都是一派胡言。他纯粹只是个知识分子。[63]

“想象中的医生”多莉与自称是“第二圣殿被毁以来……第一位在土地上耕作的犹太人”“白手起家的戈登”之间的舌战既妙趣横生，又引人入胜。然而，与此同时，它既与“犹太复国主义文化基础”，又与犹太复国主义历史与史学的许多关键问题清算旧账。它充当了第二次阿里亚小说中“类型场景”的某种怪诞模仿的“翻版”：一位陷入迷途的年轻拓荒者，或者是一群陷入迷途的拓荒者遇到了其“导师”A.D.戈登。在布伦纳的《从这儿到那儿》、耶胡达·亚阿里的《犹如闪烁的光》以及纳坦·比斯特里斯基的《日与夜》中均是如此。

这一清算从“以色列之家的医生-守望者”的清晰立场出发，具有反讽意味，包括处理各种以大量互文为代表的“他者话语”，它创造了一个声音嘈杂的音箱，因其具有某种语言缓存器的精妙魔幻技法，故而在某种程度上类似于布伦纳的音箱。[64]

四

“口耳体”在沙俄“隔离地带”小镇得以生长与发展。从19世纪70年代到第二次世界大战期间，“眼睛体”在中欧得以生长与发展，从那以后，成为一种文学风格，在欧美文学（包括美国犹太文学）和以色列文学中得以发展。它基本上是一种私人的且带有普遍色彩的风格（与集体的和民族的相对），通常在词语选择、叙事语气、处理政治与意识形态问题的范围和强度方面表现得俭朴而保守。它与犹太典籍之间的互文相对较少，与19世纪末至20世纪初的西方思想（弗洛伊德、奥托·魏宁格、卡尔·克劳斯等人的思想）以及当时风行一时的文学潮流，包括斯堪的纳维亚的印象主义、德国自然主义、各种形式的表现主义等相关。对这种问题具有浓厚兴趣的希伯来语作家有亚考夫·费什曼、阿舍尔·巴拉什、大卫·沃格尔、格肖姆·肖夫曼和莉亚·格尔德伯格，以及我们时代的阿哈龙·阿佩费尔德、大卫·舒尔茨、丹·察尔卡、鲁文·米兰、露丝·阿尔莫格、约珥·霍夫曼、米拉·玛甘，等等。所有这些作家均与用德语写作的中欧犹太作家，如阿瑟·施尼茨勒、斯蒂芬·茨威格、彼得·艾滕伯格和约瑟夫·罗斯，以及中欧和德国的非犹太作家，如托马斯·曼、里尔克等，有着直接或间接的联系。[65]

这种文体的典型视点是一个人观看眼前的空间——既参与其中，又置身其外。这一空间与视线处于同一高度，或略低于视线。常常是这个人坐在咖啡馆、火车上、公园里，或旅馆广场。有时他站在那里观望。通常是透明或半透明的东西，比如，一扇窗、一面窗帘[66]或镜头将其与所观望的世界隔开，从而强化了风景开放的公共性与风景内部观众遭疏远的孤独感之间的对比。接下来的四本书在开篇中展示了这一视点，并反映了它们之间不可否认的思想-风格之间的联系。

首先，让我们审视一下赫茨尔《新故土》开篇的段落：

> 弗雷德里希·劳温伯格博士陷入深深的忧郁之中，他坐在阿尔瑟格伦德咖啡馆的大理石圆桌旁。那是维也纳最迷人的咖啡馆之一。他从学生时代起就去那里，每天下午五点例行公事般准时出现。面色苍白病恹恹的侍者谦卑地冲他打招呼，他会有礼貌地朝同样苍白的收银员女孩鞠躬，但从未和她说过话。
>
> 之后，他会坐在圆形阅读桌旁喝咖啡，读着侍者不住送给他的报纸。当他看完日报、周报、漫画和专业杂志（时间从未少于一个半小时）后，就和朋友们聊天，或者独自冥想。
>
> 也就是说，从前有过轻松的交谈。现在只剩下梦想，因为几个月前，经常与他一起在咖啡馆度过闲散、舒适的晚间时光的两位好同志去世了。[67]
>
> ……
>
> 几个年轻人站在台球桌旁，大胆地用长杆击球。他们与他在同一条船上，但是并没有那么不快乐——有崭露头角的内科医生、新鲜出炉的法学家、刚刚毕业的工程师。他们结束了专业学习，现在无所事事。他们多数是犹太人。当他们不太沉迷于扑克或台球时，就抱怨说“这年月”有所成就是多么艰难。与此同时，他们在一轮接一轮的纸牌游戏中度过了“这年月”。[68]

其次，我们审视大卫·沃格尔《维也纳浪漫曲》中的一些段落，这部作品显然作于20世纪第二个十年，2012年首次面世：

米海尔·罗斯特透过窗户,瞟了一眼洒落在河岸上的绵绵秋雨。他"嗯"了一声,离开了房间。大约夜里十点,红褐色的天空笼罩着屋顶,潮湿的人行道闪闪发光。他高大的身躯微微隆起,前倾,他悠闲地漫步在渐渐空落的街道,经过灯光明亮的橱窗,经过站在凉棚下的妓女。过了一会儿,他走进一家咖啡馆。他朝几位熟人方向微微点点头,在刚刚腾空的对着入口的一张小桌旁就座。[69]

……

不同年龄、不同国籍、讲不同语言的男男女女一起围坐在圆桌旁。他们畅饮,说话,纵声欢笑,抽烟,完全沉湎于狂欢的精神状态中,既真实又虚假,其中弥漫着城市气氛。罗斯特看着入口,扫视着各式出出进进人群的面庞,他们挡了侍者们的路,侍者们被迫把饮料托盘举过头顶。他再次陷入那种潜藏在人内心深处的极度无聊之中,犹如某种灵魂的癌症,即整整几代人的遗传特征,他们并不拒绝世间享乐,他们当中有人因饮食过度而病入膏肓,一命呜呼。他喝了一口放在面前的黑咖啡,咖啡已经变凉。[70]

再次,我们审视格肖姆·肖夫曼的短篇小说《错误》开篇的一些段落,这篇作品最早发表于 1922 年《划时代》杂志:

在战争年代,严冬时节,由于缺少煤炭,公寓没有供暖,咖啡馆成了唯一的避难所。他像我一样从早到晚坐在那里,像我一样总是向侍者强调咖啡应该煮沸。他脱下薄披风,冻得发紫,把披风恰好挂在我披风上头,那种满足感令我无法忍受。现在他也坐在了我的桌旁。[71]

……

我认为，在东方犹太人中，永远找不到像他这样的人。这是个西方犹太人，本地人。因为他的口音与激烈行为表明，除鹰钩鼻和对生活的贪欲外，他没有任何犹太性。

他总是小口抿着煮沸的咖啡，用两只干枯、脏兮兮、颤抖着的手捧着茶杯，带着某种欣喜。与此同时，他咳嗽着，把痰吐在脚下的地板上，接着，两只凸起的眼睛盯着糕点，用手指将其全部触摸个遍，直至选择了他所想要的。侍者的耐心让我惊讶。他没完没了地纠缠。一张又一张地索要报纸，把他的"眼镜"正好挂在鼻尖儿上，在广告栏里搜寻了很久。最后，在他什么都得到了之后：

——弗兰茨，电话簿！

他在这本破旧的电话号码簿里翻来翻去，用铅笔记下了不同的号码，然后慢慢站起身，朝电话亭走去。他一定患有扁平足，因为他走路时脚跟和脚趾着地，一点也不灵活，好像他的双脚是木头做的。

从他进入电话亭的那一刻算起，当然，过了好长时间。但是他挂断电话后，立即开始拨打另一个新号码。尤其是他隔着玻璃门看到人们等候在那里时，也不让开。他们等了很久，这很尴尬。[72]

最后，阿哈龙·阿佩费尔德发表于 1988 年的中篇小说《炽热的余烬》：

每年夏天，他们像老搭档一样回到那些圆桌旁。富人、骗子和耍手腕的人、沉浸在白日梦中的无知者、被男人承诺了许多秘事的女孩。人不是很多，但很吵闹。所有这些都发生在小镇的两条街，实际上是沿河而上的一条街上。

他们在这里买卖和把玩扑克，直至深夜。夏日，拥有两个侧

> 翼的酒店全部住满。常常因为没有床位，他们坐在外面的街灯下，玩上一个通宵。奇怪的是，那里并非要地，也非奇特之所，那条河并不出名，植被稀疏，平地上沼泽星星点点，但是人们仍然对那些圆桌具有某种亲近感，仿佛那里是他们古老的家园。
>
> 那地方名叫普拉赫特。对于许多人来说，这是贪婪和放荡的同义语，但对于少数忠诚人士来说，却是一个神奇的目的地。对于他们而言，普拉赫特以外的所有事物都是灰色的，乏味而无趣。
>
> 那一年来的人并不多，所以这地方乍看显得沉闷荒凉。丽塔·布劳恩与儿子一同如期前来，当然是吵吵嚷嚷。她的儿子在此期间长大了，样子像一个年轻的商人，头戴狭窄的遮阳鸭舌帽，不失时机地告诫母亲："你在浪费钱，我们将一无所有。人得为未来着想。你已经不年轻了。"[73]

这些内容摘自86年间出版的图书，很明显，它们属于同一文学-文化产地的后裔。当我们将其与"隔离地带"文学的相应特征以及在那里成长并发展起来的文学风格加以比较时，它们在视点和虚构场景特征方面的相似性变得更加清晰。

在东欧犹太人的文学风格中，"以色列之家的守望者"替代了先知，他们充当法官、犹太拉比的角色，后者承载着国家传统和伤悲。这是一种奇怪的犹太"阿特拉斯情结"，他身材矮小，脑袋巨大，愿意为把犹太民族从危机、忧虑、痛苦中解救出来而献身。

采用中欧犹太人风格创作的文学，其主人公则是另一种类型。首先，他注意观察，对他来说，观察是生命力极为重要的来源。他不必遭受"阿特拉斯情结"的困扰。相反，却被证实是个逃避现实的人。"隔离地带"文学中的青年主人公及其文学传人，如纳赫曼、莫米克之流，所体现的无所不能-无能为力的进攻性特征，在中欧文学中被"意志消沉”和“无聊”之风取代，“那种潜藏在人内心深处的极度无聊……犹如某种灵魂的癌症，即整整几代人的遗传特征，他们并不拒绝世间享乐，他们当中有人因饮食过度而病入膏肓，一命呜呼”。[74]

中欧犹太文学的主人公们对周围所发生事件的兴趣，并非源于政治意识形态或道德说教意图，也不是根据政治意识形态或道德说教意图来加以考量，而是根据民族-思想和社会心理加以考量。这些主人公鲜少关心解决民族问题。[75]另一方面，他们对“东欧犹太人”和“西欧犹太人”之间的思想-风格差异十分敏感，后者，“因为他的口音与激烈行为表明，除鹰钩鼻和对生活的贪欲外，他没有任何犹太性”。[76]他们轻而易举地认识到专业与阶级关联，“崭露头角的内科医生、新鲜出炉的法学家、刚刚毕业的工程师。他们结束了专业学习”，在“富人、骗子和耍手腕的人、沉浸在白日梦中的无知者、被男人承诺了许多秘事的女孩”等方面提供了思想与心理暗示。显然，“不同年龄、不同国籍、讲不同语言的男男女女”，包括不同共同体的犹太人的任何细节都无法逃过他们的眼睛。当然，由于他们的才智和情感能力，也由于他们是没有任何实际作为的人，他们在进行所有这些观察时投入了大量的技巧。赫茨尔《新故土》中的弗雷德里希，“例行公事般”准时出现在咖啡馆，阿佩费尔德《炽热的余烬》中的度假者，他们对小酒店“那些圆桌具有某种亲近感，仿佛那里是他们古老的家园”。

然而，正如阿夫纳·霍茨曼指出的，“冷漠超然的”人物既有东欧风格特征，又有中欧风格特征（希伯来语与德语创作）。这些是年轻犹太人的形象，他们从一个地方漂泊到另一个地方，从一个想象中的空间漂泊到另一个想象中的空间，任何人都没有真正的立足点。然而，恰恰在这种相似的社会-类型背景下，显示出思想-风格的变化。东欧风格中“冷漠超然的”人物特征表现为他们对重要的犹太民族的和形而上问题的参与，他们对心灵、疾病等问题的不懈探索，等等。与之相似，中欧风格中“冷漠超然的”人物沉湎探索，但不那么激烈，不那么富于冥想，他们有可能比另一方更能采取实际行动，而这些行动往往具有极端性。

而且，由于东欧风格中“冷漠超然的”人物具有“阿特拉斯情结”特征，也许还因为撰写这些文本的作者对其主人公融入当地犹太共同体和整个社会的可能性感到绝望，他们在其所处的历史-社会-文化背景中显得非常突出。这方面的范例便是别尔季切夫斯基笔下“大于生活”的浪漫主人公。与之相对，中欧风格中“冷漠超然的”人物在其所处的历史-社会-文化背景中并不那么突出，有时其轮廓比较模糊。用文学学者埃德温·缪尔的话说，复兴时期东欧作家所写的故事更接近性格故事类型或次类型，而那个时期中欧作家所写的故事更接近于那一时期情境小说故事类型或次类型。[77] 这一审视与下文出自伊扎克·巴孔《希伯来小说中的孤独青年(1899—1908)》一书中的启迪性话语相一致：

> 这意味着，当肖夫曼塑造年轻人的分离与孤独时，他有意识地力图用菲尔伯格-别尔季切夫斯基精神使自己远离任何特定犹太问题，远离任何重要的传统犹太生活方式。这意味着肖夫曼得远离自己的主人公。尽管如此，为深化主人公的性格特征，肖夫曼将故事定位在特定的情境中，这种情境，对于非犹太经学院毕业的人来说很常见，就像对其他任何类似的年轻人一样。其结果，在肖夫曼的小说中，展现的是情境，而不是人物……
>
> 在我看来，这里我们拥有了理解肖夫曼小说的独特性及其语言的一把钥匙。**我们必须假定肖夫曼面临着一个严峻的问题：**一方面，他要摆脱“经学院”主题，引进一个带有普遍性的英雄；但另一方面，他呈现出一位中立的英雄，这个英雄没有个性，也缺乏其本人的任何独特风格。肖夫曼的解决方式是深化情境，这一做法

使我们领会到他小说的独特之处。[78]

中欧风格和东欧风格之间的差异也反映在小说背景特征方面。比如说，纳赫曼和莫米克被封闭在家庭空间，或与之临近的空间，以及按照惯例和常规与之具有联系的空间里（经房、经学院、学校、公共图书馆），这些令主人公熟悉并具有保护性的空间也具有阻碍作用，充满压抑。他们凭借高度驰骋的想象力，令人印象深刻的言语能力及其对毁灭性战争的帝国式渴望，从这些空间里扬帆远行。赫茨尔《新故土》中的弗雷德里希·劳温伯格、《维也纳浪漫曲》中的米海尔·罗斯特、肖夫曼笔下的匿名叙述人以及阿佩费尔德笔下的丽塔·布劳恩都是"无家可归"的成年人。更为准确地说，咖啡馆或与之类似的场所（小酒店、旅馆）替代了他们的家。他们每天晚上或每年回到这些地方，成为来自陌生与不同地点的众多人物的一部分，与此同时把自己与之区分开来，并与之拉开距离。纳赫曼和莫米克雄心勃勃，属于外省类型，其中一个来自遥远的边陲小镇，另一个来自移民和难民居住区。弗雷德里希、米海尔、肖夫曼的叙述人和丽塔则属于腐朽没落的庞大城市文化的忠实代表，与面孔驳杂迥异的"外省"关系复杂。[79]

中欧王朝与东欧王朝类似，拥有许多后代。此处，再次表现出一种类似的风格，它们并非复制那些奠定了风格并使风格约定俗成的故事，而是复制受到其他样式与媒介（希伯来文学、电影、脱口秀、电视连续剧）影响、并创造出新作的作家故事。这些作品与其父辈风格保持着间接的，有时是错综复杂的联系。但是，这显然是适合我们情况的测试，我们仍然可以识别出其中重要的"家庭"特征。

盖伊·阿德撰写的所有作品均可作为此类文本的例证。阿德是一位优秀作家，就像多位属于这种风格范畴的作家一样，她没有得到应有的认知。她的创作与中欧风格具有明显的亲和力，比如，以下段落出自其最新一部作品《比尔谢瓦人》(2012)的描写。[80]

我们坐在“快乐牛”，我们儿童时代的餐馆里。伊多喜欢在这里与我见面。我来这里探望家人时，有这个习惯。我俩在这里都很平静。后来，我们把这一习惯持续到现在——他妻子斯玛达尔，他们的宝宝吉迪，母亲。当我在这里看到餐馆主人纳坦时，感到安心。就连苏西也认识他。

餐馆位于比尔谢瓦小城边上，靠近自由市场。一家经典的罗马尼亚烤肉店，有猪肋排和烤肉串。直到最近，还是用圆木盘上肉，木盘上有个凹槽，肉汁可以流到那里，但是从某个时刻开始所有的木盘被换成了白色盘子。伊多为此感到高兴。他总是觉得木盘在吸食他的牛排。

……

餐馆里静悄悄的。三点十五分，前来用午餐的拥挤人群已经离去，留下的人不慌不忙。步伐慢了下来。厨房里，碟盘短促的叮当碰撞声响了有两个小时，之后你会听到说话声和笑声。女服务员擦干了餐具，开始擦玻璃杯。我们点了两份猪排，一篮炸薯条和一瓶麦芽酒。某时，一对伴侣进来，他们二人转身坐在“日落间”，那是一个更加隐秘、安静的地方。我和伊多坐在位于餐馆中央的“钢琴间”，那是一个拥有五张圆桌的区域，20世纪60年代，这地方刚开业时有个钢琴吧，他们把巨大的钢琴搬走后，那里添加了五张桌子。

“某种钢琴吧。它曾是施米尔·布洛赫开的一所妓院。”纳坦曾经告诉我们。他和吉迪恩从施米尔手中把这地方买了下来，施米尔是位出生于德国的大屠杀幸存者，过于想念欧洲。他把这地方卖给兄弟二人后回到德国。“你认为他在那里干什么？完全一

> 样的营生。他在那里也开妓院，连锁妓院——慕尼黑一所，汉堡两所。”
>
> 女侍者走过来，给坐在“日落间”的伴侣送上菜单。男子戴着墨镜，脚上穿着漆皮牛仔靴。他蓄着精致的胡了，十分引人注日，那神态就像被一只猫舔了一样，那猫定是觉得他是她的猫仔。那女子一头红发，烫着大波浪卷儿——卷毛虎，我的童书里是这样称呼的，她的鼻子可能做过整形，耳朵上戴着大金圈耳环。她身材显得修长。
>
> 她穿着一件没有扣全纽扣的缎子衬衫，没戴胸罩。对我来说，那是一种自信，至少在那方面。
>
> “混合烧烤和一瓶卡瓦酒。”我决定了。卡瓦酒，一种新品饮料。
>
> “比尔谢瓦沙拉，贝都因面包，还有啤酒。”伊多纠正我的说法。
>
> “打赌？”
>
> “打赌。”[81]

多莉，作为菲尔伯格的纳赫曼、布伦纳的耶米亚胡·费尔曼以及东欧风格作品中其他主人公的古怪的女克隆，是位医生，最适合把世界上所有的问题、烦恼与不适扛在肩上。丹尼埃拉，盖伊·阿德的主人公，作为肖夫曼短篇小说《错误》中的叙述人、沃格尔《维也纳浪漫曲》中的米海尔·罗斯特、阿佩费尔德《奇迹年代》中的布鲁诺的女性化身，是位摄影师。她没有假装去解决世上的问题，甚至没有把它们记录下来，而总是通过中介镜头记录她周围发生的事情。多莉就是多莉城，多莉城就是世界，世界就是多莉。她就像完全暴露在外的神经网络，既展示个人又展示集体，她是所有事物的一部分，所有事物也是她的一部分。她痴迷于观众、观众的触动和反应。如果没有引起某种挑衅，她一秒钟也活不下去，所以所有的眼睛，主要是耳朵，都把她当作目标。她一层层被展示，再被展示。也就是说，多莉好用言语进行自我表现（正如奥莉·卡斯特尔-布鲁姆笔下的所有中心人物，又如创造或因袭了东欧风格的作家们笔下的许多中心人物）。另一方面，丹尼埃拉（正如盖伊·阿德的所有其他主要人物，又如创造了中欧风格的作家们笔下的许多中心人物）是一个专业偷窥者。她小心翼翼，站到安全的位置来观察生活，直至发现任何位置都不安全，这便是盖伊·阿德书中经常重现的见解。当你观察被摄像机遮蔽或隐藏在窗帘背后的世界，以及诸如此类的事物时，最终你会看到禁止看到的东西，这些东西与禁区接壤，其杀伤力非常强。

多莉尽可能多地消灭神牛，以便看到仍有某种在道德与政治上神圣而高尚的东西。就像她的作者卡斯特尔-布鲁姆一样，她的这一特征（不仅局限在这一特征）让人不免联想到约瑟夫·海姆·布伦纳，正如我们将在下一节中看到的那样，她正试图通过将其毁灭的这一"逆向逻辑"来重现某种巨大的乌托邦。[82]与之相对，丹尼埃拉，恰似其作者盖伊·阿德，与中欧作家的这一写作特征具有密切联系，无论是在此处引用的作者还是在下一节将要引用其中篇小说的作者阿舍·巴拉什。通过迷失过程，她体验到了"审美距离"，体验到假定曾存在于遥远家庭-社会往昔中坚实而安全世界的瓦解。卡斯特尔-布鲁姆书写反乌托邦，盖伊·阿德书写田园诗和挽歌。

卡斯特尔-布鲁姆"粗制滥造"了一个闹哄哄的音箱，里面装满了他者的话语，此处用"粗制滥造"这个粗鲁的词汇挺合适。在盖伊·阿德的音箱里，没有特别多的噪音。相反，有时鸦雀无声，表达出对极少发生的真正对话的渴望。"歇斯底里的"多莉没有耐心长时间地仔细观察人类，无论如何，人类都是其自身的某种投射。与之相对，丹尼埃拉则是不可救药的偷窥狂。她的相机捕捉到了一切，并进行记录和分类：男女之间、女人与女人之间、男人与男人之间的关系，旧富与新富之间的关系，幸福家庭和不幸家庭之间的关系。所有这些都是根据相同的标准来判断的：假扮，伪装，与事实和真实相反，事实与真实代表着对已经逝去的纯洁世界的怀恋。

在我上面引自《比尔谢瓦人》的段落里，丹尼埃拉无耻地四处张望。她用双眼把在"日落间"里躲避偷窥者的那对夫妇剥得体无完肤。她的兄弟与之联手。在这里，她兄弟是偷窥狂的合作者，随后，成了姐姐偷窥嗜好的目标，这对他二人来说都是悲剧。

如上所述，盖伊·阿德的小说并没有明显地延续19世纪20—40年代的中欧风格。而且，它包含的元素显然与中欧风格或东欧风格都不太接近(例如，地处边缘的故乡城市比尔谢瓦和她所居住的大城市特拉维夫之间复杂而迷人的关系，后者与别尔季切夫斯基、布伦纳笔下"冷漠超然的"人物以及霍夫曼、沃格尔和阿佩费尔德"冷漠超然的"人物相对应)。然而，通过眼睛和/或中介镜头来体验世界，置身于事件边缘，对社会经济背景中人际关系的敏锐感受力，疯狂地逃避置于国家议程之首的问题，"乌托邦"居民，"世俗-功能"风格，使用犹太书架上互文文本时的节制，克制的语气，被很好掩盖的精英主义风格，凡此种种，加上许多其他特性，将盖伊·阿德的小说与中欧风格联系起来。

五

我想通过简要的比较来凸显东欧风格和中欧风格之差异，我认为这种比较将集中在两种风格的修辞排列特征的性质上。此次审视将集中在同一时代作家的两篇作品摘录，两位作家均着眼于20世纪第一个十年和第二个十年在以色列地的生活。第一段摘自布伦纳的长篇小说《从这儿到那儿》著名的开篇，[83]第二段摘自阿舍尔·巴拉什的长篇小说《一个男人及其住宅消失了》(1934)，后者不太有名并非偶然。[84]

在这一语境中，我们应该注意以下事实。约瑟夫·海姆·布伦纳生于乌克兰的新姆利尼。年幼时在经房和经学院勤奋读书。16岁时去往波切普经学院。后来，在20世纪早期，他在比亚韦斯托克和华沙之间辗转居住。巴拉什出生于加利西亚的布罗迪附近的卢帕汀，当时隶属奥匈帝国。他在经房、宗教学校和政府开办的学校读书。16岁时，他永远离开了小镇，教书，漂泊，足迹几乎遍及加利西亚。

以下选自布伦纳小说《从这儿到那儿》一书的开篇：

图书制作人致歉

我认识的某位出版商引诱了我，我被引诱了，由他帮忙出资印刷了某些东西，这些东西是我从大流散——流亡中一位痛苦的漂泊者的口袋里取来的。的确，我知道我无法抗拒读者和评论家们的愿望，他们会说我温和地——如果他们只使用温和语言的话——为我们贫乏的文学增加更多的作品，即增加七零八碎、没有章法的笔记，尽管我们贫乏的文学无论如何也充满了支离破碎的笔记和混乱之物，然而它当然需要完整、精致和完成了的作品；但是对我个人要予以赞扬，稍微赞扬一下，我提醒您，当那位出版商拿着提案来找我时，我也向他提了要求——不仅如此！我说，如您所言，笔记拥有者是一个把文学当作艺术的人，这有什么关系？恕我直言，这些混乱的创作缺乏富有诗意的感染力，缺乏广博的知识，缺乏复杂的构词技巧，缺乏结构，也没有像某些批评家在论艺术标准时要求的那样反映出普遍的心灵，又有什么艺术价值？[85]

后来，据出版商评论说，这些著作内容重要，因为读者对以色列地现在的生活状况很感兴趣，这本书的图书制作人就用下面的话来答复他：

——什么？在以色列地的生活？……你什么意思？这些作品是否像您的读者所期待的那样反映了以色列地的生活？对卡麦尔山和沙仑平原的辉煌，对伯利恒田野的劳动者，对出生在那里并在那里接受教育的人、勇敢的骑手和出色的神枪手们的英雄业绩，对徒步或骑驴沿赫尔蒙山或耶斯列谷地做的多次旅行，对朱迪亚每周要举行的民族庆祝活动，对充满活力的生活，对锡安和耶路撒冷女儿们天真而谦逊的爱，有任何富有诗意的想象吗？——没有！没有！这里哪儿写过任何乐趣？连影儿都没有，连根毛儿都没有……没有，如果你在创作中违背了读者的要求，你会感到羞耻，而不是荣耀！[86]

站在我们面前的是一位非常老道的作家，他试图通过展示一种新写作风格与已在读者心目中占据一席之地的老写作风格相比具有的所谓局限性，来为这种新写作风格赢得某种合法性。他采用了这种相反的方法，同时利用了令人印象深刻的修辞效果库，其作用是强化他本人（不情愿的调解人）与其受众之间可能存在的亲密关系。此外，我所指的是报告“幕后”发生情况的模式，可说是表达某种思想和情感困扰的系列问题，一连串的省略号，重复的词语，其中一些带有感叹号，还有框定限制在两个分隔破折号之间的短语以及固定下来的用语（一个系统阐述后紧接着另外的系统阐述，用于更正，使之更加精确，或对其有所限定）。比如：

“增加更多的作品，**即**增加支离破碎、没有章法的笔记”或者“对我本人要予以赞扬，**稍微**赞扬一下”，强调关键词。这些都是属于布伦纳艺术工具箱里的修辞技巧，旨在预见并化解潜在受话者在诗意与主题方面做出论证。[87]“不情愿的调解人”擅自有效地运用了各种令观众印象深刻的技巧，他基本上是一个四面叙事权威：作者、图书制作人、出版商和著作所有者本人，“漂泊者之一”——受众也是如此。

但应该注意，这里的受众由几部分组成，其中，“那些读者”认为我们不应该用“七零八碎、没有章法的笔记”给我们贫乏的文学加重负担，而“它当然需要完整、精致和完成了的作品”；“那些读者”认为，是发表具有“某种**艺术**特质”而不“受干扰的创作”之时了；一位评论家，在其论“艺术标准”的著作中要求表达普遍的心灵；还有受众，他们对“生活在以色列地感兴趣”；要求“对卡麦尔山和沙仑平原的辉煌，对伯利恒田野的劳动者，对出生在那里并在那里接受教育的人、勇敢的骑手和出色的神枪手们的英雄业绩”，做“富有诗意的想象”。

因此，布伦纳文本中充满了演讲者和受话者，他们共同创造了一个非常“嘈杂”的文本，该文本关注大量的“他人话语”，并忙于对此做出回应。这是一个带有意识形态-政治色彩的论辩性文本，它沿小说和小品文之间的边界移动，后者是一个讽刺性文本，非常自觉，朝所有“威胁”它的文本都射出了戏仿之箭。[88]

阿舍尔·巴拉什的风格截然不同，如下文所示：

在以珥月一个绿意盎然、碧空如洗的早晨，我走在赫茨尔街上。只见到处是成群的蟋蟀。黑乎乎的昆虫灵活地跑到建筑物旁。它们爬上墙壁和树干，突袭潮湿的店铺地板，飞向窗户，爬上家具。这种顽固而隐蔽的生物，其手段是夜晚从小洞和裂缝里骚扰我们，如今却在光天化日之下悄无声息地勇敢奔跑，让所有人都可以看到。

我朝站在街角热烈交谈的一群熟人走去：

“该死，我又踩着一个。这些是什么东西？”

“蟋蟀。”

“这灾难从何而来？唉，唉，夜里它们就会奏乐。你根本无法合眼……”

“据说是从卡尔达姆住宅的废墟来的。”

“很有可能。前天我打那里经过，看到他们正在拆房子。遗憾，那么漂亮的住宅，老特拉维夫最后一座漂亮的住宅。”

……

“可怜的人！据说他过去得了见不得人的病……”

“他在女人中大获成功。了不起的男人！”

“典型的黎凡特人。”

“半个阿拉伯人。”

“我怀疑他是比你俩都好的犹太人。谁没受过他的帮助？我本人不止一次从他那里得到贷款担保。有一次他替我付了钱，但只字未提。”

“你说‘过去’是什么意思？他死了吗？”

“当然，你没听说吗？他一年前就在德国居民区自杀了，是在哈尔迪戈酒店……”

我告别了站在街角继续谈话的人群，往家里走去。

回去的路上，我经过狭窄的纳哈拉特便雅悯街，看了看卡尔达姆的住宅。住宅已经完全消失了，位于房后与之平行的那条街上的两棵桉树在春日天空的衬托下轻轻随风摇曳。在这条街的旁边，是用两米高的木板墙围起来的一块地，牌子上写着新承包商怪里怪气的名字。我从侧面走进去，映入眼帘的是一块平坦的沙地，上面几乎没有石头和砖头（中间的矩形酒窖除外）。花园里的树木和灌木丛已被连根拔起，面目全非。围墙已被完全摧毁。沙地基本上干干净净,没有使用。我走到酒窖边,往里面看:里面倒了很多沙子,但那里看不到一只蟋蟀。他们都分散在附近的街道上。[89]

正如我们从故事标题所知,这是以“记住死亡”模式为基础的一篇小说的开篇。这一模式凸显了巴拉什倾向于从包含两个突出元素的立场来描绘主题:一是记忆视角,此处是一位逝者的故事;二是大规模的转喻表征,此处主要是住宅,但也包含附近的人们、公共活动等。[90]

如上所述,在我此处介绍的这段话以及其后的段落中,大量的空间被用于一个转喻:卡尔达姆的住宅及其周围环境,环境即其转喻。由此可见,世界,而不是文本,乃巴拉什创作关注的焦点。叙述人在这里经常以貌似客观的方式使用他的眼睛。他通过大量的视觉能指创造了一个虚构的空间,使我们感觉到,我们好似身处已经非常熟悉的环境中。该过程的高潮便是括号内的夹注“(中间的矩形酒窖除外)”,它出色地使我们成了看似资深的、观察事物的高手。

这是一位主要使用眼睛的叙述人。我们通过他的视角来观察世界,但没带任何“配音”、调解、议论、规范或辩论性的阐释,等等。确实,这位叙述人也使用他的耳朵和他人的谈话。但是这些是全部引用(直接引语),而不是经过处理的引用(间接引语),就像布伦纳图书制作人这一角色所具有的鲜明风格一样。此外,就布伦纳而言,我们在谈论引述(复制)的思想,这些思想反映了不同的世界观和艺术观,说话人很乐意与之进行一次、两次和三次的辩论(在与出版商的对话中以及后来与读者的对话中),而在这里,在巴拉什的故事中,人们的讲话只具有简单的叙事功能:填补了与故事主人公卡尔达姆过去有关的空白,提供了描绘社会-文化景观的参考功能,该景观融入了特拉维夫街道这道自然风景。

风格之间的差异也可以界定,它似乎要借助席勒在《论朴素的诗与伤感的诗》一文中的精辟见解。[91] 摆在我们面前的两种风格打上了带有怀旧世界观的烙印。也就是说，根据席勒的观点，“理想世界”与当今世界之间存在着无法逾越的鸿沟，当今世界被认为是有缺陷的。确实，《从这儿到那儿》（就像80年后的《多莉城》那样）是以19世纪希伯来语“哈斯卡拉”（启蒙）文学（约瑟夫·佩尔、Y.L.戈登、斯莫伦斯金等）[92] 中发展和强化怀旧、感伤、讽刺模式创作而成，其基础是“理想世界”与当今世界之间形成了尖锐拙劣的戏仿差距。正如S.哈尔金所说，[93]《一个男人及其住宅消失了》以较多的“抒情”、较少的辩论与修辞方式写成（80年后，《比尔谢瓦人》沿袭该方式）：一方面是怀旧-感伤-挽歌模式，另一方面则是怀旧-感伤-田园诗模式。[94]

学者和批评家并未忽视布伦纳小说中的东欧特色和巴拉什小说中的中欧特色。他们中的一些人甚至将这些特征与作者的特定生活环境明确地联系起来，约瑟夫·克劳斯纳在论布伦纳第一部短篇小说集《出自忧郁之谷》（1901）[95] 的文章中，指出在作家作品中居于主导地位的关于东欧风格的两种特征。第一，他论证说布伦纳天生具有敏锐的眼光，它不是能清晰看到风景或人文的眼光，而是能“看到我们无尽苦难深渊”的眼光。[96] 也就是说，这种眼光有能力穿透在他之前所有希伯来先知的“眼光传统”，[97] 进入犹太人集体心灵深处。第二，克劳斯纳说布伦纳是一位对话大师，而对话则是“口耳体”作家的典型工具。

别尔季切夫斯基认为，在布伦纳的故事中强调同样的两个特征是合适的。但他通过建立两者之间的联系走得更远，从而用与梅列日科夫斯基呈现陀思妥耶夫斯基小说艺术非常相似的方法来呈现布伦纳的小说艺术，也就是说，作为“口耳体”文本的一个明显案例。别尔季切夫斯基说，布伦纳“对其所有的人物都了如指掌，在不知不觉、无附加意图的情况下就让你了解了一切，与他的前辈别尔沙德斯基不同。主人公们只要一张嘴，就已经赤裸裸地站在我们面前，展示了自己的一切”。[98]巴赫金关于陀思妥耶夫斯基笔下人物的著名论断与J.E. 鲁贝斯基[99]对布伦纳小说人物的评价也有类似情况，前者认为陀思妥耶夫斯基的人物分别独立地代表着迥然相异与相互竞争的世界观，后者则主张布伦纳小说中的人物并不是作为一个艺术结构中的兼容部分出现的，而是作为表现世界观和生活方式理论的组成部分，导致在某些故事中宣传倾向大于艺术倾向。

应该指出的是，在这种情况下，在20世纪50年代和60年代的“布伦纳复兴”期间，正如丹・米兰所说，[100]几位重要学者（格尔绍恩・谢克德、纳坦・扎赫、门纳海姆・布林卡等）致力于“突出艺术审美价值，通过这种方式，布伦纳将清晰的艺术现实注入他对世界的感知中，它显得非常具有宣传色彩”。但是，即使在那时，也无人称在布伦纳作品中与在托尔斯泰作品中一样，“我们听是因为我们看到了”。

另一方面，阿舍尔・巴拉什也经常被人与托尔斯泰式风格联系在一起。就连他自己也谈到这种情况：

> 我可能真的根据自己的品味和理解，受到任何一种文学中美好而真实事物的影响。我比较倾向于西方文化，只要它没有诡辩，感觉是完好的。在我看来，托尔斯泰是纯粹艺术家中的杰出典范。[101]

努里特・塔米尔-斯米兰斯基在她论阿舍尔・巴拉什创作的重要批评选集序言中评论说：“巴拉什作品中的所有批评家和学者都同意，他在第一次世界大战之前东加利西亚度过的童年与青年岁月，对其故事的主题和风格具有决定性的影响。”[102]她引用了西蒙・哈尔金的说法，哈尔金把巴拉什视为“加利西亚作家的原型”，称“与他的俄国兄弟相比，这位加利西亚人更加自立，更加简单”，[103]这归因于两个大流散共同体之间存在着社会-经济状况的思想-风格差异。S.斯特莱特也把阿舍尔·巴拉什视为“加利西亚学派的奇观”。[104] Y.费什曼把他描绘成“按照门德勒·莫海尔·塞佛里姆、肖夫曼和布伦纳方式养育起来的人，将其视为现实主义者，尽管与俄国讲故事人的模式不尽相同”。[105]

摩西·吉尔明确地表达了把巴拉什视为“眼睛体”作家的观点：

> 身为作家，巴拉什的主要力量是其观察力，他与世界的主要介质在于其视觉，这是人尽皆知的……巴拉什只拥有他眼睛看到的东西。他眼睛为他提供的细节和图案变成了建构其世界的砖块与马赛克瓷砖。巴拉什的所有作品都由一块块砖、一片片瓦砌成，它们大小不一，但永远是完整的，永远是闪亮的……拥有视觉基础：目之所及的事物，动作描述，环境及精确的风景照……丰富多彩画面上的所有这些东西都是由外壳结实、内核坚硬的细胞构成。[106]

在这种情况下，约瑟夫·克劳斯纳的话也很重要。他以比较的方式描绘了巴拉什的特征，将其在东欧风格背景下的独特性强调到了极致：

> 阿舍尔·巴拉什的小说不讲倾向性：他不劝诫，不讲道，不重复想法……巴拉什不受任何限制。他平淡无奇的语言是新希伯来语，同时又是我们今天讲话和思考时使用的希伯来语，自然，丰富，轻巧，准确和流利……[107]

从上文引述的有关布伦纳和巴拉什的评判中可以看出，某些作家根据他们发展了的或试图采用的思想-风格背景来塑造人物，这一特征在 20 世纪 40 年代之前一直很普遍，从 20 世纪 40 年代后期开始，它在希伯来文学评论家和学者的工具箱里基本上不复存在。以下是关于这一特征的一个特殊例证，从中可以看出，它在讨论某一特定作家之优长及其在希伯来文学史上的位置与地位时，有多么重要，从下面摘自哈姆塔尔·巴尔-约瑟夫论阿哈龙·阿佩费尔德的短篇小说《三个》中颓废与象征元素的重要文章中可见一斑：[108]

> 阿佩费尔德用一种融合了象征主义与颓废的风格，与曾被视为且仍被视为不同寻常的环境形成强烈对照，促使这一环境形成的是无与伦比的、非常特殊的、非常不同寻常的历史力量。阿佩费尔德设法使犹太大屠杀难民的精神状态具有跨历史性，且在某种意义上，具有超民族的面向。他这样做，靠的是**反对艺术与民族主义具有任何联系这一隐蔽的意识形态风格**，一种表达作者的世界主义身份的风格。阿佩费尔德的风格将大屠杀难民的精神状态与**一种精英主义和世界主义文化世界联系在一起，该世界由19世纪末期和20世纪初期欧洲，尤其是西欧一群自由主义艺术家和受过良好教育的人们建立**，并在20世纪第二个二十五年开始在受过良好教育的中产阶级中被制度化。这一文化世界对于欧洲受过教育的自由主义犹太人产生的吸引力典型而自然，这些人不倾向于犹太复国主义，因为世界主义是其自然而然的希望。世界主义与“异化”是被同化的犹太艺术家个性的自然组成部分，如海涅、霍夫曼斯塔尔、瓦瑟曼、卡夫卡、普鲁斯特、巴别尔。俄国犹太人哲学家列夫·舍斯托夫甚至写了一篇题为《无根据颂》(1905)的文章。**在这一文化语境中，可以找到阿佩费尔德的根基**，它们摧毁了在以色列培植的救赎神话和营救大屠杀幸存者的神话，甚至摧毁了复兴犹太民族的神话。在颓废与象征的世界里，不可能有复兴，只会出现笼罩着美丽或暴力的堕落、死亡与瓦解进程。**20世纪上半叶到以色列国家建立，社会主义-犹太复国主义意识形态受东欧传统启迪，与西欧精神和文化世界进行着斗争。**[109]

六

我在这里注意到两个主要现象，即阿什肯纳兹犹太人在两个不同的、相互竞争的思想共同体中的分布以及两种截然不同的、相互竞争的文学风格的形成，没有被探讨现代希伯来文学史的多数杰出学者所讨论。在论述希伯来文学和现代时期，换言之，论及从 19 世纪后期迄今的大流散和以色列文学的文章中，这一事实尤为突出。这一事实需要解释，尤其是有确凿的证据表明，至少在 20 世纪 50 年代之前，这些现象对于大流散中的任何阿什肯纳兹知识分子都显而易见，例如我上面所审视的批评著述也证明了这一点。

我提出的解释是，这种现象公之于众改变了现代希伯来文学的传统映像，它与两种因素的相互结合有关：第一，历史环境导致了东欧文学风格在以色列希伯来文学体系内近乎没有一定之规的定位，与之相应的则是中欧风格的边缘化；第二，试图保证东欧风格霸权地位的文化文学精英代表们所做的看似无意，实则有意识的努力。

这两种思想-风格版本之间的斗争命运，实际上决定，或基本决定着从许多中心即刻转移到一个中心，即从欧洲各个大流散共同体的社会文化中心转移到以色列地。这是因为，在这种富有戏剧性的历史变革中，复兴问题、犹太民族的再生已成为每种公共文化背景中的主要问题。换言之，“时代”，用阿尔特曼赋予这一概念的意义，[110]即行动的专横时代，需要承担义务、富有使命感和参与意识的文学，这种文学便是阿摩司·奥兹所称“耀眼的蓝光”文学。[111]要求这种文学来参与核心行动，参与重大民族-公共事务。要求这种文学为一代人指出一条明确的道路，并为后人确定航线。为做到这一点，它不得不放弃阴暗地区、不舒适之处、梦想和梦魇空间以及许多黑暗的东西，因为正如奥兹所言，与它们打交道是在暮色苍茫时期为作家保留的特权：

> 我相信，世界文学最伟大的创造总是在暮色苍茫时期实现的……欣欣向荣的成功时期，蓬勃向上的创造力时期，一切变得越来越强大的时期，对讲故事者不利。世界文学的伟大创作通常是在暮色中或与暮色相关的时期产生，时值历经几个世纪之久的文明达到鼎盛并渐趋衰落之时，时值无论是在外部压力下还是在自身压力下一种陈旧的文化开始散发出腐烂气息之时。[112]
>
> ……
>
> 在与暮色相对的耀眼蓝光下，此时此地，一位以色列巫医在做什么？[113]
>
> ……
>
> 是的，我知道，我们别无选择。背水一战。"征服高山，或向山而死。"一片新土地和一个新篇章。我知道这一切。我只是想解释一下，也许还要道歉，并告诉您为什么难以把故事讲得有深度，像任何好故事一样，巫术的运用让人联想到鬼魂与精灵。[114]

正如我们从阿摩司·奥兹中肯的话语中所认知的，在以色列希伯来文学集合体中，"时代"的专横这一表达，既体现在它聚焦"耀眼的蓝光"之下、"此时此地"的行动中心，又体现在它的文学风格，一种修辞和辩论风格之中，它证明了作者正努力应对他所处时代的意识形态-政治-语言的特殊用语，无论他是愿意与该进程合作，并帮助证实它，还是在被拖入这一进程时咬牙切齿，并试图破坏它，摧毁它。奥兹文论最后一部分摘录证明作家试图以嘲弄-讽刺的方式摆脱时代僵化的意识形态-政治短语，如"我们别无选择""背水一战""征服高山，或向山而死""一片新土地和一个新篇章"等的束缚。

奥兹在 1972 年指出的这种历史文化状况非常适合东欧风格的代表人物，这些人在 20 世纪初抵达以色列地，他们熟悉东欧的哈斯卡拉文学和俄国批判现实主义，那是关于“口耳体”的两种典型的文学集合体，具有公共的，意识形态的，对话的与富有战斗性的特征。其作家开发了丰富的工具箱，包括复杂的、精心设计的文本之间与文本之外的模仿使用。这种“自然的”联系在第二次阿里亚期间就已经制度化，其中许多领导人、思想家和作家都非常了解历史所起的作用，了解是谁建立了具有生存能力、充满活力的文化霸权。[115]

布伦纳为这一举措做的贡献最大，他抵达以色列地之后不久就成为该地希伯来文学的神使。[116]布伦纳知识广博，并以各种方式支持那些没有采用滋养他长大的东欧风格写作的作家，[117]在他的社会-文化文论中，尤其是在他对以色列地文学的批评中，他创造了一个奠定东欧风格霸权并间接削弱中欧风格地位的认知模式。

布伦纳在这一语境中所做的典型批评文章是《以色列地类型及其艺术品》，它发表在1911年的《青年劳动者》上。[118]为了解释布伦纳在这篇文章中的立场，人们做了很多努力，[119]当然没有人可以保证他已经做出了权威性解释。但是，多数评论家公开或暗示两点共识：第一，该文的重点是针对以色列地空间的“标准”呈现确立了两种不同的方法；第二，两种方法的标志是假定文学与意识形态之间存在着密切的互惠关系。

布伦纳的阐释者以对布伦纳本人的审视为依据，营造出“类型”与“反类型”的尖锐对立。持“类型”立场的一批以色列地作家在创作中表明，犹太复国主义愿景确实在实践中得以实现（摩西·斯米兰斯基、尼哈玛·普哈切夫斯基、S.采麦赫、Y.路易多尔等）。持“反类型”立场的一批以色列地作家在创作中显示，在以色列的犹太复国主义愿景与实现这一愿景之间存在着差距（Y. H. 布伦纳、A.鲁文尼、S.Y. 阿格农等）。无论哪种情况，这也是此处的重点，当时公共文学关注的焦点是一个明确的、基本的、公众的问题，即同一世界观的两个版本之间的冲突，按照这一说法，文学与意识形态是一对孪生姐妹。

如前所述，这种文学-意识形态-文化和意识形态-政治的立场完全适合当时东欧风格的代表人物，这批人的领衔者为布伦纳，他们延续着“以色列之家的守望者”的传统，与中欧作家格格不入，该立场不适合中欧作家。他们熟悉文学传统，这些文学传统的典型主题是私人的、普遍的，而不是民族的、意识形态-政治的，其工具箱里主要装有指定用于绘制各省城市风光或度假胜地的画笔，以及关于社会阶层情况和带有普遍意义的个人心理状态草图。

正如我们所回顾的，布伦纳的哲学-理论范式把“民族国家”与“文学本质”结合起来，适合以色列地的多数犹太作家，他们被赋予经典作家身份，且/或赢得多数读者的同情（摩西·斯米兰斯基、亚考夫·胡尔金、大卫·马尔茨、摩西·沙米尔、S.伊兹哈尔、阿摩司·奥兹、A.B.约书亚、大卫·格罗斯曼、奥莉·卡斯特尔-布鲁姆、米哈尔·沙莱夫、舒拉密特·拉皮德、尤西·布兰德斯、艾希科尔·内沃等）。希伯来现代文学的多数批评家和学者，包括一些最著名的史学家，至少在20世纪80年代初期之前采用了相同的范式，当然这些东西相互之间具有联系。

这方面的杰出例证便是格尔绍恩·谢克德在其富有里程碑意义的五卷本希伯来文学史巨著《希伯来小说叙事（1880—1980）》（1977—1998）[120]及其专著《身份认同》（2006），后者公开宣称的研究主题便是用欧洲语言撰写的犹太文学。[121]

谢克德的希伯来文学史研究从19世纪80年代俄国“隔离地带”开始做起，时值那里的哈斯卡拉的文学传统正在式微，随着门德勒·莫海尔·塞佛里姆从意地绪语文学创作回归希伯来语文学创作，新传统正在希伯来文学中心逐渐发展起来。[122]接下来，他在第一卷致力探讨“流亡”时期创作的小说，第二卷致力探讨“以色列和大流散时期”撰写的小说。版图划分首先源于明确的犹太复国主义意识形态立场，符合这位最为重要的以色列希伯来小说史学家（至20世纪80年代）所持的批评-阐释策略，正如对其全部作品的主题-结构考察所揭示的那样。

谢克德公开接纳布伦纳范式，并将其变成对在以色列地创作的希伯来文学进行所有讨论的一道分水岭。他明确使用了布伦纳的两个关键概念——“类型”与“反类型”，以及另两个关键概念“天真的”和“反讽的”，在某种程度上，它们是同一码事，只是表现形式不同。在他看来，在以色列希伯来文学语境中，“天真的”立场必须采用占主导地位的犹太复国主义意识形态准则，“反讽的”立场则是采取对那些准则持怀疑态度的立场。因此，显而易见，“天真的”立场无论从心理和存在的一致性，还是从结构和风格上，都自然而然地创作出“简单的”文学。相反，“反讽的”立场在心理和存在的一致性以及结构和风格方面都创造了“复杂的”文学作品。

谢克德借助于从布伦纳那里继承下来的范式，并将其加以改编和完善，对看似具有谱系联系的几代作家加以定位。他创造了一个文学系列传说，其共同主线，借用他后期创作时发明的术语，便是犹太复国主义者-拓荒叙事。这一系列传说始于俄国南部所谓“内盖夫风暴”的集体屠杀，对他来说，这场集体屠杀代表着大流散希伯来文学中心已经开始走向终结，取而代之的是以色列文学中心的兴起，它一直持续到20世纪80年代末，也就是他宏大研究的终点。

谢克德以他从布伦纳那里继承的哲学-文学范式为基础绘制的宏伟图景，具有明显的描述性和阐释性优势，但它也有明显的瑕疵：对不能轻而易举适合该范式的作家作品则采用以下三种方式之一处理。第一种是使之“被迫”适合。第二种则是根据不同的历史-主题语境而不是根据自然的或必要的语境对其加以判断。第三种则是将它们聚集在一起，并或隐或显地将其界定为“边缘群体”。奇妙的是，本次讨论中的要点则是：大多数属于“例外”的作家(但不是所有人)是用中欧风格写作的作家。我将试图通过对谢克德在其关于前三次移民浪潮小说的出色研究中所讨论的结构与内容划分框架予以批判性考察，以强化这一主张。

谢克德五卷本著作的第二卷涉及现代希伯来文学的历史，似乎完全致力于采用“布伦纳范式”考察的作家和作品。这一点我们从构成本卷的大部分章节标题及其大部分子标题中便可得知，这些标题与布伦纳的著名术语或与著名的犹太复国主义者-拓荒歌曲有关。但是，对第二卷的目录(各种标题)及其与该卷实际内容关系的审视揭示出一些不同寻常之处，当我们考虑到与之相邻的第一卷和第三卷从时期、主题和风格等角度讨论相关内容的性质时，这一点强调得更加突出。

首先，谢克德强调“布伦纳范式”在以色列地文学语境中的主导地位，奇怪的是，他恰恰在第一卷选择讨论布伦纳的小说，在谢克德看来，布伦纳最重要的作品写于以色列地，且/或是处在书写以色列的语境中，可他公开宣称第一卷重点写的是“流亡”作家。为这一看似奇怪的举动可做出的解释是，我们注意到，除对布伦纳进行探讨外，谢克德还讨论了一些第二次阿里亚时期的作家，他们不符合“布伦纳范式”。换言之，这些作家与东欧风格的联系很弱，但与中欧风格联系紧密。我在这里指的是格肖姆·肖夫曼，且在不同程度上包括亚考夫·斯坦伯格、亚考夫·拉宾诺维茨和戴沃拉·巴伦。[123]

谢克德哲学理论框架中另一个有问题的环节是第二卷中间一章(第八章)，这一章专门探讨阿格农的地位和特征。我不是不同意谢克德就阿格农在现代希伯来文学领域占据中心地位所给出的说法，当然不是说他在20世纪前半叶占据着中心位置的说法。我也认为，谢克德用来形容阿格农的术语“交汇点”，即该章的第一个小标题，是合适的。然而，正如该章第二个小标题(“这是精神寓所吗?”)所明确指出的那样，我不认为这一身份是阿格农在“布伦纳范式”语境中所处位置的产物。换言之，我不相信阿格农的作品构成了文学、文化的交汇点，因为实际上，在这些作品中，一代人的两种文学-意识形态选择（一方面是“类型”选择，另一方面是“反类型”选择）相遇、相联、交锋与冲突。这在阿格农的作品中，尤其是在他的以色列地作品中确实具有重要意义，但处于从属地位。处于我们讨论核心的两种思想-风格选择之间的相遇、相联、交锋和冲突，在他的所有作品中，包括在以色列地的作品中，占据着更为中心的地位。

阿格农著作中所包含的东欧风格文本与中欧风格文本之间的相遇、相联、交锋和冲突本身就构成了研究主题。此处，我只想说，风格交汇体现在他作品的众多典型特征中。这样一来，比如说，与东欧风格的联系就反映在重大问题领域——排在民族议程首位的问题，并且体现在“塔木德话语实践”中，这一话语实践代表着听众与演讲者的活跃共同体。而且，另一方面，与中欧风格有联系，反映在与重大问题纠葛在一起的“小人物”上，主要集中在城市人体验方面（阿格农作品的开放空间始终是一个乌托邦场所或疯狂所在），而且，也许主要是产生了一层细致而宁静的能指层（用阿格农的术语即为“冰水”），一种朴素、低调的风格，创造出一种具有平静而舒缓气氛的模拟效果，从而增强了他小说中人类生存状况的戏剧性特征。

通过我在此处建议的批评棱镜，审视谢克德区分第二次阿里亚时期希伯来文学特征时所做的史学描述，所引发的问题不如我们透过同一批评棱镜，审视他对第三次阿里亚时期希伯来（不只是希伯来语）文学所做的史学描述所引发的问题突出。

之所以如此，是因为在这两个时期，以色列地作家队伍的构成存在着明显差异，因此，中欧和东欧这两种风格的相对重要性也有所不同。正如前文所述，第二次阿里亚时期，即犹太复国主义移民形成时期拥有一个精英阶层，其中包括来自东欧的较大一批具有远见卓识的人物，他们拥有在各个领域，包括文学领域，实现这些远见的令人钦佩的能力。的确，这些移民中包括来自奥匈帝国的作家，但是就其创作成果，当然还有其在建构进程中的创作成果而言，其重要性微乎其微。在第三次阿里亚时期，这两种风格的代表作家之间的关系更加平衡。回想起来，可以说在这个迷人的时期中，大多数希伯来文学史学家都没有谈到其独特性和复杂性，然而，正如我暗示的那样，真正的斗争发生在东欧风格和中欧风格的代表人物之间，双方事先就对斗争结果了如指掌。

造成两个阵营之间暂时力量平衡的差异的原因乃是两个地区的移民人数不同，并且可能主要是由于两次移民浪潮期间欧洲中部移民的社会文化特征不同。的确，即使在第三次阿里亚时期，来自同一地方的大多数移民是来自俄国的“隔离地带”(45%)，但也有大批移民来自加利西亚和罗马尼亚，还有一小部分移民来自其他中西欧国家。[124]在社会文化特征方面，第二次阿里亚体现出鲜明的“俄国”精英特征，“俄国”精英指的是两个犹太复国主义工党党派“锡安劳动者”和“青年劳动者”领袖，这两个党派在1905年成立于以色列地，秉承了俄国工人党的精神。这些是有组织的意识形态团体，在中欧或西欧甚至没有成立一个类似的团体。另一方面，在第三次阿里亚的框架内，“青年卫士”的精英们(大卫·霍洛维茨、萨姆·斯皮尔伯格、阿巴·惠氏、梅厄·亚阿里等)抵达以色列地。它的第一个团体在东加利西亚成立，建立在中欧青年运动(候鸟运动等)培育的价值观基础上。[125]而且，在第三次阿里亚的框架内，许多中欧作家抵达以色列，他们也比第二次阿里亚前辈重要得多。在这些人当中，我要提及的是亚考夫·霍洛维茨、大卫·沃格尔、耶胡达·亚阿里，还有诗人亚伯拉罕·布罗伊德斯、S.沙洛姆、伊扎克·拉姆丹以及尤里·兹维·格林伯格。

中欧风格代表人物在第三次阿里亚中“文化资本”份额的相对增

加，在该国的“文学生活”建构中得到了明显的体现。[126]第二次阿里亚近乎单一的文学文化领域，被属于不同阵营作家组成的文学文化领域取代。一方面，“赞美土地”派的作家一直用第二次阿里亚作家（耶维尔-哈达里、莱肯斯坦等）的东欧风格的“类型文学”方式来写乡村意识形态情节剧。与此同时，“大都市”作者和诗人则创作西方现代主义作品，这些作品受到了世纪之交在欧洲发展起来的伟大艺术运动以及第一次世界大战导致的文化冲击的影响。[127]

第三次阿里亚时期的文坛在整个以色列地文学史上所体现出的两极分化特征无与伦比，主要体现在两大阵营之间几乎完全脱节。“赞美土地”一派自行其是，就好像欧洲没有艺术革命，好像没有发生过世界大战，而“大都市”一派也自行其是，就好像其作者生活在西欧或中欧。穆基·祖尔在《我们的共同体》[128]一书绪论中讨论了两大阵营之间带有缺陷的交流，这是第三次阿里亚时期青年卫士的纲领性文献-文学著作，是纳坦·比斯特里斯基小说《日与夜》的基础：

> 第二次阿里亚人为大流散时期青年卫士运动中的年轻人树立了角色模式和行为榜样。但当他们移民以色列地后，他们意识到第二次阿里亚人坚韧，苦行，经常疲惫不堪，他们经历了严峻的考验，其中多数人被框在党派框架之内。他们对新移民寄予了厚望。确实，他们丰富的想象力、远见和精神痛苦使之更加渴望将其看作实现梦想的主体，这梦想他们曾一度放弃。但是年轻人并不总像成年人那样理解事物，也不总能理解分裂和分歧的性质，这加剧了围绕战后招募犹太军团和联合劳工运动的争论。[129]

在两种竞相角逐的文学风格之间的正面交锋中，这一时期的“分裂个性”得到了更为有趣的表达。从中欧风格的典型代表、诗人与作家大卫·沃格尔同植根于东欧风格的亚伯拉罕·史龙斯基之间的冲突中,便可以看到这一交锋。[130]这一点在耶胡达·亚阿里的诗歌中也变得清晰起来,亚阿里的诗歌受到两种风格的交汇影响,谢克德在《希伯来叙事小说1880—1980》一书中有一短章谈亚阿里,题目是"在布伦纳与阿格农之间",对这一内容有所涉及。[131]

谢克德意识到两种风格在第三次阿里亚时期争夺优先地位的紧张关系。他在其著作第三卷(大部分内容与这一时期相关)开始,即第十章第一部分使用小标题"在大都市与赞美土地之间",表明了这一认知。但是,他没有按照该标题所影射的思想-风格范式来构建这个引人入胜时期的文学研究,而是坚持使用"布伦纳范式",这一用法导致了他理论上的明显缺陷。

第一个缺陷出现在第九章,这一章题为"建构与被重建",探讨的是第三次阿里亚时期的小说,谢克德决定把这部分内容放在第二卷最后,而第二卷基本上探讨的是第二次阿里亚时期的小说。该决定源于本章中考察的一些作者撰写不足为奇的("类型")小说这一事实。这一点从他在题为"我们尚未发现其灵魂秘密"一章引言部分所做的如下明确陈述中也可明显看出:

> 换言之,第二次阿里亚成员经常对融入(新社会的)体验感到疑惑,这种融入体验再次出现在第三次阿里亚作家的作品中,但是两代人对所遇到的新现实的反应是不同的。在第二次阿里亚文学中,"反类型"传统占主导地位,但是第三次阿里亚文学多被理解为形式翻新了的"类型"传统。[132]

确实,正如谢克德在讨论第三次阿里亚全部小说集合体时所清楚看到的那样,这种概括只适用于第二卷中讨论的某些作家,也许,只是在偶然的情况下，适用于与施拉加·卡达里相关的部分，第三卷末尾有几页就此予以讨论。

第二个理论缺陷反映在谢克德对“布伦纳范式”的坚持，迫使他使用另一对术语，即“中心小说”和“边缘小说”，这本来是期待能在那个时期的史学图景中创造秩序和逻辑，然而未能实现。基于上述理由，仅凭“类型”小说与“反类型”小说、“天真”小说与“反讽”小说的二元对立是可能达到这一目的的。但是，即使这对概念，也导致了某种奇怪的决定。其中之一便是在主要论及第三次阿里亚时期文学的书卷中包含了伊舒夫文学和帕尔马赫一代文学（第十一章题为“从大海中来吗？”）的导言，这显然是要在各卷之间建立连续感的一种编辑行为，从而确证主要的文学-意识形态轴心。对我们至关重要的是另一个令人费解的决定，即谢克德在题为“边缘小说”的子章节中，把几位作家结成一组，由该时期中欧希伯来文学“旗舰”作家大卫·沃格尔领衔。

这些决定累积起来的意义便是：两次世界大战之间创造的中欧文学被贬低到“边缘小说”的位置，因为这是根据与以色列地“类型”和“反类型”文学的关系来判断的，而以色列地“类型”与“反类型”文学从一开始就被视为中心文学。

七

格尔绍恩·谢克德采纳和完善文学-意识形态范式时造成了一些曲解，其他学者对此也有所提及。其中一位便是伟大的文学家与现代犹太文化历史学家本雅明·哈沙夫。哈沙夫并没有为现代希伯来和/或者犹太文学撰写一部系统的文学史，但是他强烈质疑由谢克德引领的就构成犹太复国主义史学成就基础所做的推论是否正确，出于某种原因，他没有提及谢克德的名字。然而更重要的是，在我们所探讨的问题方面，他也未能获得成功。他像谢克德一样，忽略了不受“隔离地带”文化后裔影响创造的整个文学文化集合体，或将其转移到了边缘。

在一篇题为《以色列地的复兴与现代犹太革命：对当前局势的思考》的纲领性文献中，[133]哈沙夫称现代希伯来文学的传统史学是“胜利者的历史”，对希伯来文学史的描述不是从起点到终点，而是从终点到起点，从（犹太复国主义）历史学家视为犹太复国主义胜利的舞台上倒着看。也就是说，传统的希伯来文学史是以一个情节结构来讲述历史-文学故事，该情节结构具有一个明显的轴心，这一轴心显然来自得胜的犹太复国主义意识形态立场，造成歪曲文化历史，缩减相关文本集合体，损害作家与其作品之间互惠关系的后果。

关于现代希伯来文学“起点”的地理位置和时间，哈沙夫并不反对谢克德之说。他还指出，在19世纪80年代初，俄国的“隔离地带”发生了巨大的文化和政治革命，导致了“继圣经之后对我们文化的最大贡献”。[134]但是，在他看来，这不是一场以历史-意识形态转移为标志的革命，即哈斯卡拉文学的瓦解、复兴文学的兴起以及其后的犹太复国主义文学的出现，而是一场全方位的现代主义革命。根据他的观点，这是“一场全方位的现代主义革命，它利用了欧美现代世界的强有力时机，促成了在当时看来不同以往的犹太民族的形成，它以截然不同的两端——以色列和新大流散特征为基础”。[135]哈沙夫的文章似乎受到两个动因的驱使。首先是挑战“犹太复国主义胜利者”轴线一端的地位，同时强化“新大流散”一端的地位，尽管在他看来，目前尚不清楚这两个端点之间的本质区别，就像他在后续讨论中明确指出的那样，“新大流散”一端只包括在北美创造的犹太文化，而不包括比如同一时期在南美创造的犹太文化。[136]文章第二个动因是提供一种史学思维的替代方法，可称为“同步史学”，其目的是将读者的目光聚焦在独特的历史运动上。据他所说，该运动始于“以东欧犹太乡村宗教文化为代表的、离开旧的生存方式的多向离心运动”。[137]

第一个动因应该创造出与谢克德的历史-文学情境不同的画面，甚至可能与之形成对立，然而，与谢克德所创造的历史-文学情境一样，它也以与文化、政治和身份有关的基本方法为基础。因此，哈沙夫和谢克德在这个讨论层面上的争端（假定可以是孤立的）[138]只是话题性的（“轴线两个端点”之间“真正的”较量），而不是方法论上的（文学史应该如何写作）。哈沙夫文章基础的第二个动因（同样，假设可以是孤立的）显然是方法论上的。哈沙夫强烈反对从终点到起点来描述文学史，于是便提供了一种代替它的方式，并非像我们想象的那样从起点到终点，而是集中在文化转型时期的奠基时刻，同时“丰富了其主体色调”，并对其进行仔细的考察。

在方法论领域，谢克德和哈沙夫之间的争议明确而合理，在主题领域也是如此。在此次讨论中，对我而言重要的是，尽管在身份、文化、政治以及他二人各自认为我们应撰写文学史的方法上，其基本立场存在着根本差异，但二人对希伯来文学和文化起点这一问题的看法完全一致，如此看来，从一开始，他们对“边缘小说”地位的看法也一致。我指的“当然”是中欧文学，因为正如我已经提到的，两位学者都同意“一切始于”东欧小镇这块领地。换言之，从 19 世纪下半叶开始，欧洲所有犹太知识分子都清楚地知道这一攸关事实，即欧洲犹太人是建立在一个拥有特征截然不同的两个（至少）端点的轴线上，一端是东欧，一端是中欧，而这一轴线已从谢克德和哈沙夫的史学版图上被抹去，消失不见了。

这样一来，如果我们采用哈沙夫版犹太复国主义史学，那么他和谢克德撰写的都是“胜利者的历史”，从终点到起点的历史，只勾画出部分历史风貌、遭到曲解的历史，此乃某种思想-风格偏好（东欧风格）与具体批评-阐释范式（基于文学与意识形态的密切关联）的产物，而后者当然与思想-风格偏好一致。

谢克德和哈沙夫有许多学生以各种有趣的版本延续其老师的方法,概括而言,多数人通过“布伦纳范式”,即从文学-意识形态的起点,一方面是犹太复国主义文学的立场,另一方面则是反犹太复国主义的立场,来继续探讨现代希伯来文学。这一深受意识形态文学困扰的杰出例证便是针对接纳大卫·沃格尔进入他所处的时代,即以色列地第三次阿里亚时期的希伯来文学体系中心而展开的无休无止的讨论。近来,这一讨论主要围绕沃格尔在德国文化空间内用希伯来语问题展开。此乃值得从几个角度加以审视的迷人问题。然而,这种讨论永远摆脱不了政治边界问题,因为它是以德勒兹和伽塔利在论卡夫卡著作中提出的理论为依据,[139]根据德勒兹和伽塔利之说,作为“弱势文学”的清晰案例,其本质是政治文学。[140]

另一个植根于“布伦纳范式”的例证是汉南·海威尔在其论文《提防加利西亚人:20世纪初关于希伯来文学经典的斗争》中所做的话语实践。[141]应该指出的是,它是唯一论及我在此处所称“东欧风格”和“中欧风格”之间矛盾的文章。海威尔强调了一个在他看来似乎奇怪的现象。他提到了布伦纳在加利西亚时期论及当地文学成果的批评著述,且以尖锐、强烈和咄咄逼人的口吻予以谴责。[142]海威尔问道:“为什么布伦纳,一个过客,煞费苦心发动如此具有杀伤力的批评炮火,轰击在他看来应被忽略的文学弱者?”[143]

> 在以下事实中可找到关于这一问题的答案(海威尔这样回答其问题),即尽管他们的文学地位在评论家看来略逊一筹,就其政治立场和诗意解决方式而言确实如此,但是年轻的加利西亚人的文学对20世纪初期创造现代希伯来文学霸权的努力构成了真正威胁。对加利西亚作家美学的蔑视,主要是与少数民族群体的另类标准进行斗争的一部分,少数民族群体的标准被视为对多数人

群的标准的威胁。

与加利西亚本土文学充满诗意的交锋，乃犹太民族复兴运动之路上两种对立观点之间激烈的政治交锋中不可分割的一部分：一方面是对主权国家文化霸权的要求，其审美用语带有普遍性；另一方面，使少数民族的生存合法化，且对大流散犹太人的生活予以部分认可，其反对者在充满诗意的斗争中得到了帮助，这是文化机制的一部分，旨在从民族标准中删除这种意识形态和文学选择。把加利西亚的希伯来文学问题，看成未来表现为德勒兹和伽塔利所说强势文学与弱势文学之间差异的权力斗争，乃是一个重要的测试案例。这个测试案例可以提供一种模式，用来阅读20世纪希伯来小说，包括以色列小说的发展状况，将其视为在与民族文学的政治和审美选择的不断斗争中而进行的民族构建过程，这种选择多年来反复出现在希伯来文化议程之中。[144]

我赞同海威尔的观点，布伦纳(不仅他的)对加利西亚本土文学所做的充满诗意的苛责是两种对立立场之间全面激烈交锋的组成部分。这种交锋可能也反映出关于民族复兴运动之路问题的冲突。但是这一冲突，就像阿哈德·哈阿姆及其支持者、赫茨尔及其支持者之间的类似交锋一样，也是政治性的，应对的也是主张民族主权的文化霸权的两种争端，首先也反映出代表着争夺审美文化霸权的两个犹太共同体作家之间那种基础的思想-风格冲突。这场交锋在开展民族复兴运动“正确道路”问题的辩论之前便已经开始，而在这场冲突被解决——如果说解决了的话，多年之后才结束。

与之相似，我同意海威尔所说的这是一个“重要的测试案例”，就像所有“测试案例”(有数十个)一样，“可以提供一种模式，用来阅读20世纪希伯来小说，包括以色列小说的发展状况”。但是，这种“阅读模式”应尽可能摆脱“乌托邦禁锢”，换言之，应在希伯来文学史的主导思想框架内，摆脱“意识形态禁锢”。

从阅读（和写作）的文学-政治模式中解放出来，这是东欧风格的哲学支柱，执行此项任务并非轻而易举，因为这一模式非常灵活。它在保持其目的论的轴线之时，还令人印象深刻地应时应景。因而，除此之外，它经常采用或丢弃一对对具有部分语义重叠的概念，使霸权模式“接力”成为可能。二元的“强势文学”与“弱势文学”取代了二元的“中心文学”和“边缘文学”，二元的“中心文学”和“边缘文学”取代了二元的“天真文学”和“反讽文学”，二元的“天真文学”和“反讽文学”取代了二元的“类型”文学和“反类型”文学，二元的“类型”文学与“反类型”文学取代了二元的“独创的（犹太）文学”和“模仿的文学”。在他看来，这有助于阿哈德·哈阿姆与赫茨尔及其提出的文化选择进行斗争。

谢克德和哈沙夫及其继承人还打造了一面文学-意识形态牢墙，其历代令人印象深刻的力量和耐力是一个范式产物，其力量之所以能够保持，在历史上具有反讽意味，部分是因为它基本上以相同的哲学文化准则为基础，从两个看似相反的方向反复强化与加固所致。

然而，就像每面墙壁一样，它可能是牢固的，但即使在这面墙壁上，也可以让那些偏离主要范式的学者看到裂缝。这些学者中的很多人有共同之处——这一事实最初让我感到震惊，但继而思之似乎是合乎逻辑的，甚至是显而易见的。他们作为巴鲁赫·库茨维尔的学生，甚至作为他学生的学生，在巴伊兰大学接受了学术训练。比这几代研究人员在形式上拥有共同之处更为重要的，则是他们在学术成就上具有共同之处。这与我上面讨论过的这群学者拥有共同点一样，是基于这群学者的哲学立场之间的联系——此处，指的是摒弃“布伦纳范式”，且呈现出另一个非意识形态-政治的范式，以及文学集合体的组合——此处，至少相对地，赋予中欧文学作品以适当的地位。

众所周知，库茨维尔认为，现代希伯来文学并非从之前的希伯来文学中有机地、自然而然地发展起来。他也不接受现代希伯来文学（以及所有文学）中的“现代”只是人类认识变化产物的观点。此外，他完全不同意阿哈德·哈阿姆等人的假设，即新民族主义乃古代传统的世俗化身。相反，他认为这是一个无法修补的彻底分离，这是一场文化革命，是一种外在疯狂的产物，在这种疯狂中，哈斯卡拉时期的天真作家被卷入其中，而那些追随者已自愿加入他们的行列，摧毁了一切。

谢克德在其撰写的五卷本的《希伯来小说叙事（1880—1980）》的序言中，总结了库茨维尔创建的历史哲学过程的最终步骤：

> 当这一文学达到巅峰时，它在强烈的陶醉之后清醒起来，就像人失去了上帝，发出绝望的叫喊。“作家们”得知，他们自己乃是他们所创造的进程的受害者（比阿里克一代）。在最后阶段，希伯来文学力图实现一种乌托邦和悖论式的合成，把事物及其对立面，即以色列的世俗王国和永恒传统联合起来。所期待的统一是历史主体的统一，再次以其永恒的精神为基础（U. Z.格林伯格，S.Y.阿格农）。[145]

我无意深入探讨库茨维尔的历史哲学观。对我而言，仅强调两个事实之间极其重要的联系就很重要。首先是他坚决拒绝在范式内部进行思考，而范式的基础则是假设现代希伯来文学与犹太复国主义意识形态之间肯定存在着联系。其次是他标准中的资深作家是 U.Z.格林伯格和 S.Y.阿格农，他们是土生土长的奥匈帝国的人，他们的许多作品都反映了中欧和东欧风格之间的激烈论争，如前所述，这是两次世界大战之间以色列地的思想-文化气候的基本要素。

尼利·撒旦-勒本斯坦所做的 20 世纪初期以色列地的希伯来小

说研究，是两次世界大战之间希伯来小说史学学术王朝的一个重要环节。[146]撒旦-勒本斯坦在希伯来大学师从谢克德撰写博士论文，也受教于西蒙·哈尔金，之后受聘于巴伊兰大学。撒旦-勒本斯坦的学术-教学时期的性质与她在此期间从事的研究性质是一致的。这些均以占主导地位的文学意识形态范式——"布伦纳范式"为基础，且将其背弃。

比如，其著作《20世纪20年代的以色列散文》[147]的第一部分名为"20世纪20年代反类型诗歌及其根源"，但是与人们对该标题，特别是其第一部分（"反类型"诗歌）所持的期待相反，她没有借助"布伦纳范式"来审视在她面前的文学主体，而是像标题结尾短语（"及其根源"）隐含的那样，在更广阔的欧洲文化语境中而非在20世纪20年代以色列地"自然的"历史语境中对其加以审视。这部著作将A.鲁文尼、D.吉姆奇以及比斯特里斯基（与公宣的经典作家布伦纳和阿格农相比，是稍微弱势一些的作家）三位作家的作品放在风格与流派的语境中加以探讨。对鲁文尼的审视是在自然写实语言的语境中进行的，对吉姆奇则通过印象派写作加以审视，而对比斯特里斯基则通过表现主义传统加以审视。换言之，她是从中欧和西欧传统的文化角度来考察这三位作家的。以风格、流派和文本集合体（被置于体制边缘的作家）为出发点，有损于这项富有独创而令人印象深刻研究的明确框架。[148]

这一研究世系的另一个重要环节，也是本次讨论语境中最为清晰、最为自觉的环节，乃是阿维多夫·利普斯克-阿尔贝克的论第三次和第四次阿里亚诗歌。我提到他的著作有《S.沙洛姆的诗歌》[149]、《生为劳动者：亚伯拉罕·布罗伊德斯》[150]、《伊扎克·奥根的诗歌：20世纪30—40年代以色列地的生态体系》[151]以及《红色的诗/蓝色的诗：尤里·兹维·格林伯格诗歌七论及埃尔斯·拉斯卡尔-舒勒诗歌二谈》[152]。

利普斯克-阿尔贝克也拒绝融入"布伦纳范式"之中。对他来说，这种心理-意识形态文学讨论了从父到子，从"强大诗人"到试图取代其在“文学共和国”中心地位的较为年轻的诗人，形成了一种“把文学作品视为受破坏性冲动驱使”的局面。[153]利普斯克-阿尔贝克没有采用具有历时性和俄狄浦斯式的“政治-破坏性范式”，而是提出了一个同步的、非政治性的反俄狄浦斯范式，即“生态体系的概念”。它致力于文学环境研究，审视其中的各种变量，没有权利等级。这一提法优缺点兼备，应在不同的语境中进行讨论。就我们现在的目的而言，研究者批判性的-阐释态度的本质与他选择探讨的文本集合体间的联系最为重要。然而，即使在这里，试图逃脱“布伦纳范式”束缚的立场与所讨论的集合体之间的联系也变得清晰了。利普斯克-阿尔贝克所有著作探讨的作家，均不是在俄国“隔离地带”创造和产生的生态体系中成长并发展起来的。

在《见证之地切尔诺维茨：大屠杀之前犹太人在欧洲的生活及其对当今以色列生活之影响》[154]论文集里的第一篇文章《向大流散的辩证回归》中，作者阿默农·拉兹-克拉科茨金做出了以下建设性陈述：

> 因此，把犹太历史呈现为一种统一历史的愿望，意味着将犹太人不同的历史与我们的生存处境割裂开来，将其整合为一种统一的叙述，且否认犹太人不是拥有一种历史，而是拥有一系列历史这一事实，每种历史都是犹太人生存处境历史的一部分。描述犹太人共同历史的尝试意味着否认犹太文化本身的诸多方面。[155]

我同意这种说法。然而，我要加上四条简要评论。第一，呈现共同体和/或文学或其他集合体的统一历史的愿望绝不是一项单纯的任务。也就是说，它不只是打算创造一个伟大的、完整的、和谐的实体，它将代替许多截然不同、各自相异的部分。对统一性的渴望一直是某一群体（精英）的关注点，这种统一性就是按照其形象创造出来的，就像普遍性这一概念总是按照某一群体(精英)形象创造而成的一样(正如我们从德勒兹与伽塔利那里得知)。第二,因为统一性总是以某一群体(精英)的形象创造而成,其他群体"理所当然地"遭到排斥,转移向体系的边缘等。第三,前两种说法适用于所有系统的关键性范式,即统一性的范式,包括我在此处尝试呈现的思想-风格范式,因为,同样"理所当然的是",即使成功地揭示了主要史学范式框架内出现的系统性不公正现象——这是对所有新史学范式的决定性检验,这很难,实际上也不可能避免产生另一种系统性不公正现象,依此类推。第四,我们不应由此便得出结论,不必提出一个新的史学范式。相反,这是更新和重建我们的历史视野以及当代文学体系的行为。它让个别作品发声,有时甚至让遭到歪曲评价或噤声的文学整体发声。而且,每个这样的新史学范式都催生了其他范式的发展。因此,举例来说,我在此处提出的思想-风格范式引发了对(至少)另外两个范式的地位和存在方式的考察。一是将要审视我们暂且称为现代希伯来文学中的"法国风格"(D. 吉姆奇、阿哈龙・鲁文尼、大卫・沙哈尔、约书亚・凯纳兹、尤瓦尔・施莫尼等)。二是将要审视米兹拉希文学(即东方犹太人文学),如今它与阿什肯纳兹文学一样,被视为铁板一块。

第二章　再生：再论希伯来民族复兴文学的开场白

一

“复兴文学”是现代希伯来文学的主流，作家们引领犹太公众人物的阵营，把在古老的新家园中创造一类新犹太人作为自己的最高目标。[156]对“复兴文学”这一概念的讨论已在我们的文坛上持续了一百多年。在这个框架内，现已问世的有：全面的史学论文、翔实的专著、重要的书目文献，以及关注这个集合体中所包含的不同类别、各自特征与对应批评史的著作。

所有这些文本都是基于历史学的前提，其作者通过追踪不同文本、互文、语境的变化过程等多种方式为它们寻求支撑，例如在语言结构上，在作品主人公的身份上，在“文坛”的权力体系上，在文学代际相互影响的关系结构上，在文学流派和文类的兴衰史上，等等。[157]

这个庞大而宏伟的批评体系是由作者所属的时代精神层层构建起来的。我想在这个体系之上增添属于我的新层次，当然，新的层次源自我们的时代精神。我建议使用“文化叙事”这种阐释方法来追溯这个集合体在我们之前的变化和发展过程：我在这里借助努里特·戈尔茨[158]的贴切定义，而这个定义又建立在让-弗朗索瓦·利奥塔[159]的文章《后现代状况》中提出的著名洞见之上，即借助影响人们写作、阅读、思考、感受、生活与死亡的阐释性叙事系统的发展与进化来进行研究。[160]我们也可以像戈尔茨所说的那样，把这些阐释性叙事称为“意识形态叙事”，因为它们往往背负着无意识且未言明的意识形态包袱。

“文化叙事”和“意识形态叙事”这两个概念的语义学含义与米哈伊尔·巴赫金[161]的“时空体”概念有部分重合，时间-空间与历史-文化记忆形成的复杂难解的模式，成为叙述基本事件的组织核心与组织原则。我认为，这种语义学上的重合来源于如下事实：在共产主义革命和纳粹革命造成的思想冲击瓦解了启蒙时代诞生的宏大叙事之后，故事在文化中的三大原型，即小说、历史和神话的部分要素混合之后，产生了“文化叙事”和“时空体”。[162]这两个概念的差异体现在文学批评对它们的不同使用方式上：“时空体”更多用来描述有关形式（结构-风格）和文学传统的不同方面，例如学派、体裁等；“文化叙事”则多用来标示那些叙事系统的目的性（其哲学、社会、意识形态-政治与伦理意图），也就是主题方面（与话题、内容相关）。在此处的讨论中，我会把“文化叙事”作为一个蕴含其所处时代特有的、典型的意识形态内涵的“时空体”看待。

希伯来复兴文学的主流叙事，顾名思义，是一种“复兴叙事”或“再生叙事”。这种叙事是大多数古代文化的基础性叙事。[163]它以每年一次或数次的频率重新建立起古代社群与生存轮回及宇宙秩序之间的关系结构。[164]这种重建是通过仪式来实现的，仪式的中心是一个类神存在的死亡和再生事件，这一存在常被认为具有创造和生育的力量。

在一神教文化中，再生和复活事件从周期性事件变成了只发生一次的历史性事件，如耶稣的复活事件，基督教的历法就是从这个时候开始的。再生和复活事件的一神论历史化使其具备了双重属性，既是事物的起源，也是一切的高潮与终结：救赎。从叙事的角度看，这就意味着在一神教文化中，原本属于异教的“再生叙事”或“复兴叙事”也变成了“救赎叙事”。[165]

米哈伊尔·巴赫金在其开创性的研究《小说的时间形式和时空体形式》[166]中，用了很长一章来讨论“时空体”，题为“传奇世俗小说中的时间”。“时空体”的核心概念是“蜕变时间”，在这段时间里发生了一种戏剧性的转变：在心理伦理的尺度上，一种人类状态转变成了另一种。这个“时空体”有三个特点：从时间上看，我们谈论的冒险是一个蜕变的过程；从空间上看，我们探讨的是一种取代了物理景观的社会空间；从人的状态上看，我们讨论的是经历了戏剧性人格转变的单一主人公。

巴赫金认为，最典型、最集中体现这种时空体的故事是阿普列乌斯的《金驴记》，故事以鲁巧的一生为中心，其特点是按照基督教的有罪—惩罚—救赎—祝福的顺序发展。在惩罚与救赎之间的过渡阶段，巴赫金指出，鲁巧经历了一个紧张激烈的身心启蒙过程。他从一个人变成了一头驴，因此他必须有能力完成最为屈辱的任务。在这一阶段结束时，在习得了必要的教训之后，他变回人形，并作为一个模范人物、一个备受尊敬的人回到生活中去。其他体现这种“时空体”的基础性故事是卡洛·科洛迪的《木偶奇遇记》和莱曼·弗兰克·鲍姆的《绿野仙踪》。在《木偶奇遇记》中，主人公在惩罚阶段和救赎阶段之间，从一个会动、会说话的木偶变成了一头驴，直到后来他救了杰佩托，从而证明“他有一颗心”之后，才经历了另一次蜕变，这次从木偶变成了人类。在《绿野仙踪》中，主人公多萝西必须认同懦弱的狮子、没有心脏的铁皮人和没有大脑的稻草人，才能赢得回家的资格，或者更准确地说，才能被认可获得美国公民的身份。[167]

学者卡捷琳娜·克拉克和迈克尔·霍尔奎斯特认为，巴赫金在设计这个“时空体”时依据的来源是仪式，尤其是民间传统中以多种方式展现的“通过礼仪”。[168]就像以这些仪式为基础的基督教圣化仪式一样，主人公们会在其间经历三个或四个阶段的皈依过程，最终得到社会的认可，及/或得到精神的救赎。[169]

巴赫金考察了“世俗传奇小说”中“时空体”的地点和人物，按照其异教根源，我们可以称之为在一个故事(《金驴记》)中主人公鲁巧的世界框架内的“(肉体或精神)再生的时空体”。我还想考察一下“再生”这个“时空体”的地点。在我们面对的语境中，我们谈论的是“再生叙事”，但与巴赫金不同，继阿德里安·黑斯廷斯[170]和伊兰娜·帕德斯[171]之后，我意图扩大描述的范围。我不会在这里讨论一个经历完整心理转变的人物，而是要讨论正在努力进行身份转变的整个民族——现代希伯来民族。同样，我不会讨论某个单一的故事，而是要讨论能代表我们称之为“希伯来复兴文学”这个庞大集合体的几部典型作品，其中包括 19 世纪下半叶和 20 世纪以来的创作。

二

希伯来复兴文学的作者们试图通过对描述民族创建之初的经典原始资料进行新的、现代性阐释，来创造一类“新人”和一个“新民族”。在叙事-文化的语境中，希伯来文学内部出现了一种潮流，这种潮流秉承着占据主导地位、反映并塑造当代人生死观的“现代”叙事精神，对有关民族诞生阶段的圣经故事(亚伯拉罕的故事、以撒受缚的故事、出埃及的故事、摩押人路得的故事等)和/或有关民族未来神话的圣经故事(以赛亚的末日异象、以西结的枯骨复生异象等)进行了全新的演绎。[172]

这种民族再生的叙事方式存在于成百上千的现代希伯来文学作品中。例如，出埃及的故事就有数以百计的演绎方式，其中不乏奇异之作。这个故事记叙了以色列民族最根本的建构过程(在《圣经》中它被视为与创世本身同等重要)，[173]其间它从一个奴隶社群转变为一个应获民族独立并拥有自己国度的自由民族。出埃及故事最著名的版本之一正是西奥多·赫茨尔的奠基性作品《新故土》的叙事基础。这是一个新的现代版《出埃及记》：正如赫茨尔所预言的，犹太人从欧洲移民到了以色列地，而我们则从乔·列维——现代版摩西的视角读到了这个故事。乔·列维对"出欧洲记"的报告呈现在《新故土》的第四卷《逾越节》中。书中的主人公之一大卫·利特瓦克解释了人们恰好在这个场合聆听乔·列维报告的原因。

> ……乔会告诉你一切是如何开始的……这个逾越节家宴之夜似乎正是好时机。我们在晚餐时阅读的古老哈加达中有个故事，讲的是先贤们在逾越节家宴之夜聚集在贝内贝拉克，整夜讨论出埃及的事。我们是拉比以利泽、拉比约书亚、拉比以利亚撒·本-阿撒里亚、拉比阿基巴和拉比塔丰的继承人。这就是我们的贝内贝拉克之夜。旧事物逾越入新。首先，我们应当遵循祖辈的方式完成我们的逾越节家宴，然后，我们要让这新时代告诉你它是如何诞生的。**又有一个埃及出现，又是一次幸福的出走……**[174]

赫茨尔的"出欧洲记"故事是圣经故事《出埃及记》的"改写版"，其精神源于他所处时代的两种核心叙事：一方面是启蒙主义的成长小说叙事，[175]另一方面是浪漫主义-反犹叙事。[176]启蒙主义叙事在小说中由东欧犹太主人公来呈现和践行。他们以此拯救自身和令人伤心的以色列地：一方面，与民族之根勇敢相连；另一方面，对知识投以满腔热忱。而浪漫主义-反犹叙事则由小说中的中欧犹太主人公来呈现和践行。他们必须先摆脱颓丧情绪和犹太人的自我仇恨，那是他们生活在欧洲时，肉体和精神在孤立空间中遭受极端压制的结果。只有这样，他们才能抵达以色列地，为民族复兴运动贡献自身积极独特的价值：丰富而高雅的文化“财产”。

小说里东欧群体的代表显然是大卫·利特瓦克。利特瓦克，人如其名（Litvak 意为立陶宛犹太人），出生在东欧一个非常贫穷的家庭。然而，他对犹太民族未来的坚定信念和炽热的求知欲，将他和他的家庭从窘迫的经济条件及其带来的屈辱中解放出来。在小说末尾，他的能力与勤勉使之被任命为以色列“新社会”的主席。

小说里中欧群体的代表则是弗雷德里希·劳温伯格。弗雷德里希生于维也纳，患有“忧愤病”，也就是 19 世纪末那些“太有文化”的欧洲犹太人的标志性通病。弗雷德里希厌倦自己的生活，正考虑自杀时，在金斯考特这个寻找隐居伴侣的德国贵族身上觅得了出路。弗雷德里希与金斯考特在一个荒岛上度过了二十年。在岛上的那段时间，他经历了一种生活训练，这种训练建立在严格的身体与智性规范上。在这段“沙漠时期”之后，赫茨尔才让他完成自己的出埃及：他回到已经适应以色列生活的老相识大卫·利特瓦克身边，甚至还娶了利特瓦克的姊妹。

赫茨尔将这两个典型的“改写版”故事——以大卫·利特瓦克为代表的成长小说叙事和以弗雷德里希·劳温伯格为代表的浪漫主义-反犹叙事——结合起来，编写了一个乌托邦式剧情，并以在以色列地建立起模范社会作为结局。

在赫茨尔的乌托邦小说出版的同一年，希伯来复兴文学史上另一部同样以出埃及故事为题材的奠基性民族文学作品，[177] 海姆·纳赫曼·比阿里克的神话诗《沙漠死者》[178] 问世了。这两部作品以不同方式诠释了《圣经》中有关民族诞生的故事，值得进行细致的比较研究。这样的比较至今还未有过，或许能提供些有趣的见解。本章的研究框架涉及对“再生叙事”在希伯来复兴文学中的地位的初步讨论，我将简要介绍这两部作品所共有的突出特点。

在《新故土》中，赫茨尔关注的是乌托邦式的未来，他将其呈现为一个想象中的当下。这个以色列国成功建立的当下在他看来是一个铁证：凭借意志和远见可以战胜我们内心的遗弃与流亡。赫茨尔感兴趣的是神话变成历史的阶段。

而比阿里克则**选择关注恰好处在神话与历史之间的黄昏时期**，即身处埃及的"流亡"空间与定居以色列地之间的过渡阶段。许多作品将"沙漠的一代"与沙漠中流浪的四十年主要呈现为逐渐摆脱奴役枷锁的经历，与此相反，他将这一时期作为英雄时期来纪念。[179] 比阿里克的"沙漠死者"是巨人，他们和希腊神话中的泰坦一样，反抗上天，遭受惩罚，将永远沉睡在荒漠中。这些反叛的巨人象征着混沌与秩序之间的界限，同时，因为他们是死且生或生且死的，也是生与死之间界限的象征。其他数百部写于"再生叙事"的传统与国族建立的语境中的文本里都有类似生物，比阿里克的混合生物和它们一样，其双重身份也具有目的论上的决定性意义。一方面，它们要在秩序的世界中代表混沌，在历史的世界中代表神话。另一方面，为了秩序能在世界中存在，为了历史的曙光能够出现，它们必须从地表消失。从这个角度看，"沙漠死者"的地位等同于龙和其他怪物的地位，它们在"我们的世界"的再现与消灭或隐匿，都是文明的奠基性艺术作品中族群"诞生"和"再生"的终极条件。这种语境下常见的生物还包括奇美拉、狮鹫等，它们常常是由不同动物如鸟类、爬行类、哺乳类的部分身体组成的混合体，而且混合对象往往是动物王国的高级成员，如狮子、蛇或老鹰。这里可以试想基督教圣像中龙与圣乔治相遇时的描写，索福克勒斯《俄狄浦斯王》中的斯芬克斯，托尔金《指环王》中戒灵们骑的龙，还有以此为基本模板的漫画版本：米海尔·恩德的《小纽扣吉姆和十三海盗》中的龙。

以此为背景，比阿里克的"沙漠死者"与他诗中那些动物王国的高级代表，如"在岩石间出生繁衍的鹰"[180]、"斑点蛇"[181]和"精神力量超群的狮子”[182]之间的平行关系就变得清晰起来。按照我在这里创建的解读模式，这三种动物在时间诞生之际是一种巨大的混合生物，而在此，在神话时空和历史时空的昏暗地带，它们被拆分为三种傲慢的动物。这种拆解远古怪兽的文学行为，在这里代表了从混沌空间到有序空间、从神话空间到历史空间的转变，并为把人的聚集体变成一个民族-国家铺平了道路。[183]

比阿里克追随亚伯拉罕·玛普等希伯来文学与世界文学作家的思想，坚信民族化进程的火焰必须用神话来煽动。因此，他没有以新的方式重现过去出埃及时的民族奠基过程，而是将其安放在一个典型的戏剧性神话场景中。相反，赫茨尔则坚持用当代的新方式来再现过去出埃及时的奠基过程。

而且，至少在本次讨论中，赫茨尔的叙事进程标志着他的坚定立场：实现重建国家的目标，即在以色列地建立国家主权这一梦想成为历史事实是可行的。比阿里克的立场却是模棱两可的。他带着惊奇与赞叹看着自己创造的巨人，同时却把它们永远留在了阈限空间，留在了与文明远远隔绝的沙漠中。此外，他所创造的戏剧性场景，即巨人复活的象征性叙事，并不像赫茨尔的新出埃及那样只发生一次。相反，它在一个永久的循环中反复发生。巨人们挣脱束缚，反叛，战斗，再度回到沙漠中沉睡。赫茨尔创作了一个典型的历史故事，尽管它是按照乌托邦的框架塑造出来的。相比之下，比阿里克创造的故事基于其本质和内在逻辑，“只是”反历史进程周期中的一环。事实上，我们不能忽视一个事实：《沙漠死者》这首诗写于特定的时代，被当时成千上万的读者基于其意识形态-民族文学的“预期视野”进行解读。其中一些读者可能根本没有注意到比阿里克将他的巨人囚禁在沙漠中，这种方式与奥林匹亚人（也出于类似的原因）将泰坦囚禁在塔尔塔罗斯相似，而北欧神话中居住在阿斯加德的诸神也将各类巨人囚禁在他们生命之树底部的隔绝世界中。似乎在文化形成的各个阶段，都出现了庞大怪异的巨人形象，它们的存在是为了与混沌、幽冥之力和一种完整的本我保持联系，但因此也需要严格的管束。[184]

赫茨尔和比阿里克在20世纪初创作的出埃及故事“改写版”，在该世纪末创作的几十部作品中也得到了呼应。有两部优秀的作品可以列入其中：舒拉密特·哈列文的《奇迹憎恨者》(1987)[185]，该书后来作为《渴：沙漠三部曲》(1996)[186]的第一部出现，以及阿哈龙·阿佩费尔德的《莱什》(1994)[187]。

舒拉密特·哈列文像她之前的比阿里克和赫茨尔一样选择了奠基性的故事，或者就如阿丽亚娜·梅拉梅德在《渴：沙漠三部曲》的序言中十分贴切的描述：“舒拉密特按照她的方式前去寻找一个真正重要的故事。而还有什么比一个民族和宗教、语言和祖国的诞生更重要呢?”[188]哈列文和赫茨尔一样，从名为“奇迹憎恨者”的主人公的视角书写了一个世俗的故事。不过，这个主人公不是按照赫茨尔的乐观人文主义模式，而是按照那些处于营地边缘的人的模式来塑造的，就如阿尔贝·加缪笔下的“局外人”式的主人公。而相应地，正如阿丽亚娜·梅拉梅德所说：“(舒拉密特·哈列文)试图创造的并非英雄主义，而是那些遥远的、被恐吓的、相信/不相信的、勉强生存的难民的假想现实”，[189]通过描述他们在沙漠中的西西弗斯之旅，她成功地向读者展现了“初代一神教思想的危机有多深”。[190]

在《奇迹憎恨者》的结尾，“没有人(被)留在沙漠中”，[191]人们跨越约旦河，走进应许之地。《莱什》的结尾则不同。一辆满载流浪者的大篷车在欧洲行进，这个欧洲被描绘成一个与西奈沙漠相对应的沙漠空间，[192]大篷车没有到达以色列地，并且依照其行进方向，永远也无法到达应许之地。这是因为就像在其他书中一样，[193]阿佩费尔德在《莱什》中创造了两种犹太流亡元叙事的结合体：在沙漠中流浪的以色列人的元叙事与“流浪的犹太人”即亚哈随鲁的元叙事。[194]这两种元叙事的合并让阿佩费尔德改写的《出埃及记》充满了争议性的文学-意识形态要素。像比阿里克，也像弗里希曼在他的故事集《在沙漠中》[195]所写的一样，阿佩费尔德将沙漠中的过渡时期视为出埃及故事中最重要的时间段。此外，与赫茨尔、哈列文和其他几十位犹太复国主义作家不同，对阿佩费尔德来说，沙漠时期不是一个“过渡时期”，它不是一个单一的中间时期，其间以色列人民必须从奴役和流散的桎梏中得到净化与解放。在阿佩费尔德的《莱什》和其他许多故事中，沙漠时期在他眼中是一个终极时空，它以宗教欲望为标志，这种欲望是一种浪漫主义为主的奇异混合体，包含着对现象世界个人化与一神教的观念。这个混合体中的文学-意识形态的潜在争议性在于，它采用了永恒迁徙的流散模式，拒绝了犹太复国主义试图采用的自生模式，后者认为故土是存在的源头，国家和民族都是从故乡的土壤中发展而成的。

在《新故土》和《沙漠死者》问世46年后，1948年初，摩西·沙米尔的小说《他走在田野中》出版了。毫无疑问，这部作品是帕尔马赫一代的奠基性小说。[196]最近，评论界重燃对它的关注，这也合情合理。前代批评家忽视了这部小说的一些重要特征，而当代批评家将其揭示了出来。[197]然而，这些批评家中还无人讨论过小说中出埃及故事的对立版本。正是它们组成了构建小说主干的复调结构。沙米尔通过小说开篇点明了出埃及故事在小说中的核心地位。小说开篇以“坎塔拉的开场”为题，意在为我们指明阅读后文应当遵循的主题框架。开篇是威利·卡哈纳的意识流，他是故事主人公尤里的父亲，儿子已经死于不幸。威利志愿加入英国军队，要从以色列国前往埃及。他正坐在前往埃及的客运列车上，拿着刊登尤里讣告的希伯来报纸，思绪万千：

天色已晚，卡哈纳下士。火车哐当作响，驶向埃及沉闷、漆黑的夜晚。人们刚结束假期，乘火车奔波迁移。一个人心怀一场新的大灾难回到军营。而你却一无所知。想到军营，想到沙漠中的营地之城时，一丝温暖就会偷偷溜进你的心。

被抛在故乡的是什么？那些被留下的人有何意义？万能的上帝——长者——多么该死的家国之情！

卡哈纳下士为和他坐在一起的黑人们腾出位置。他们从塞得满满的口袋里掏出三明治，大口嚼着。下士透过窗户望进夜色。火车一路飞驰，熄灯后车内一片黑暗。只有在它前方，远远地，电光闪烁的云团从某处隐秘的深渊中涌流而出。沙漠的气息冲撞着节节车厢，细沙嵌入齿间。下士咀嚼着沙子，睁大眼睛听着它们在颌间被磨碎。

卡哈纳将双臂伸出窗外，**像渴望接受上天赐礼的人**。**没有任何东西向他降下**。相反，报纸从他手中滑落，飘过一扇扇黑暗的车窗，白色影子一闪而过。[198]

在摩西·沙米尔的小说开篇中，旅程方向与我们所知的希伯来复兴文学中“再生”小说的叙事范式所呈现的恰恰相反。在《圣经》文本中，旅程是从埃及经西奈沙漠至以色列地；而在这里，取而代之的是一次从以色列地经西奈沙漠再进入埃及的旅程。

旅程方向的逆转标志着小说脱离了支撑着原始模型中迁移方向的逻辑，换言之，与《圣经》中出埃及故事的神学动机无关。在小说开篇的最后几行，叙述者就通过隐喻的实现暗示出这种倾向。“卡哈纳将双臂伸出窗外，像渴望接受上天赐礼的人”——这个姿势意味着期待奇迹。如果我们讨论的是西奈沙漠之旅，这也许意味着期待天降吗哪或者上帝的另一份礼物。然而最重要的是，“没有任何东西向他降下”，甚至，“相反，报纸从他手中滑落，飘过一扇扇黑暗的车窗，白色影子一闪而过”。

通过驳斥《圣经》中出埃及故事的逻辑，小说确立了自身的现实主义立场：推动故事发展的不是依靠神迹奇事的神学逻辑，而是完全的世俗逻辑，是建立在开发自然之力上的逻辑。威利乘坐的火车（现代大机器时代的象征）驶向埃及，而现在的埃及已经不是一个标志着神话历史的遗址，而仅仅是一个“营地之城”的所在地，是士兵们群聚对抗轴心国政策的地方，仅此而已。[199]

《新故土》问世 87 年后，也是《他走在田野中》问世 41 年后，伊塔玛·列维的《悲湖的传说》出版了。[200]列维的书和赫茨尔、沙米尔的书看似属于两个遥不可及的星球，但实际上，这三本书以各自的方式包含了“改写版”的“再生”叙事模式。它们与这种模式中民族奠基的呈现形式保持一致，遵循《出埃及记》和逾越节哈加达中对出埃及的再现。

《新故土》是一部乌托邦小说。赫茨尔创造了一个世界，将其作为一种虚构的证据，以证明如果他这一代人愿意，再次出埃及即以色列民族的现代再生这一设想和愿望便是可能与可行的。[201]摩西·沙米尔的《他走在田野中》则是一部具有时代特征的小说，它用现实主义的艺术语言拓展并塑造了一种生物-意识形态准则，沙米尔似乎将这种准则视为拯救犹太复国主义大业的终极条件。而《悲湖的传说》则和伊塔玛·列维的所有小说作品一样，[202]是一部反乌托邦的后现代小说。列维在这里创造了一个传奇世界来对他的假设进行一种想象的、虚构的展现，即以色列人民的现代再生是一个在妄自尊大中迷失和堕落的过程。

小说前几页就显现出列维版出埃及故事的反乌托邦特征。这部分故事的核心是追踪一位刚经历分手的以色列青年阿农·格林伯格，他正在以奇怪的方式筹备逾越节家宴，又以奇异的方式在特拉维夫一家廉价旅馆的租住房间里独自庆祝这一节日，而该旅馆正是妓女和嫖客的碰头地点。以下是《悲湖的传说》开篇的几节选段：

逾越节前夕，快六点的时候，酒店的水管不出水了。我还剩什么选择呢？确实，没了冷水，一个犹太人就没法办一场地道的逾越节家宴。我拿着洗衣桶，上街找点液体。约旦河和雅孔河都毁了，先知约拿街也被毁了。只有在文士以斯拉的院子里，我才找到了一个滴滴答答的水龙头。

我踏进荒凉的田地，把水桶搁在管口下，站在那儿看管着。在解困房上空，酵食的炊烟升起，在街道尽头，人群弄脏了海滩。

……

而当一切都安排就绪，我身着自己的节日装束坐到桌前。拿来一份报纸上刊登的哈加达，我做起了逾越节晚餐。一张发黄的床单充当我的桌布。无酵饼被我用一件内衣盖住。在一个碟子里，我放上一个水煮蛋、一个煮土豆、一座果泥小山，还撕下一片我在艾伦比家铺子买的烤鸡肉。

我不会让我的孤独搅扰你，我就坐在那儿，嗓音悲凉，唱着《一头小山羊》之歌，**哀悼我族人的命运，哀悼我父亲的命运，哀悼我已故母亲的命运**。轮到第三杯酒时，以利亚来了。我去应门。我当时正跪着前后摇晃身体，按照我家逾越节的传统，也是我父亲的传统，我把门**大大敞开**，结结巴巴地说："欢迎！"

一个留着络腮胡、挂着鬓角长发的年轻人出现在我面前。他的鼻子肿得像个小丑，右眼清澈，左眼浑浊。两根发辫别在他的黑色翻毛圆顶大皮帽下面，而他的胡子是金色的。……惊讶之中，他的眼睛偷瞄着我的左右双肩。最终，他张开嘴，两排黄牙上下叩合："**你是几号**？"

在脑海中记下他特征后，我转而打量他的同伴。依我看，她像个女学生，背靠着墙，**随意地张开布满青筋的双腿**。

"你是哪个房间的？"那虔诚的人试探着问。

> 如遭当头一棒，我目不转睛地注视着她脸庞和光洁肉体的纯净。肉体，越来越多的肉体从异教徒喇合的衣袖中露出，带着一种厚颜无耻的羞涩。她那埃及艳后般的眼睛，她那裸露的双腿。我神智混乱，还没领悟这个姑娘的所有暗示，那个犹太经学院的学生就已经满口赔着不是，两个人立刻消失不见了。我知道这是个梦。但当我准备好关上为以利亚敞开的大门时，那个哈西德教徒的头从门框后挤了出来，他以虚弱的声音补充道："节日快乐。"[203]

逾越节哈加达中出现的出埃及故事建立在两个轴心上。一个是历史轴心：一次开启革命性变化的独特事件（"原初"的出埃及）。一个族群背离过去的经历，让自己重获新生。第二个轴心是神话轴心，这一事件由于被赋予了循环的正当性而获得意义，其本质在这句话中可以找到："他们世代起来反对我们，毁灭我们，而那圣者，万福的主，从他们手中将我们救出。"而在每年的自由之节——逾越节期间，通过对出埃及故事进行仪式性的重复来传递这一信息，同样揭示了其本质。

第一个轴心的始动因素是反叛的欲望，即改变过去、重新开始和重获新生的冲动。这一轴心的事件是由俄狄浦斯情结驱动的，它要求改变我们过去的模样（一个苟活在埃及肉锅里的奴隶民族），翻开新的一页，并由此宣布出埃及月，即希伯来的尼散月，为一年的元月。赫茨尔的作品和所有依托出埃及故事的犹太复国主义文学一样，强调的都是这个轴心，即反叛与起义的轴心。而第二个轴心的始动因素是以两种形式重复出埃及故事的文本驱动力：一是将圣经故事的模式投射到日后（每一代）发生的所有民族创伤上，[204]二是每年都重演圣经故事。在赫茨尔的作品和依托出埃及故事的犹太复国主义文学中，这个轴心就被遮蔽了。

在《悲湖的传说》中，列维采用了逾越节哈加达作为基础文本，并超越自身，将自己的小说建立在基础结构相同的两个轴心上，甚至对驱动这些轴心的元素进行再创造：一方面是反叛的欲望，另一方面是周期性的强制重复。但列维以一种怪诞的私人化方式演绎了民族再生叙事。这一版本与约拉姆·康尼尤克的《犬之子亚当》和《死尸》[205]、大卫·舒尔茨的《草与沙》[206]、奥莉·卡斯特尔-布鲁姆的《多莉城》[207]和阿米·迪维尔的《亚比米勒乘着旋风上了天堂》[208]等作品相似，将这个民族奠基故事的乌托邦-革命的可能性及其疗愈-慰藉的可能性加以颠倒、扁平化和净化。

伊塔玛·列维用他的主人公阿农·格林伯格的出生故事取代了以色列民族诞生的历史故事——原初的《出埃及记》。无论是在小说还是在《出埃及记》中，故事都是由俄狄浦斯情结驱动的。然而，逾越节哈加达中强调的从奴隶社群走向自由国家的过程，在《悲湖的传说》中却被可怕的（以色列的）压抑心理所取代。格林伯格必须面对一个可怕的问题：他的父亲究竟是约哈南/海因里希·格林伯格，一个犹太大屠杀幸存者？还是恐怖的纳粹战犯党卫军军官约阿希姆·克朗？

格林伯格无法解开这个俄狄浦斯式的斯芬克斯之谜，这在前文选段中那个犹太经学院学生模糊的问题里就有暗示："你是几号？"（房间号和/或手臂上的号码）。这是因为作者伊塔玛·列维没有向他提供足够清晰明了的资料。因此，格林伯格再生的故事仍然没有解决，令人困扰。留给他能做的就是一次次回到起点，回到故事诞生的模糊时刻。这种消除了叙事中革命-反叛的可能性的情节模式优美地呈现在本书的行文中，呈现在它几乎全部由起点构成，并由此形成的循环-强制模式中。叙述者也意识到了这一点："我的这本书将有许多起点，而没有一个终结。"[209]

通过对其出生行为的重复及对其身份之谜的重复和扭曲，列维打破了以色列人离开埃及时再生故事背后的反叛性线性历史逻辑。此外，由于这种重复，我们不得不重新梳理记忆，反思出埃及的故事——原初的奠基性事件——是否实际上也重复了另一个版本的再生叙事：民族始祖亚伯拉罕走出两河间的亚兰的故事。

列维以重复机制打破了传统出埃及故事的历史轴心，将重点放在传统出埃及故事中神话轴心的主导机制，即仪式重复的机制。列维用一种怪诞的方式，突出强调推动传统双重仪式性重复的强迫性冲动，从而打破了这一轴心。“他们世代起来反对我们，毁灭我们，而那圣者，万福的上帝，从他们手中将我们救出”，这句话反映了圣经故事的投射行为，同时也包含了逾越节对出埃及故事的仪式性重复，仪式宣称的目标是年复一年赐予并实施这种投射行为。

同样在这个语境中，列维将民族故事私人化，使其彻底离经叛道。先知以利亚被一个淫荡的犹太经学院学生取代，而对逾越节哈加达的潜心投入则被热切打量陪伴学生的妓女取代，打量“……她脸庞和光洁肉体的纯净。肉体，越来越多的肉体从异教徒喇合的衣袖中露出，带着一种厚颜无耻的羞涩。她那埃及艳后般的眼睛，她那裸露的双腿”。

列维对《出埃及记》故事的色情改写甚至出现在他与经学院学生和学生的女伴见面之前（当他描述他家开门的习俗时说“我把门大大敞开”，而妓女则是“背靠着墙，随意地张开布满青筋的双腿”），这一段还附加了“异教徒喇合”的相关描写，使这种色情改写与《圣经》中“派遣篇”（《民数记》13:1—15:41）的故事产生了关联。派遣先于征服以色列地发生，并为征服扫清障碍，在以色列子民、以色列地和以色列上帝之间持续立约的历史中充当一个中心环节。列维通过遍布书中的数十处露骨的色情描写，丰富和深化了这些民族奠基事件的色情转向。其中，许多描写都直接或间接地与这些事件有关，另一些则“揭穿戏法”，与机械-色情机制本身有关。无论哪种方式都揭示了诡异、变态的成分。在作者看来，它们是所有的宗教仪式及其民族化替代品的基础，其结果也如出一辙：恐怖的非人化。

这一点在以下选段中清晰可见，它是阿农·格林伯格“德国”日记中的一段描述。这是一个士兵的“表演”，他将自己拆解（杀死）又重新组装（再生），由此产生一种令人不寒而栗的机械-色情联想，将民族战争（此处指德国的）和“世界大战”（此处是个近乎抽象的概念）的故事与大屠杀期间纳粹集中营中那些成堆的物品和“产品”联系在一起。

> 1988 年 6 月 5 日　慕尼黑
>
> 睡了德国式的一觉之后，我从床上起身，把油彩的涡流深吸入肺中，随后悄然溜出，踏入明净的街道。因为发过誓不再使用纳粹父亲的语言，在市中心，我用英语请绿巴士司机为我开门。有一瞥没一瞥，我的目光掠过商铺和房屋，拒绝欣赏城市之美和居住其中的女人之美。一群纷纷攘攘的人吸引了我的目光。在人群中间，坐在一条羊毛军毯上的是一具畸形的身体，一个人的影子，一个穿着世界大战军服的残疾人。他的表演再过几分钟就要开始了——旁边的海报上这么写着——而我仍然不知道这表演的真面目。人群中传来一阵窃窃私语，急促的倒计时旋即开始，而士兵的右手就抓住另一只手将其折下，将死肢放在毯子上。人群中又传来一阵窃窃私语，士兵的右手已抓住左脚折下，将断肢放在手臂旁边。一只手和另一只脚被折了下来。一条腿和另一条腿。而他的身体已经变成了一个躯干，一个模型，一个商店橱窗里被截肢的人体模特儿。他的牙齿都被放在身下的毯子上。他的右眼加入其中，目光死死盯着黑夜的穹顶。就像一把被完全拆卸的枪，他在七秒钟内在肮脏的羊毛毯上将自己列成一排：左手和左脚，右脚和右腿，一只玻璃眼，一只右手，还有一副牙齿。随即他在众人的欢呼声中把所有的东西组合在一起。当然，最大

> 的困难是安装第一只手。首先，他把自己剩下的躯体扔在毯子上，把假牙套件吸进嘴里。他用舌头和牙龈把牙齿归位，随后用它们咬住死肢，把它放在肩旁，它们奇迹般的咬合，灵活而生机勃勃。从此往后，组装之路就容易多了。[210]

三

希伯来复兴文学与再生叙事之间的紧密联系是显而易见的，既体现在其事件次序的独特性质上，也体现在作为这种事件次序的结构与理念中心的蜕变时间的性质上。在许多现代希伯来文学故事中，新希伯来民族的诞生故事被描写成一个有罪-惩罚-救赎-赐福的普世性宗教-伦理次序。在其中一些比较简单的故事中，这个次序被转换为一种意识形态和政治的次序，其最终结果是一种“民族宗教”和/或“宗教国家”。[211]在这些故事中，这些事件发展模式的再现方式被明确分成两种：罪与罚的再现被置于大流散的犹太生存空间中，而救赎和赐福的再现被置于以色列地全新的犹太生存空间里。在更复杂的故事中，则不存在这种二分法。其中许多故事对这种模式的再现既属于宗教-伦理的普世领域，也属于意识形态-政治领域，尽管并非总是同时存在。

在这个语境中，阿格农的奠基性小说《昨日未远》[212]可以说是以宗教-伦理的普遍性迫切需求与犹太复国主义拓荒者的迫切需求之间的激烈斗争为中心的。其他典型的文学案例还有纳坦·比斯特里斯基的小说《日与夜：四卷本故事》[213]，及耶胡达·亚阿里的《犹如闪烁的光：约瑟夫·兰达的一生》[214]。虽然这些作品的知名度要低得多，赫恩·施特拉斯的透彻分析揭示了其中同样存在“旧宗教”和“新宗教”的迫切需求之间的激烈冲突。[215]

再生叙事展现在民族复兴故事，尤其是那些发生在以色列的故事中，其中的“蜕变时间”这一特点值得我们研究。几位研究希伯来式“民族宗教”的学者把人们接受它的过程描述为一种具有目的性的上升运动（“阿里亚”），在这一过程中，“新移民”将其旧有的流散时的犹太传统价值观替换成犹太复国主义拓荒者的价值观。这种转换是通过仪式庆典实现的。在这些仪式中，“那地”，即上帝的地位，被领地和意识形态意义上的地点所取代。[216]这方面最突出的例子是复兴文学在理解和使用以撒受缚故事时采取了明显不同的方式。[217]

在传统希伯来文学中，以撒受缚的故事是一个比喻意义上的而非实际发生的人祭仪式，它被看作一个以神为中心的故事，死亡是为了圣化上帝；而在复兴文学中，尤其是19世纪末写于以色列地的犹太复国主义拓荒者文学中，这是一个真实的、实际发生的仪式，被置于以土地为核心的故事框架内，死亡是为了圣化土地。[218]这种说法似乎并不新鲜。我在这里介绍和立论的创新之处，关乎这种戏剧性转换发生时意识发展轨迹的结构。许多学者都曾论及这一宗教-民族转换过程，并将其分为两个阶段：第一阶段，旧的（正统派-犹太教-流散的）组织结构被呈现出来然后被消解；第二阶段（和前者同时进行），一种新的、替代它的（希伯来-犹太复国主义拓荒者的）组织结构被呈现出来，它“埋葬”了原有的旧组织结构的残余，并被人们接受。[219]

然而，仔细考察现代希伯来文学中的这类转换仪式就会发现，它其实是一个可分为三个阶段的过程。在学者们注意到的两个阶段之间，还“隐藏”着一个额外的、至关重要的蜕变阶段。在这个阶段中，一种不同的，古老、原初、原始的组织结构被呈现出来，暂时被接受，然后被消解。这个阶段的体现方式之一，就在中心人物必须经历的变化与调整的发展轨迹的结构中。

仔细思考这一轨迹可以发现，这条蜕变之路与阿普列乌斯《金驴记》中的路径相一致。两者都包含着分为三个阶段的过程。不论在此处还是《金驴记》中，中心人物都不能直接从一个普通人变成一个模范形象，而必须经过一个中间阶段，在这个阶段中，他被视为一个存在级别不同或更低的生物。我们知道，鲁巧不可能直接从一个“常人”变成一个“模范人”。他必须经过一个中间阶段，在这个阶段中，他从一个“正常人”变成了一个“原始”生物：一头驴。

同样，希伯来复兴文学中的主人公，尤其是在以色列背景的故事中，也不能直接从“常人”（移民）变成“模范人”（“新移民”“拓荒者”），而必须经历一个中间阶段，其间他们要经历“原始”的转换仪式。这种仪式将他们与“原始”的生物、动物——驴、马、蛇、豺狼联系在一起，当然还有按蚊、疟疾携带者、“犹太复国主义疾病”或在文化上“低人一等”但同时在民族先驱意识形态上具有优越性的人，也就是异教徒（基督徒）和阿拉伯人（贝督因人或农民）。

在希伯来复兴文学的中间阶段，中心人物经过的蜕变之路的性质是由犹太复国主义革命的基本原理决定的。因此，正如我在前文中所说，传统犹太文化中“地点”的概念被地域化了，成为同时具有字面意义和象征意义的地点：一块民族的-神圣的土地。这个地域化过程伴随着两个相应的举动。首先，身份主要源于共享某个物理空间的社群的人，取代了身份主要由所属的某个宗教社群决定的人的位置。其次，传统犹太文化中把人们与“那地”（上帝）联系起来的仪式，在犹太复国主义文化中被一种把人们与实际地方联系起来的仪式所取代。这些仪式与“适应”有关：适应气候、当地居民、景观、地形、动物、疾病和食物；还有些与生命周期有关，如出生、成年、结婚、死亡和丧葬。

支撑这一过程的是一个概念，其革命性本质是对传统犹太教所依托的叙事的转变。这种叙事讲述的是移民至以色列，从异国他乡的出生地到一个被定义为故土的地方：亚伯拉罕从两河间的亚兰移民（阿里亚）至以色列，以色列子民从埃及移民（阿里亚）至以色列，以及更加

“现代”的，从大流散的所有国家、从流亡中移民（阿里亚）至以色列——它伴随着一种自生叙事，也就是人和民族（直接）从一片土地成长起来的叙事。[220]这种“自生叙事”本质上是异教的，它决定了希伯来复兴文学再生叙事中间阶段的特征。但这并不是说这种叙事总以其“原初”的模式，即米哈伊尔·巴赫金所揭示并概述的三阶段模式，出现在这个庞大集合体的所有故事中。事实上，目前这个集合体中大多数乃至所有故事都以这种蜕变的模式书写，同时也通过颠倒、扭曲、强化或者讽刺来改变它。

摩西·斯米兰斯基的短篇小说《哈瓦加·纳扎尔》[221]是这种现象的典范。希伯来语文学批评将这个故事视作一个奠基性文本，同时也认为它是意识形态化、天真和简单化的。[222]然而，考虑到其中涉及蜕变之路所有要素，这个故事就一点也不简单了。在《哈瓦加·纳扎尔》中，斯米兰斯基成功创作了一出关于身份标记的迷人剧目，他编织起身份标记，拆解开，再重新编织，最终形成了自己的再生叙事。

《哈瓦加·纳扎尔》讲述了身形巨大的俄罗斯人拉扎尔的故事，他生于萨马拉，有一半犹太人和一半外族人血统，他来到以色列地的动机是对这个地方本身的爱，而非犹太复国主义思想。“（他说）直到上了船，军官们才告诉我犹太复国主义运动是什么……”[223]拉扎尔有个矢志不渝的梦想：要去看看约旦河。在他的想象中，约旦河与伏尔加河很像，他就是在伏尔加河畔长大的。他一再恳求故事的叙述者带他去看朝思暮想的对象。而当他最终凝视着约旦河的真实大小，并将其与他儿时的河流相比较时，“我的同伴什么也没说，脸色却变得像死人一样苍白，他的眼中流露出深深的痛苦”[224]。拉扎尔[阿拉伯人钦佩地称他为哈瓦加（意为主人）纳扎尔，因为他身强力壮]找到了解决他苦恼的办法，因为梦境和现实之间难以忍受的差距，他跳进约旦河，为了故意淹死自己，“他的脸孔上扬，他的眼珠从眼眶中瞪出，似乎凝结着他胜利的呐喊:‘你能淹死!’”[225]

故事以讲述拉扎尔(纳扎尔)的死亡与埋葬做结。叙述者打电话给殡仪社,但他们发现拉扎尔未受割礼,拒绝让他葬在以色列。最后,迫于威胁,他们同意将他葬在墓园的围栏之外。但事情没能成功,因为发生了一件怪事。拉扎尔(纳扎尔)的尸体“正在移动,摇晃,从原处滑走;约旦河的水流抓住了它,正在拖它下河”。[226]殡仪社的人员惊慌失措地大喊大叫,连连后退,大喊着“叛教者!”。而叙述者则“牢牢站在原地”看着他朋友的尸体“在水面上来回漂动,顺流而下”,在他后面喊道:“约旦河带走了他!”[227]

《哈瓦加·纳扎尔》中的再生叙事模式由两种视点组合而成。一种视点来自拉扎尔本人,他是个局外人,一个半外族半犹太的生物;这个人物既是半史实的(希伯来语原版故事的副标题是“非事实,也非虚构”,而这个版本是为“纪念一位性情中人,A.L.莱温斯基”而作的),又是半神话的(毕竟我们必定会把拉扎尔的死而复生与《新约》中拉撒路死而复生的奇迹联系起来)。第二种视点来自叙述者,一个普通的“新希伯来人”,他带着惊奇和一丝克制为我们讲述了拉扎尔的一生。

区分这两种视点的至关重要,对这个集合体中许多其他故事来说也一样。拉扎尔的视点标志着一种“原初”“原始”的意识。这种“天真”的视点既使他成为一个模范形象,又成为一只祭祀羔羊,即整个社会的替罪羊,他凭借自身的死亡命令我们活下去。叙述者的视点认同了拉扎尔的天真视点,但又保持了审美距离。这种双重性使得叙述者(他是作者的忠实代表)能够代表这个群体,它本应通过祭祀羔羊(替罪羊)的献祭、复活和死亡,经历一次“异教式”的再生体验,但很明确地有所保留:这只是一个中间步骤,这个步骤由拉扎尔代表并执行,而他只是半个“自己人”。这一阶段的结束,则以曾经是半历史性存在的拉扎尔回归神话-自然的温暖怀抱为标志。斯米兰斯基所构建的意识发展轨迹的最后一步，应该发生在读者脑海中，他们惊讶地注视着眼前的非凡现象。这些读者以这位常规叙述者为代表，被引导着得出以下结论：拉扎尔，虽然他不是因为犹太复国主义思想来到以色列，却是那个终极犹太复国主义者，一个应该成为榜样的模范形象，然而——这是个至关重要的限定条件——只能在某种程度上是。因为对于拉扎尔这个半神话人物来说，他的动机是宗教-狂热的，但对于作为历史人物的叙述者和读者来说，这是不正确的，甚至是被禁止的。换句话说，拉扎尔短暂地存在于神话与历史的夹缝中，与比阿里克“沙漠死者”完全一致，他的角色清晰明确：他必须在沉睡的族群中点燃复兴之火，并通过他的自我牺牲仪式，使之获得象征性的再生。[228]叙述者作为将来移民的代表，在故事结束时明白了一件事，那些殡仪社的代表，在这里代表一般人类社会而非宗教社会，没有资格负责拉扎尔的埋葬（“‘滚开，一群混蛋！’我喊道，并拔出了枪，‘滚远点！你们不配碰他的尸体！’”），[229]他属于大自然（“你们之前不想带走他，所以现在他被最合适的力量带走了——约旦河带走了他！”）。[230]这种理解标志着神话世界的代表在人类领域的使命已经结束。现在拉扎尔可以回到世界上所有英雄居住的领域，回到自然的怀抱和神话的迷雾中了。

正如我提到的，《哈瓦加·纳扎尔》被建构成一出关于标记的剧目。斯米兰斯基通过他忠实的叙述者编织了身份标记，又展示出这些标记毫无根据，然后他编织新的标记，再次证明这些标记毫无根据，以此类推，直到他引导读者为拉扎尔和常规叙述者自身编织出正确的标记，并以此构建出他三段式的再生叙述模式：第一，一个普通人（移民）；第二，一个原始/崇高的人；第三，一个模范人——犹太复国主义拓荒者。

故事的第一节开始于一个不同寻常的标记，标记中出现了三个重大的错误：故事始于一个农业共同体，在安息日前夕，突然听闻传言说："他们在攻击移民区。山外有枪声……"[231]一些年轻人组织起来，采取措施防止这场动乱，并前往枪声传出的地方——"雅法路的沙丘"。[232]这时，"一个巨型生物"[233]带领一帮全副武装的阿拉伯人从沙丘上向他们直冲下来。叙述者拿着武器用阿拉伯语询问"巨型生物"是谁，当"这生物"用俄语回答时，叙述者得出结论认为他听到的声音"一定属于一个犹太人"。[234]

由此可见，拉扎尔最初被看作一个非自然的生物，"一个巨型生物"。接着，他被认作阿拉伯人，尽管事实上不是。与此同时，他因为说俄语而被当作犹太人，然而他也不是，至少不符合正统派犹太教的标准(他没有受割礼，这是一个"缺陷"，我们记得由于这个"缺陷"，殡仪社的人拒绝埋葬他)。在那之后，共同体的居民询问拉扎尔他们听到枪声的真相。拉扎尔告诉他们有两个阿拉伯人袭击他，而他把他们降服之后绑了起来。一群人来到阿拉伯人被绑的地方。犹太人和阿拉伯人之间展开了对话，这时拉扎尔身上"巨型生物"的标记得到了强化。在这个场景中，人们称他为"年轻的巨人"[235]，"英雄"[236]，一个"漂亮"的犹太人[237]，等等。这些称呼伴随对身体的描述，和对"新犹太人"的类似描述一样，充满了对年轻、生机勃勃的男性身体的崇拜和迷恋。[238]

另一个标记上的错误发生在开篇，两个阿拉伯袭击者之一的易卜拉欣试图与我们还未闻其名的拉扎尔讲和：

阿拉伯人向陌生人伸出手，问他：

"你叫什么名字，哈瓦加?"

对方握住阿拉伯人的手，咧开嘴露出了笑容。两排洁白的牙齿在双唇之间闪闪发光。

"他说什么?"

"他想知道你的名字。"

“我叫拉扎尔。”

“哈瓦加·纳扎尔？很好！让我们立个和平契约吧。坐到我旁边来。”[239]

这个阿拉伯人读错了拉扎尔名字的发音，把“拉扎尔”变成了“纳扎尔”，这就迫使读者特别留意这个“巨型生物”的名字，同时注意到它和《新约》中死而复生的拉撒路之间的潜在联系。这种联系在他故事的结尾处建立起来，并被再次提起，当死去的拉扎尔在约旦河中移动与摇晃时，这一场景自然会把我们引入基督教的文本集合体中。这种联系的合理性还在于，拉扎尔在犹太律法中不算是犹太人（他的母亲不是犹太人），也没有受割礼。而浸没在约旦河中对他来说是一个基本事件，这在我们的脑海中首先与基督教的洗礼联系在了一起。

拉扎尔和拉撒路都是神奇的生物。然而，他们之间有两个重要区别。第一，拉撒路在耶稣的帮助下死而复生，而拉扎尔在自然的力量下从死亡中苏醒了片刻。第二，拉撒路死而复生后继续活着，而拉扎尔则在片刻苏醒后重归死亡，被约旦河“带走”。通过这些差别，斯米兰斯基为我们提供了另一点说明拉扎尔身份复杂性的线索：他不是犹太人，不是犹太复国主义者，也不是基督徒。因此，他在约旦河的自杀不应被解读为犹太教、基督教或意识形态范式的一部分。他想在约旦河中淹死的愿望是他原始神话世界观的一部分，拉扎尔是大地之子，是本土的存在物。因此，他的死是一个属于自然界而非人类社会的人的献祭仪式。在这点上，他的地位与“原始”社会中的公羊或羔羊，乃至纯洁的处女和天真（完美）的男孩是一样的，他也回归了自然。例如把献祭羊羔放在祭坛上，赎罪鸡仪式（一只鸡象征性地承担一个人的罪孽，在赎罪日前一天被宰杀，并捐给穷人），把替罪羊扔进欣嫩子谷，等等。就我们谈论的社会而言，这样的仪式都是必不可少的奠基性事件。这正是“原始”的、准本土的、“异教”的中间阶段，共同体成员通过它重新体验再生事件，从移民、犹太人（原则上也包括其他一神教信徒）、“隔离地带”和大流散中人们的意识和体验，进入新移民、新希伯来人和拓荒者的体验。

和第一次阿里亚时期摩西·斯米兰斯基在《哈瓦加·纳扎尔》中展现的相似，蜕变之路以不同而精彩的方式体现在第二次阿里亚的三部伟大小说中：阿哈龙·鲁文尼的《直到耶路撒冷》、Y.H.布伦纳的《生死两茫茫》和S.Y.阿格农的《昨日未远》，以及同时期和许多年后出版的很多小说中。类似的蜕变之路也奠定了以色列国成立后出版的数百篇移民故事的基本结构。正如巴提亚·西蒙尼为我们恰如其分地证明，在来自欧洲和美洲以及亚洲和非洲的移民故事中均是如此。[240]所有这些文本中都发生了重塑再生叙事的标记剧情。这些故事的读者预计通过中心人物或代表主人公的比喻或隐喻人物，经历同样三阶段的民族-犹太复国主义转变，从一个普通人（“移民”），到一个原始/上等人，最后到一个模范人物、一个新移民（回归以色列地的移民，字面意思是上升的人）、一个犹太复国主义拓荒者。

正如我所提到的，各个蜕变阶段的顺序及其实现情况因故事而变，而再生叙事的时期也因其现代犹太民族的背景而改变。事实上，期待已久的蜕变甚至没有在一个故事中得以实现，但在某些故事中，这种意识形态的叙事范式获得了更多有效性，而在另一些故事中，它几乎被断然拒绝。[241]

这种叙事的最佳呈现可见于阿格农的《昨日未远》。因此，使用本章提出的阐释模式来解读这部小说，就有可能解决困扰文学研究者的问题——尤其是关于巴拉克这条狗在小说中的定位和重要性的那些问题——并且对此书震撼力的来源做出新的阐释。

与摩西·斯米兰斯基的故事一样，阿格农这部包罗万象的长篇小说中，一出关于标记的戏剧逐渐成形，在此过程中，读者被引导着不断打上和撕下身份标记，直到他们必须明确一个“最终”观点（这发生在阅读之后），而这一观点同时给他们自己打上了标记。

小说著名的开篇段落将伊扎克·库默打上了第二次阿里亚拓荒者之一的标记：

> 就像第二次阿里亚中我们所有的弟兄——我们救赎的承担者那样，伊扎克·库默离开了他的祖国、他的故乡和他的城市，踏上了以色列地，从毁灭中建设它，也被它重建。自从那天我们的同志伊扎克下定决心，他就没有一天不想这件事。整个以色列乃福佑之所，其百姓受到上帝庇护，这便是他想象中的天佑居所。[242]

但在此段段末，伊扎克的标记已经严重贬值。也许是带着善意的微笑，也许是带着尖锐的讽刺，叙述者告知我们，“伊扎克是个充满想象力的人，他心中的所有愿望都会在想象中实现”。[243]从这里开始，在整本书中，读者被反复要求根据伊扎克的行为来判断，他是否还秉持某些关乎“第二次阿里亚中我们所有的弟兄”实质和品性的东西，或者他是否曾是并且仍是一个“旧式犹太人”，或者——而这也是小说提供的另一种选择——是否即使是伊扎克·库默这样老旧、疲惫，没有通过劳工运动发起时犹太复国主义拓荒标记正式标准测试的犹太人，也是一位“第二次阿里亚中我们所有的弟兄——我们救赎的承担者”。无论如何，小说中打上标记的戏剧性过程并不像许多评论家认为的那样，只包括这组对立的标记：旧式犹太人和新希伯来人。在这两个标记之间，又有两对标记以一种比喻的方式隐藏和附着在伊扎克·库默身上。这些都是强有力的标记，没有这些标记就没有再生叙事，这种叙事路线提供了戏剧性结构，有可能实现从旧式犹太人到新希伯来人这一预期的转变。我指的是这几组对立的标记：人—动物、正常—健康、疯狂—病弱，它们衍生自打上“疯狗”标记的暴力行为。库默发明了这个标记，然后，作为标记者-被标记者，用他的画笔——也是他唯一使用过的笔——标记在巴拉克这条狗的皮肤上。[244]

如我们所知，很多学者都在努力解释巴拉克的故事在书中的核心地位。在我看来，它的主要功能是呈现出一种“原始生物”，它能够强行使“常人”阶段到“模范人”阶段的转化成为可能。这很像阿普列乌斯故事中驴子（以及《匹诺曹》中的驴子，《绿野仙踪》中懦弱的狮子、没有心脏的铁皮人和没有大脑的稻草人）的功能，而且，与我们此处的讨论尤为相关的是，摩西·斯米兰斯基故事中的“巨型生物”拉扎尔，以及我们面对的民族-犹太复国主义语境：从移民阶段到拓荒者——犹太复国主义“新移民”阶段。[245]

我们可以回顾一下，再生叙事所依托的转变过程是以受害者的牺牲这一关键阶段为基础的，即消除以前的身份，以便以不同的身份“再生”。真正的或实际的牺牲总是在事件的中途发生，因为它被用作一个转换单位，就像一个转换器，能够实现从开始阶段（常人、移民）到最后阶段（模范人、新移民拓荒者）的过渡。这就是祭祀典礼发生的仪式阶段，根据事物的自然逻辑，它总是与原始空间-时间和/或体验（意识）联系在一起。

在《昨日未远》中，仪式-原始阶段重在记叙巴拉克（一条狗或一条疯狗）被排除在正常社会之外的犬类体验，接着，像在任何类似的仪式如赎罪鸡仪式中一样，将他变成一个凡人。阿格农以细腻的笔触，将作为受害者的加害者和同时也是加害者的受害者以转喻式的复杂方式联系在一起：伊扎克彰显了巴拉克的犬类或疯狂-犬类的存在，而巴拉克通过将他从一个“普通人”（正常、健康）变成一个“病态-犬类人”来回报他。伊扎克从一个“普通人”变成一个“病态-犬类人”的阶段是一个原始仪式阶段，它替代了伊扎克/以撒的名字以及我们在开场白中读到的他“离开了他的祖国、他的故乡和他的城市，踏上了以色列地”中所暗示的以色列人民按照标准道路再生的阶段。换言之，以撒受缚的仪式在小说中被一种原始仪式所取代：以撒受缚是以色列人和他们的神之间盟约的标志性仪式，在这个仪式中，被捆绑的公羊取代了以撒；而小说中的原始仪式则标记了一只活物（巴拉克这条狗）作为替罪羊。这是一种从一神论层面到异教层面的“反向转换”，根据我对之前涉及全部文本的结构-主题逻辑的理解，这转换是必要的，是移民/新移民和他所爱的土地之间订立血缘之约的预备阶段。[246]

小说的结尾证实了我在这里得出的结论是正确的。故事结束之际，叙述者记录了一段大旱时期的情形：“那太阳，那吞噬的火舌灼烧出巨热，烧尽了田野里的草地，焦枯了树木，干涸了泉水……”[247]需要指出的是，旱情并未随着祈雨结束：“就在昨天，我们在祈祷和恳求声中站着，唱着更多的忏悔诗，我们吹响了羊角号，我们诵读了和撒那……”[248]相反，像文本引导我们思考的那样，伊扎克下葬后大旱才结束。紧随着葬礼，“天空阴云密布”，“第二天云散了……但到了晚上，风凉了下来……丰沛的雨水开始从天而降”，[249]“接着是六七天的雨水，每每停了，雨又开始再度降下”——暴雨，被描述为新的洪水，但这些都转瞬即逝：

> 当我们来到外面时，我们看到大地携着它的树木和花朵一起微笑。而从地上的一头向另一头走来的是牧羊人和他们的羊群，浸透的土地上升腾起羊群的声音，它们得到了苍穹中飞鸟的回应。世上就听见大欢乐的声音。这样的欢乐是前所未见的。[250]

这一情节序列中的“核心人物”，显然也是这个情节的推动者，在这里被塑造成一个完全属于异教戏剧的人祭，而在这方面，他的地位与索福克勒斯对再生叙事的古代经典演绎中俄狄浦斯的地位别无二致。

两个版本之间的差异与两位作者应对时的目的论有关：前者是希腊政体的建构，后者是一个现代国家的建构。在这本复杂而震撼的书的最后一节，小说的叙述者几乎明确地解释了阿格农所应对的目的论的具体性质以及它在这一使命中的主要策略：

> 我们的同志伊扎克并未蒙福在大地上立足、耕耘和播种，但就像他的祖先尤德尔·哈西德先生以及其他那些圣徒和哈西德派教徒那样，他有幸在圣地中被赐予一块坟地。愿所有吊唁者哀悼那位死于憾事的受折磨者。而我们将传颂我们兄弟姐妹的事迹，他们是永生上帝的儿女，耶和华的子民，为了纪念、声名和荣誉，他们耕作以色列的大地。
>
> 伊扎克的大业已成
> 我们其他同志的功绩
> 那些男子和妇女
> 将载入《宗地》典籍。[251]

这些句子留给我们深刻的震撼，因为它们以高度浓缩的形式，涵盖了小说打上标记的戏剧性过程及其情节和哲学的逻辑。这些都建立在阿格农的再生叙事之上，他的笔法精妙，目光敏锐，富于同情和悲悯，同时也兼具讽刺与冷酷。

“我们的同志伊扎克”这几个词指向该书开篇首句，在这句话中我们还记得，叙述者将伊扎克描述为“就像第二次阿里亚中我们所有的弟兄”。然而，紧接着，这一次，叙述者似乎是以一种终极的、绝对的口吻，又把伊扎克排除出那个精英社会阶层，“我们的同志伊扎克并未蒙福在大地上立足、耕耘和播种”。正如叙述者告诉我们的那样，库默未能吻合“新犹太人”的标记，却再次成功吻合了“旧式犹太人”的标记：“但就像他的祖先尤德尔·哈西德先生以及其他那些圣徒和哈西德派教徒那样，他有幸在圣地中被赐了一块坟地。”未能获得“新犹太人”的标记和成功获得“旧式犹太人”的标记，是阿格农演绎再生叙事所依据的两条哲学-情节主轴上的两个亮点：一方面是犹太复国主义拓荒者的阿里亚情节，另一方面是回归本源情节，即忏悔或回归宗教情节。

这两条主轴之间存在着紧密的复调式联系，因为它们代表着两种截然相反的世界观。其一是犹太复国主义拓荒者情节，它秉持着欧洲成长小说的精神，将人视为一种以进化、改变和进步为主要目的的生物。[252]第二种观念，不论正统还是古典，将个人视为这样一种生物，其主要目的是摆脱自身精神的不洁，回归自己的起源。但是——这是我论点中的一个主要观点——阿格农的叙述者在为我们概述情境的时候，又一次否定了库默的合法地位。这位叙述者，就像《哈瓦加·纳扎尔》中殡仪社的人员一样，拒绝举办一场送葬仪式。他把这一义务留给了另一些人，一个身份不定的群体。因此他说：“愿所有吊唁者哀悼那位死于憾事的受折磨者。”然而，他又急忙指明了那些不属于这身份不定群体的人，“我们”，得救赎之人，第二次阿里亚的一员，“将传颂我们兄弟姐妹的事迹，他们是永生上帝的儿女，耶和华的子民，为了纪念、声名和荣誉，他们耕作以色列的大地”。

这里是时候要问，为什么叙述者要费力区分开情节的两个轴心？难道伊扎克·库默的故事与第二次阿里亚拓荒者的故事之间真的没有联系吗？而事实上，在本章的开头，叙述者就把“死于憾事”的库默的埋葬仪式与干旱的结束和降雨的开始联系在一起了！这些问题一种可能的答案是，代表“我们”，即犹太复国主义拓荒者群体的叙述者试图逃避责任，因为在犹太复国主义拓荒者版本的再生叙事中，“旧式犹太人”库默充当了赎罪鸡、替罪羊的角色，这一角色隐含在小说叙事结尾句的句法结构和权重当中：“愿所有吊唁者哀悼那位死于憾事的受折磨者。而我们将传颂我们兄弟姐妹的事迹，他们是永生上帝的儿女，耶和华的子民，为了纪念、声名和荣誉，他们耕作以色列的大地。”（类似于“它与我交换，它将我替代，它可赎我罪。这鸡将死，而我将走进美善、长生与平安”。这是赎罪鸡仪式中所念祷词的一部分。）在这些句子之后是尾声，也是由叙述者写的：

> 伊扎克的大业已成
> 我们其他同志的功绩
> 那些男子和妇女
> 将载入《宗地》典籍。

在这里，伊扎克的故事和“我们其他同志”的行动之间也产生了分离。但这里还发生了另一件事：作者站在叙述者背后，在字里行间向我们发出信号——在伊扎克被当作替罪羊、赎罪鸡、献祭羔羊之后，将他排除在外是有代价的。因为如果小说的核心人物、“旧式犹太人”的代表、在一桩憾事中死去的伊扎克·库默，在民族-犹太复国主义的再生叙事中没有位置，如果我们的其他同志只会在《宗地》一书出现（而我们知道，这本书从来没有写就），那么，这部第二次阿里亚时期奠基性时代小说的主人公到底是谁？

这个问题关系到两个重要的话题，一个是艺术上的，一个是意识形态上的。在我看来，小说最后几段留给我们深深的震撼，也与主人公可能被称为“真空化”的状态有关。阿格农创造了一种再生叙事，在这种叙事中再生的那个人，那个本应扛起革命火炬的人，要经历强大的解构和去合法化过程，且**没有其他人物取代他的位置**。而需要注意和强调的是，这一点与希伯来复兴文学许多故事中的"接力赛"模式形成了鲜明的对比。在"接力赛"模式中，一个模范人物被抬高，成为新移民，或在具有象征意义的情节发展中回归神话的迷雾，身处迷雾中的次等人类角色观察他并在他的光辉下再生。还可以回想一下拉扎尔/纳扎尔，这个在光芒中呈现给我们、又在自然-神话中消失的奇异人物与叙述者之间产生的纽带。叙述者追随他的"巨人"朋友与他的事迹，并在它们的光辉中再生。

如此而言，《昨日未远》不是"死于憾事"的伊扎克·库默的民族-犹太复国主义文学纪念碑，也不是民族-犹太复国主义叙事根本性崛起的合法代表们的文学纪念碑。而且，正如我们所回顾的那样，对阿格农来说，将来也不会有这样的纪念碑（当然，因为《宗地》一书从未写就）。[253]因此，在小说的结尾，读者面临的是一个存在主义的深渊：阿格农引导读者看着自己注视一个没有心理或意识形态支点的虚构空间——一个恐怖而骇人的"真空"。这个可供观察的状态也就是库默在死前被捕捉到的临界状态，其客观对应物是一个患有狂犬病的人，他已不是一个人，但也不是一条狗。[254]换言之，他还没有完成蜕变阶段，如前所述，这一阶段是所有宗教、意识形态、民族等转化过程中所必需的。

这种人-狗之间的临界状态（由具有高度发达的人类意识的狗巴拉克反向衬托出来），既可以、也应该与库默无法在阿格农给他的所有选择中做出决定的状态联系起来：是"旧式犹太人"还是"新犹太人"，选希芙拉还是索尼娅，做原创艺术家还是模仿者，当核心家庭的还是他意识形态共同体的忠诚儿子，等等。这样在两种思想之间跳跃的状态，在改宗的道路上是不合法的，结局注定要被送进炼狱，在多重存在状态之间无休止地徘徊。事实证明，库默连赎罪鸡的地位都没有达到，也没有当成替罪羊的角色，当然也没有达成《圣经》中受缚的以撒的地位和使命。库默身上巧妙再现出的这种临界状态，为复兴文学中所有标准化，也更为幼稚的故事的接力赛结构提供了新的启示。他体内人与动物的暴力结合，引发了对于移民与本土人/高贵的野蛮人/自然之子之间的分裂的逻辑与合法性的疑问。例如，《哈瓦加·纳扎尔》中的叙述者对拉扎尔/拉撒路回归自然的行为的观察是否足够有效，能使他和他所代表的族群渡过成为“新移民”所必需的蜕变阶段？或者说，他的观察和这一集合体中数百个平行发生的事件表明，存在着一个拒绝服从的意识残余，他们拒绝承担这种变革式的民族逻辑，拒绝放弃过去的家园和来自“那里”的观点与信仰，拒绝将民族的世俗化视为一个专制的、自成一体的世界，他们总会留出犹豫、退缩与改变方向的选项。换言之，库默作为人-狗的状态象征性地表明，希伯来文学中反映的犹太复国主义革命，并没有真正完全实现再生叙事，在阿格农这部伟大小说描写的时间里如此，在小说的结尾(1945 年)乃至之后的几十年里如此，事实上，直到今天也没有实现。

第三章　迟到的回归：以色列地和以色列散文中的“被占领土”与“虚幻语言”

你坐在我的潘多拉盒子上。坐在上面对我说：“打开它。”

——娜奥米·S. 查扎诺维茨

一

现代希伯来复兴文学和其他民族文学一样，以“回归”的存在主义叙事[255]为基础，主要关注“民族财富”的重新运用。但是，由于以色列现代历史的独特性，现代希伯来文学中的这种叙事与其他民族的叙事在几个重要的特征上有所不同。它包括了现代所有希伯来作家都必须应对的一些“障碍”，在解决困难的过程中，既有失败也有创造性的解决方案。在这一章中，我将列举一些“障碍”，并回顾自第二次阿里亚以来的一百多年间，在以色列地产生的创造性解决方案。

欧洲国家的作家们强调他们的“回归”是指他们从古典文学语言写作转向方言、口语、“人民语言”的写作。希伯来语作家们则以截然相反的方式强调他们的“回归”：回归古典语言——希伯来语。这是因为口头语言——意第绪语、拉迪诺语、犹太-阿拉伯语等——被看作是“部落语言”，不是“民族语言”，或被看作是“流散语言”，不是“故国语言”。因此，从一开始，现代希伯来民族主义回归的叙事就以回归古老语言——希伯来语为目标，它曾经是生活在古老主权国家以色列地上的所有以色列部落的语言。

但是，希伯来语作家向古典语言的回归迫使他们要用这种语言来描述令人战栗的现实，而这一语言在两千年的流亡时期仅仅被用于神圣的宗教活动。这个“障碍”，已经引起很多研究者的关注，[256]但是和它相关联的另一个“障碍”却没有得到应有的关注。我们讨论的西方“古老民族”的民族复兴文学分为两类：“古老民族”的民族复兴文学，这些民族在大致相同的地域里生活了几百年(英国人、爱尔兰人、意大利人、匈牙利人等)，以及移民构成的“新民族”的民族复兴文学(美国、加拿大、南非、阿根廷等)。希伯来民族复兴文学一方面属于“古老民族”复兴文学，因为它对“故土”有着悠久的历史记忆(比其他任何“古老民族”都要长)，这种记忆保存在两千年流亡岁月中的数百种仪式中；另一方面，至少部分属于“新民族”复兴文学，这是因为一些描写以色列地的作家并非出生在那里。他们出生之地的地形、动植物、季节、日出和日落都与他们在“流亡两千年后”回到新故土所亲眼看到的不同。

在这个方面，来到以色列的希伯来语作家的处境与来到美国西部的英国、爱尔兰或德国的作家相似。但是，“新世界”(或南非、罗德西亚或巴西)的居民到来，也就是移民到一个对他们来说是“空白领地”的地方，符号学意义上的一块“白板”；“新大陆”景观是以文学的模式，按照清晰的思想框架塑造的，但也是其殖民过程的一部分，[257]而来到以色列地的作家们创造了阿里亚。换句话说，在目前的语境中，他们书写了一个既陌生又熟悉的地方。一方面，这是他们深爱的故乡，一个他们反复发誓永远不会忘记的地方，那里的山川与河谷、村庄与城市都出现在他们学习和记忆的故事中，那里的节日围绕气候、种植与收获的季节特征而设立。[258]另一方面，真实的以色列地对他们来说是一个未知的区域，一个几乎想象出来的地方。[259]此外，定居在美国的欧洲作家和他们定居在南非和澳大利亚的同胞一样，不必面对大量描写新国家的文本，这些文本中包含有几十个描述性模式和成百上千幅文学心理地图。然而，复兴一代的希伯来语作家们，无论是从未踏足这片土地，还是刚刚抵达，他们所描写的国家在语义学上都可以被定义为“被占领土”。我所说的“被占领土”不是从以色列·赞格威尔“没有土地的人民可以占有没有人民的土地”这一言论（错误地）衍生出的道德或政治意义上的概念，而是从描述实践的意义上，在艺术和意识形态方面应对挑战，同时面对令人沮丧的事实，即他们关于以色列地的每一个句子都与《圣经》《密释纳》《塔木德》和《米德拉什》中成百上千个相似却又不同的句子遥相呼应。哈维瓦·佩达亚[260]在关于尤里·兹维·格林伯格的文章中表达了类似的观点：

> （格林伯格）基本的经验，来源于在一个特定的地方坐上几个小时，直到和这个地方融为一体、吸纳它并与之交流对话的经历……这是他诗意存在的基石，是他诗歌中所固有的，伴随他的欧洲经验来到以色列地。**但是在以色列**，自然界中的世界存在是**在一个“充满”时间的特定地方，是充满了过去、象征和内涵的存在**；这增加了从外部到内部的迁移，尤其那个具体地点在不同时间维度的迁移，实际上就是迁移到与那个地点相关的个人和集体记忆系统中。在格林伯格身上，有一个额外的因素使得他成为反映这个复杂问题的心灵之镜：**在以色列地，自然、地点都浸透着时间**。历史渗透到了几乎所有的地点。他发现在自然的空间里有一个破碎的神圣的城市空间。有时他哀叹它的废墟，有时把它重构成记忆的空间。[261]

基于以上背景，就不难理解为什么在许多以“**迟到的回归**”形式出现的复兴故事中,“回归”叙事陷入了困境。因为,一方面如果不重新联系起源的话,“回归”就无从谈起。但是,由于丰富的来源(文本)和浓重的符号意义,或者借用福柯的暗示术语来讲,正是因为涉及以色列地的希伯来文学具有多层次文本考古学的特点,“回归”叙事的实施已然成为一项复杂的任务。

二

在以色列地新生活的语境下,实施回归叙事是项艰难的任务,尤其是对于那些现实主义作家,因为他们强烈地要将以色列地转变成为一个模拟空间:**特定且真实**。坚持现实主义风格的作家们,主要是第一次阿里亚浪潮和伊舒夫时期的后代,他们创造了大量的文学策略,其首要目的是淡化以色列的地点、常规与独特的自然现象、动植物再现方式等在希伯来语原始资料中的象征性宗教意义。

应对这些“障碍”的一种方法是,绕过有问题的地点和有问题的自然现象以及动植物,把重点放在语义相对中性的物体上。这一现象受到意图“重新开始一切”的激励,例如,赫茨尔选择海法,而不是耶路撒冷作为其空间存在版图上的中心城市。这种意图还表现在许多第一次阿里亚作家的创作上,尤其是“类型主义者”,他们将所有圣城排除在小说之外,与布伦纳在他的《以色列地类型及其艺术品》[262]创造出的批评模式一致,他们相信或者愿意相信应许之地的梦想已经实现。

第二次阿里亚的“反类型”作家发展并强化了另一种解决以色列地空间再现的语义问题的方法,领军人物是布伦纳、鲁文尼、巴拉什和阿里埃里-奥罗夫。这种技法公然地戏仿以往的评判模式,以此证明在以色列地新的世俗生活背景下,它是独立的。[263]

以下段落清晰地展现了这种技法,它们来自阿哈龙·鲁文尼的作品《直到耶路撒冷》。[264]它们都提到了一战时期在以色列地出现的蝗虫。[265]格达丽亚·伯恩乔克，鲁文尼的替身，写作了一部关于战争时期的小说，这与他自身作为故事主人公的小说相类似，在小说的引言部分他描述了事件的开端：

格达丽亚·伯恩乔克打开那本清晰的、正方形字母的小书，开始读起来：“它们未到之前，大地如同伊甸园，过去之后，大地成为荒凉的旷野；它们什么也不放过。它们形状如马，奔跑如马兵。它们在山顶蹦跳的响声，如车辆的响声；又如火焰吞噬碎秸的响声，像强大的士兵们排兵布阵。它们一来，众民伤恸；人人脸上阴云密布。它们如勇士奔跑，像战士爬城，各行其路；队列有形，不推不搡，各走各路；它们穿过枪林弹雨，毫发无伤。它们在城里左冲右突；它们跑上墙，爬上房，进入窗户如同盗贼。它们一来，地震天动，日月昏暗，星宿无光。”

他走到窗前。天色渐暗，已是黄昏时分，落日的余晖在对面建筑物粉红色的屋顶上飞舞，依然没有照到院子里的地面上。天空中，一道道光在穿行；外面充满了一种响亮、单调、沉闷的噪音——数百万只小翅膀拍打着空气产生的声音；一群微小的生物，颤抖着，盲目又柔软，挤进每一个地方，抓住并粘住每一件东西，填满了天地之间的空间。这**不是**一场洪水。日月**没有**被遮蔽，地球也**没有**被黑暗笼罩，这些微小的生物，像成千上万嗡嗡作响、盛开着的微粒，聚集在屋顶、房子和整个城市。

伯恩乔克站在房间的窗户边望了它们两个小时。起初，天边出现了一个小黑点——你并不知道那是什么；接着黑点延伸开来变成狭长的黑点丝带，就像天边的一队候鸟。细丝带变成了洪流，成为蓝色空间中的一条大河，水流变成了无数微小的生物，它们大声地飞着，咔嚓咔嚓，嗡嗡嗡嗡，踢着它们似马一样的长腿，拍打着闪闪发光玻璃似的翅膀，翅膀上方是褐色的盔甲。从没见过的生物，突然之间大量地涌现，整个世界充满了喧嚣和躁动。它们爬上所有的屋顶、排水管、阳台、百叶窗、树木和土地。它们绕着他开着的窗户飞，抓住窗框。一只、两只从他身边经过，进入他的房间，一只还趴在他的头上。伯恩乔克把它扔在地上，然后捡起来，用两个手指像钳子一样抓住它的腰部。蝗虫踢着后腿，沉重而有力，扭动着长而尖的软肚子，用它中腿的膝关节，摸索着、摩擦着抓着它的人的手指，直到人抓不住它为止。瘦长的身躯，透明的翅膀，单薄且尖利，带着它飞跃千里，硬邦邦的红褐色甲壳上布满黑斑，像袋鼠般肌肉发达的长腿，一次能跳跃很远，小而鼓的眼睛，像镶嵌的石头，冰冷而黝黑，厚而平的鼻子，厚嘴唇——上唇棕红色、下唇草绿色，就如先知所说："它们一来，众民伤恸……""它们形状如马，奔跑如马兵……"[266]

这段节选包含了两个不同的作者对同一现象的描述——蝗虫以不同的方式突然出现。第一个引自《约珥书》。它基于一个延伸的隐喻，蝗虫"像强大的士兵们排兵布阵"，并充满了修辞策略。这种修辞上的丰富性将我们的注意力从蝗虫作为一种自然现象，转移到了象征意义上。按照先知约珥的看法，蝗虫的出现是一个明确的标志，预示着审判日的来临。第二个是伯恩乔克的叙述，他是鲁文尼的授权发言人，在小说中有一定的局限性。在他看来，蝗虫的出现是一种自然现象，应当像研究自然科学那样去研究它，而对我们眼前的这个情况，应该进行精确的动物解剖学研究。

鲁文尼对这两种描写模式的对位安排并不满意——宗教的、圣经的、象征的、夸张的，根据他的观点，还有科学世俗的。在接下来的段落中，他再次通过伯恩乔克的视角，嘲笑了他的一些朋友试图按照圣经的描述或阐释模式来解释现实的做法，在他看来，它们是完全不相关的：

伯恩乔克下午在德里夫尼克夫人的餐馆里吃饭，蝗虫成了每天都要抓的东西，它们随着饭一起上了餐桌。人们认为蝗虫将吃掉农业定居点的果园和葡萄园，吃光所有的粮食。伯恩乔克想知道蝗虫通常会在以色列地这样的国家存在多久，以及它们最终会如何离开，但是邻桌的人都回答不了他。相反，他们会提到埃及的瘟疫，并计算其中有多少已经发生，还有多少即将发生。鲜血，像水一样洒遍世界；虱子，驻扎在每个土耳其士兵身上。甚至德国人也不能幸免。那些从沙漠、比尔谢瓦附近返回的人，讲述了德国将军克雷斯·冯·克雷森斯坦，犹太人称他为“Kretz von Kratziker”[意第绪语：*Kratziker*，麻风病人]，即使他在对着军队发号施令时，双手也不停地抓挠着前胸。医生说虱子会传播斑疹伤寒，而斑疹伤寒，他们说，可能是疖子。瘟疫终有一天会降临。在东方，曾有过没有瘟疫的战争吗？在德里夫尼克夫人的餐馆里，有一只小动物让用餐的人很苦恼——青蛙！没有人知道蛙瘟将以何种形式发生。[267]

伊兹哈尔也像当时的鲁文尼、布伦纳和阿里埃里-奥罗夫一样，经常消解隐藏在圣经地形中的过度语义负荷。伊兹哈尔的这种做法，部分反映在其涉及领域广泛的史诗《在洗革拉的日子》(1958)[268]中。他明确驳斥了内盖夫沙漠中一个战事频繁的前哨站，即赫尔贝特·马查兹与《圣经》中大卫王的洗革拉之间的联系。

这种联系是由一名战士巴兹莱发展起来的。他和许多同时代的犹太复国主义青年运动成员一样，把《圣经》作为了解这个国家的官方来源，甚至是权威来源。[269]巴兹莱不辞辛劳地在朋友中传播他的“发现”，后来，他明白自己把这座山错误地当成了圣经遗址。他承认了自己的错误，并试图说服他的朋友不要继续这种错认。但是这个错误已经扎下了根。以下是相关段落：

> “那么，在洗革拉发生了什么？”科比停下来，靠在巴兹莱身上，巴兹莱正弯着腰研究着吉迪借给他的用来确定距离的地图。巴兹莱悲伤地摇着头，洗革拉？他恐怕太草率了。“洗革拉不在这里。”“为什么不在这？”“在东边更远的地方，就在那里的群山前面，坐落在许多水源之上……”
>
> 很遗憾。科比**为这个名字感到惋惜，它听起来很强大，这次就从他们手中溜走了？**如果巴兹莱不改变主意，让它恢复原来的辉煌。哦，不，那也一样很遗憾，他在匆忙中欺骗了所有人，而他们却匆忙而永久地接受了这个错误。[270]

明确反对在以色列独立战争的战斗地点和大卫王建国的军事基地之一的圣经遗址之间建立认同关系，这似乎是在质疑我们国家的正当性或者“历史权利”的相关性。然而，应当立即澄清的是，伊兹哈尔并不怀疑我们的“国家权利”。但是他和本土作家以及赞同他们观点的人一样，认为在第二次和第三次阿里亚时期，权利并不来源于某些古代文本中，而是来自实际行动，来自现代语言的运用。[271]

降低古希伯来语文本作为权威的来源与当代叙事的相关性，这个倾向在《在洗革拉的日子》和伊兹哈尔的所有其他故事，以及他激进的俄狄浦斯式人物中都是十分明显的，这与希伯来传统完全不同。伊兹哈尔创建了一种新发明的、含有新词的文学希伯来语，它舍弃古代希伯来语源头，在需要的时候将之分解，磨成粉尘，模糊其身份。根据吉迪·内沃的说法，[272]伊兹哈尔对文本考古学的背离也源于他对一般文学模式合法性的根本否定，尤其是那些侧重于描述以色列地超文学现实的模式。他声称，伊兹哈尔创作的主要动机不是创造“现实幻象”，即试图按照公认的文学模式来塑造现实，而是出于纪实的目的，即“不顾一切、渐进地向现实本身努力”。[273]丹·米兰[274]认为，“从文化和意识形态的角度来看，伊兹哈尔的化简叙事可以被认为是对犹太现代性的总体原则，特别是对犹太复国主义的一种激进的、某种意义上也是理想的阐释。犹太现代性以及它的各种分支，要求犹太体验从时间、文本和互文的连续体回归到空间现实，从过去、未来的末世论视角回归到此时此地”。[275]这也与伊兹哈尔作品激进的反传统、反历史的本质相一致。

伊兹哈尔的《在洗革拉的日子》是现代犹太文学世俗化进程的巅峰之作。在这部意义深远的小说中，伊兹哈尔充分利用以色列地现实主义文学的诗学模式，推翻了犹太复国主义在以色列地开拓定居时期（始于比卢伊姆即巴勒斯坦先驱时代）的哲学前提，即地域意义上的“地方”神圣化可以取代神学意义上的“地方”神圣化。[276]然而自相矛盾的是，只是表面看起来如此，恰恰是吉迪·内沃所说的“不顾一切、渐进地向现实本身努力”，与丹·米兰指出的“[激进的……回归阐释]……回归到空间现实……回归到此时此地”，使世俗空间犹太复国主义走到了尽头。[277]

三

作为现代希伯来文学“回归”叙事的中心，世俗化进程被现代希伯来文学最伟大的批评家之一巴鲁赫·库茨维尔视为一场会导致希伯来文学夭折的灾难。因此，他愤怒地抨击了以色列小说中大部分的新发现，包括伊兹哈尔的作品，尽管他意识到“有限”选择的独特和伟大。[278]

但是，回顾过去，我们可以看到，库茨维尔的担忧并没有真正的理由。犹太复国主义-空间-世俗的文学模式在伊兹哈尔的《在洗革拉的日子》中耗尽了自己的力量，之后只有少数文本以这种模式写作，它们在以色列小说中并没有真正的地位，例如以色列·巴拉马的杰出散文。[279]在 20 世纪 50 年代后期，它在文学体系的中心地位被存在主义-宗教模式所取代，这种模式有三种突出的形式：忏悔主义-存在模式、现实主义-象征模式和现实主义-寓言模式。亚伯拉罕·巴拉班讨论了这种历史文化贡献的特点和来源。[280]

为建立"形成中的国家"而进行的斗争赋予生活以意义，创造了一种"圆满体验"的感觉。在青年运动、规划定居点、军队和基布兹中建立起来的同志情谊，以及对社会和国家的认同感，赋予了"帕尔马赫一代"作家亲近感和归属感，使得他们不会遭遇冷漠或是敌对世界带来的孤独、死亡恐惧的生存体验。以色列劳工运动为这些艺术家提供了一套坚实的（犹太复国主义-世俗、人道主义）价值准则，尽管有时会引起怀疑和疑惑，但它也是澄清这些怀疑的框架。

独立战争之后，这种情况发生了彻底的改变。20 世纪 50 年代见证了先前经验的由盛而衰和过去十年价值基础的瓦解。在属于"帕尔马赫一代"的年轻作家中，这种真空引发了对生命意义和目的的探索。正是由于这些作家经历过非常有意义的青年时代，或是阅读老朋友的作品，他们才迫切需要找到这个目的。在个人、社会和形而上学的层面上寻找失去的完美，将成为现代希伯来小说的中心主题。

对于宗教的向往首先出现在 20 世纪 20 年代中期及以后出生的作家的作品中，这些作家（平哈斯·萨代、阿玛莉亚·卡哈娜-卡蒙、大卫·沙哈尔、伊扎克·埃弗巴克·奥帕斯、约拉姆·康尼尤克）在 20 世纪 50 年代中期开始写作和出版。20 世纪 60 年代初，这种向往再次成为阿摩司·奥兹和阿哈龙·阿佩费尔德作品的主题。亚伯拉罕·

巴·约书亚是“新浪潮”中唯一立刻认识到这种趋势力量的作家，并在他的早期故事和后来的文章中含蓄地批评了这种趋势。[281]

宗教渴望在奥兹的早期作品中得到了表达，主要表现在对“另一个所在”的热情上，就像他早期小说的希伯来文标题（*Makom Acher*，字面意思是“另一个所在”）一样，这部小说的英文版书名为《或许在别处》。[282]在后期，对异域、“其他”人物的探索以伊扎克·埃弗巴克·奥帕斯称之为“世俗朝圣”[283]的形式发生。这方面最杰出的例子是奥兹的朝圣小说《直至死亡》。[284]然而，这是我们实现目标的一个重要条件，在语言层面上，“宗教渴望”并没有体现在“回归”中。奥兹没有利用希伯来语这一传统宗教语言桥梁中的多分支系统，而是一再用许多不同的方式努力创造一个位于“遥远的海边王国，或许在别处”[285]的所在。

从早期的作品开始，阿佩费尔德同样致力于达到他第一个短篇小说集《烟》的开篇故事中所说的“未知的权威”，[286]这一目标源于他作为一个孩子在大屠杀期间的经历，就像在他堪称典范的散文《恐怖与承诺》[287]中所言一样，他将之视为一种宗教体验。[288]

但是阿佩费尔德对于“宗教体验”的语言态度要比奥兹复杂得多。总的来说，可以分为两个部分。第一部分包括了截至 20 世纪 80 年代中期他的所有书籍，涉及各种主题、类型和风格。在所有这些作品中，他都使用功能性的世俗语言。这一规则的例外，是他的第二本书《肥沃的山谷》[289]和第三本书《大地严霜》[290]中的一些故事，来自哈西德文学的古希伯来语表达在其中随处可见。第二部分包括他从 20 世纪 80 年代中期开始写的绝大多数作品，更具体地说，从短篇小说《此时此刻》[291]开始。这一部分作品延续了《肥沃的山谷》和《大地严霜》中的趋势，虽然不是很广泛，但也与犹太传统中古老的表达方式保持一致，尤其与哈西德犹太文化的语言有着密切的关系。

从一个核心方面来看，这种现象对我们的讨论目标十分重要。阿佩费尔德作品分为早期和晚期两个部分，明显带有(迟到的)回归的特征，无论在情节层面，还是在主要人物的意识与情感体验层面，特别是在我们这里讨论的背景下，在作者的书面语言与历代多分支体系的传统宗教语言桥梁的希伯来语之间的联系层面。

无论是20世纪60年代前半叶的早期小说，还是阿佩费尔德从20世纪80年代中期开始创作的中篇和长篇小说，都是以(迟到的)回归为叙事框架基础的。早期的故事通常是一个年轻人的返乡之旅，在梦中或者噩梦中，那个地方似乎是他的家乡，然而当他到达那里——通常跟随流浪者(犹太人或吉卜赛人)，很明显也很不幸的是，那个理想的地方早就被摧毁了，或者就在他到达前几天被破坏掉了。

例如，《大地严霜》中的开篇故事《从德罗夫纳到德罗维奇的路》是这样开始的：

> 我们将**再次**经历从德罗夫纳到德罗维奇的夜间旅程。马儿在我们前面走着，夕阳在我们身后闪耀着最后的光芒。我们离开了屋子，离开了人和汗水的气味，沉浸在树脂的芳香中。对于孩子和忏悔者来说，突然陷入这场替换的游戏中，**目睹令人振奋的分离，与快乐的会众一起感受缓慢行进着的车轮的渴望和快乐，**这是奇怪和令人惊讶的。[292]

这是一段再次出发的夜间旅程，事实上，随着故事的展开，越来越清晰地表明，这个虚幻的行程发生在那个产生幻觉的男孩痛苦的心灵中。不论如何，这段旅程，就像阿佩费尔德早期其他故事一样，以遭遇一个被毁或是空无一人的可怕存在空间而结束，正如下面这段节选：

> 当我们到达德罗维奇时，已经是早晨了。这座城市空无一

人，房屋矗立在那里，仿佛陷入了昏迷。一个人也看不见。这是德罗维奇。我们看见了房子和街道。当我们呼唤瑞布·巴瑞斯的名字和他儿子的名字，以及伟大随从的名字时，空间**吸收**掉我们的声音，**没有一点回音**。我们走在狭窄的街道上，走在马匹和吱吱作响的车轮后面。**尽管我们从未去过那里**，但我们认出了那些房子，我们看到它们就是我们的房子。**气息从那里飞出来，黑暗在窗户里闪烁**。瑞布的庭院也矗立在那里，被栅栏围住。我们不敢靠近，因为一切都是那么的寂静和空旷，仅凭风之手就可以把它摧毁。[293]

这个故事讲述的是前往一位圣人的住所朝圣。叙述者把自己也包括在这次旅行中，"尽管我们从未去过那里"。然而他说："我们认出了那些房子，我们看到它们就是我们的房子。"但是，这一论断并没有掩盖这样的印象：这是一种迟到的回归体验，回到一个不再存在的家，或者更准确地说，家还存在，但"气息从那里飞出来"。这是一种可怕的回归，回到一个似乎只有幽灵居住的地方（或者就不是个"地方"）。根源于幽灵般情境下的这种恐怖，借由具有模糊、欺骗、吞没本质的比喻成分得到增强。我在这里指的是一个矛盾的短语，即"黑暗在窗户里闪烁"；一个句子，即空间（显然是空旷的）吸收了人们的声音，"没有一点回音"，好像它是一个黑洞；还有一个短语"风之手"。这些噩梦般的语义，暗示出幽灵般的东西。

在阿佩费尔德的早期故事中，哈西德语言出现在对被视为真正家园的圣地迟到的朝圣或回归模式中。例如，在我引用的第一段结尾句子中的语义和语调："目睹令人振奋的分离，与快乐的会众一起感受缓慢行进着的车轮的渴望和快乐。"尽管如此，这只是一种零星出现的语言转变。在创作的早期阶段，阿佩费尔德未能开创出一种语言模式，以一种系统的、令人信服的方式呼应回归情节的精神和逻辑。因此，尽管这种叙事模式对他意义重大，他却在很长一段时间里放弃了这种模式。

大约20年后，阿佩费尔德又开始写迟到的回归故事，但这一次他得到了一个叙事框架的支持，这个叙事框架的实质是对喀尔巴阡山上一个最近或很久以前已经不复存在的人或圣地的朝圣——像他早期的故事一样，一个存在的人或圣地，但是“气息[飞走了]”，与之相适应的是语言的转变。

事实上，这些故事构成了阿佩费尔德自20世纪80年代中期以来的大部分文学成就，[294]它们最深刻的本质是与一种“死亡文化”相联系，是用一种（沿用米哈伊尔·巴赫金的说法[295]）我想称之为“悲情话语”的风格写成的。巴赫金认为这种风格的本质是，它没有也不可能在文学世界之外得到真正的支持，因为它指的是一个不再有效的存在主义现实，一个虚幻的现实。因此，必须采用他人的话语。巴赫金说，在悲情话语中，支撑的基础已经不复存在。它是“失去讲坛的传道人、不再拥有任何司法或惩罚权力的令人惧怕的法官、没有使命的先知、没有政治权力的政治家、没有教会的信徒的话语”。[296]

在现代希伯来文学的语言文化表现的框架下，讨论“悲情话语”的问题时，巴赫金恰当的语言需要一定的限定条件。当我们缩小描述的范围来讨论阿佩费尔德文学作品的特殊语言文化表现时，我们会有进一步的限制。

正如我提到的，欧洲国家的作家在从古典文学语言写作转变为用白话文，即“人民语言”写作的过渡中强调了他们的回归。相反，希伯来语作家通过回归到古典语言希伯来语来强调民族的重生。回归到古典语言希伯来语并不能满足犹太人的日常需要，这种回归被许多人认为是回到一种“死亡的语言”，或是回到一种数百年来一直处于“昏迷”状态的语言，换言之，是迟到的回归。但是，这个语言文化方面的关键转折点表现在，深入回顾了现代希伯来文学集合体中世俗的，或者至少是以世俗的形式呈现出来的重要部分（阿佩费尔德的喀尔巴阡故事是个范例），揭示了“死亡语言”实际上并没有死亡。它包含“神圣语言”的有生命的余烬，试图“反抗”世俗的“俘虏者”，并占据舞台中心，充满了未被净化的、压抑了几代人的宗教能量的力量。格肖姆·肖勒姆在他写给弗兰茨·罗森茨威格的信中就预见了这一举措的可行性：

> 这个国家[以色列]是一座火山，语言就嵌在其中。这里的人们谈论着许多可能会导致我们毁灭的事情，甚至比以往任何时候都要更多地谈及阿拉伯人。但还有另一种危险，比阿拉伯民族更难以解释，它是犹太复国主义事业的必然结果：“实现”希伯来语又如何？我们养育孩子用的神圣语言，难道不是总有一天要裂开的深渊吗？人们当然不知道他们在做什么。他们认为他们已经将希伯来语世俗化了，已经废除了它的启示特征。但是，这当然不是真的。语言的世俗化不只是改变一种**说话方式**，一种现成的表达方式。除非牺牲语言本身，否则不可能将充满意义的词语清空。人们在街上讲着幻象似的沃拉普克语的情景真切地表明，只有呆板的语言空间才允许语言的世俗化。但是，如果我们像自己被传授的那样，将语言传授给孩子们，如果我们这一代过渡时期的人，为他们复活了古籍上的语言，使古典语言借由他们焕然一新，那么这种语言的宗教力量岂不是有一天会[针对它的使用者]爆发吗？
>
> ……
>
> 语言是名字。语言的力量和深渊就封存在它的名字里。既然我们日复一日地呼唤这些古老的名字，我们就再也无法抵挡它

们所包含的力量了。一旦被唤醒,它们就会出现,因为我们已经用可怕的暴力召唤了它们。实际上,我们讲的是一种退化的、幽灵般的语言。这些名字萦绕在我们的词组里;作家和记者与它们周旋,假装相信或让上帝相信这一切真的不重要。然而,由于语言退化,神圣的力量常常对我们说话。因为名字有它们自己的生命。…… 希伯来语词汇中,那些非新造的词语都是从我们"古老语言"的宝库中继承而来,充满了[爆炸性的材料]。[297]

肖勒姆所谈论的是一种失控的局面,"由于语言退化,神圣的力量常常对我们说话"。在这种情况下,"希伯来语……都是从我们'古老语言'的宝库中继承而来,充满了[爆炸性的材料]"。阿佩费尔德在他后来的著作中,意识到了"幻象语言"内在的波动性,并且巧妙地加以利用。

就像艾略特的伟大诗篇《荒原》(1922)一样,阿佩费尔德的喀尔巴阡时期的所有故事,都发生在一个堆满了看似毫无意义的、神圣语言碎片的符号学垃圾场里。然而,有时这些词汇和短语的碎片会冲破表面,隐藏在"死亡语言"中的宗教力量朝着语言使用者猛烈迸发。

这样一个融合语言和叙事的过程出现在阿佩费尔德的最新佳作《野花》(2004)[298]中。这是一对兄妹的故事,加德和阿玛莉亚"继承"墓地的维护工作。墓地里埋葬着一些犹太人,他们在受到被煽动的暴徒袭击后退守到这里,英勇战斗直至牺牲。许多年过去了,这个地方成为一个朝圣地,兄妹俩负责这里的保护和种植工作。

但是,加德和阿玛莉亚与犹太英雄的完美信仰之间,存在一个巨大的阴影。他们的根基很浅,无法到达信仰之泉。他们走在圣地上,就像被连根拔起的空心人,行走在一片荒芜的土地上。更糟糕的是,这一写法反复出现在阿佩费尔德的喀尔巴阡时期的所有故事中,与父辈们的信仰缺少直接的联系,取而代之的是另外一种"有悖常理"的关联，这种关联以一种涉及打破禁忌的救赎形式来实现。兄妹俩喝醉了，阿玛莉亚怀了加德的孩子。

小说在情节层面上的打破禁忌之举与小说的文体模式是一致的，尤其表现在逐渐成为一种**媒介**的阿玛莉亚的语言中。她的日常口语被拥有毁灭力量的犹太人的幽灵般的语言所取代。就像一个道德形而上学的戏剧，但没有这个题材固有的神学辩护，[299]故事以神的惩罚为结尾：阿玛莉亚感染了斑疹伤寒，加德把她和婴儿留在修道院由修女照看。这个语言-启示性的举动反映在如下段落中，且不需要额外的评注：

> “你错了，亲爱的。”她轻声对他说，“这些人都是伪君子。**敬拜者拿着不洁净的牲畜来献祭，他的祈祷不会得到回应**。如果一个人想要得到净化，他需要来自上天的帮助，但是到这里来逃避，欺骗，从不留下一笔捐款给那些在这里过冬的人——那就是欺骗。**你可以欺骗血肉之躯，却欺骗不了上天**。”
>
> **加德被她的话惊呆了**。[300]
>
> ……
>
> ……她说……**用各种各样她以前从未使用过的词**……[301]
>
> **加德知道那不是她的声音，而是恶灵的声音**。[302]
>
> ……他现在感到遗憾，光明的日子已经过去，她将不得不再次与**小恶魔们**战斗。他不止一次看到**这些黑暗生物**愤怒地跳跃着，像毛茸茸的泥人围着她的肩膀。加德就向它们大发雷霆，阿玛莉亚听见他的叫喊，就**狂野地呻吟**，好像警告他不要惹它们。
>
> **……在上升期，声音会对她说话，你可以看到她完全与天堂相连。她不需要祈祷，也不需要向父辈们学习。她的身体和灵魂知道什么被隐藏起来。但在衰退期，恶魔们会像害虫一样攻击她。多年来，他试图忽视她的情绪。后来，当他亲眼看到这些害**

虫时，他才明白它们不是幻觉，而是真正的黑暗生物。[303]

阿佩费尔德的喀尔巴阡故事分为两个序列：一个是上层的、历史的、常规的、日常的序列，另一个是宗教的、无声的下层或地下的序列。通过使用"幽灵语言"，即与"死亡文化"相联系的语言，这些作品中的人物重新连接到宗教的、无声的下层或地下序列，这似乎违背了他们的意愿，但也由此创造了一个降神会的竞技场，一个将两个世界的声音和景象结合在一起的交流领域，它们共同创造了远远超出故事中人物力量的"发光的黑暗"。故事人物由于强烈的震撼体验而崩溃。最后，他们以这样或那样的方式死去或者自杀。

四

西蒙·阿达夫是一位在语言、文化背景方面与阿佩费尔德迥然不同的作家，他明白自己用的是一种"充满了[爆炸性的材料]"的"幽灵语言"，并以令人印象深刻的、创造性的方式利用这一事实。

阿达夫的故事发生在两个序列中，这与阿佩费尔德的故事相似。一个是在被毁灭的地方，比如内盖夫开发的城镇和特拉维夫大都市区的人类荒野进行的日常、例行的生活。另一个是宗教和形而上学的隐秘生活。因此，小说的主要人物总是有两张截然相反的面孔：一张是可见的、世俗的、普普通通的、日常生活的面孔，另一张隐藏的面孔则代表了他们作为流放王子的身份，即精英、秘传宗教传统的合法继承人。

这种典型的两面性出现在小说《埋葬的心》开篇的以下段落中：

名副其实

如果不是因为他父亲对**文字游戏**的热爱，埃米尔·莫-塔尔**永远不会**来到这个世界。**这本身是个奇怪的事实**，但除了这个，还有他的名字听起来不寻常之外，埃米尔**没有**什么不寻常或有趣的地方。事实上，埃米尔·莫-塔尔是**世界上最普通的男孩**。他**没有**与众不同的特征。甚至他的外表也**很普通，很容易被人忘记**：笔直的黑发、褐色的皮肤、宽大的鼻孔、微微拉长的杏仁眼、蜂蜜色的虹膜，当被光线照射时，虹膜变得透明，赋予他一种脆弱的表情。

他在**以色列南部**的一个小镇**梅沃特亚姆**[字面意思是“通往大海的通道”]出生并长大。**没有人**知道它是如何获得这个名字的。海滩离城市大约十五公里远。**有人认为**，它的创立者们之所以想到这个名字，是因为这座城市处在沙漠消失的边界线上，空气中开始弥漫海风和海味。**还有人**指着那条倾斜的街道说，站在街道底部的人都有一种感觉，那就是如果爬到山顶，就会看到海浪。

在幼儿园和学校里，埃米尔**从未**被选中担任学校戏剧的主角或班委。在体育课和放学后的比赛中，他**表现平平**，优点和缺点也**不**突出。**大家都说他的成绩一般**，**不**令人印象深刻，也**不**令人沮丧，就像老师们对他的评价一样。轻松的无聊之中，他看了班上其他同学谈论的电视节目，玩了流行的电脑游戏，**没有**打破任何纪录，**也没有**惨败，这丝毫不令人感到惊讶。他的语言技能既**没有**给他带来骄傲，**也没有**带来羞耻，这让他的父亲非常愤怒，因为**什穆埃尔·莫-塔尔从小就参与各种语言游戏：双关语，填字游戏，书写和破译代码，在不同语言词典中发现被遗忘的、奇怪的单词，以及其他关于语言起源的讨论**。

什穆埃尔·莫-塔尔经常试图让他的儿子表现出对某事的一点兴趣，他会根据文字游戏给他猜一些谜语。埃米尔会耸耸肩说：“但那又如何呢？”

> 什穆埃尔会带着克制的愤怒回答说:“**永远不要低估语言。总有一天你会明白它们有多大的力量**。”埃米尔会说:“好吧。”什穆埃尔补充说:“心和眼睛赐予你,**不是没有**意义的。”
>
> 埃米尔对这个仪式**了如指掌**,他会用父亲**重复**的一句话来结束它:“**是的,是的**。我们倾听。心灵要领会,眼睛要观察。”[304]

阿达夫以道歉式的声明展开故事,试图来降低读者的期望,表明作品预示了惯例、常态、地方,甚至无聊。但是,他的这种做法过于强烈,引起了怀疑,且频繁使用否定词汇导致文字冗余。例如,“不”“不是”“也不”“都不”“没有”和“从未”这几个词出现了十几次！此外,对于埃米尔的“平凡”问题,阿达夫用各种各样的表达来支持这种强烈的否定,没有留下任何余地,或者至少看上去没有留下余地。我指的是这些短语和句子:“埃米尔没有什么不寻常或有趣的地方。”“事实上,埃米尔·莫-塔尔是世界上最普通的男孩。”“他没有与众不同的特征”,“甚至他的外表也很普通,很容易被人忘记”,“从未被选中”,“表现平平,优点和缺点也不突出”,“大家都说他的成绩一般”,“这丝毫不令人感到惊讶”和“没有打破任何纪录”。

这种全面否定的冗余,让人想起了布伦纳的第一部小说《在冬天》中的修辞风格,主要有两个目的。[305]首先,阿达夫试图从他的文学宣言中移除熟悉的情节剧剧情元素,同时保留关注新类型情节剧的权利。其次,与此一致的是,阿达夫暗示他向我们隐瞒了一些事情,他几乎是绝望地期待,身为读者的我们会揭露出来。这些“东西”隐藏在故事开头的字里行间,与主人公和希伯来语特殊的本质有关,或者更准确地说,与它们深奥的语体风格有关,它们相互联系,形成难解的问题。

埃米尔不是一个以自然方式来到这个世界的男孩。通过两个包含“世界”的语义相似的短语所构成的悖论,阿达夫强调了这一具有深远意义的虚构事实。其一，“世界上最普通”是在“埃米尔·莫-塔尔是世界上最普通的男孩”这句话中。其二，“永远不会来到这个世界”是包含在句子“如果不是因为他父亲对文字游戏的热爱，埃米尔·莫-塔尔永远不会来到这个世界”中。

这两句话（逻辑上）不一致。毕竟，很难想象一个在文字游戏中诞生的孩子是世界上最普通的男孩。然而，这就是重点，这两句话在诗意和情感方面是一致的。这是因为在文字中诞生，主人公就从他的传记和生物背景中被解放出来，也就是说脐带与血肉被一种文本精神的联系所取代。因为在文字中诞生（在这里相当于因圣灵而诞生），主人公直接进入他真正所属的范畴：有名望的人。世界上最普通的孩子形象对他来说只是一种虚饰。因为，事实上，埃米尔·莫-塔尔就像现代希伯来文学的东欧风格中的许多中心人物一样，我在本书第一章中称之为**天选之子**。根据故事后面提供给我们的信息，他这样的孩子一千年中只出现一个，像菲尔伯格笔下的纳赫曼、布伦纳笔下的耶米亚胡·费曼、哈扎兹笔下的余德克、伊兹哈尔和摩西·沙米尔笔下的战士、格罗斯曼笔下的莫米克、奥莉·卡斯特尔-布鲁姆笔下的多莉等那样的孩子，埃米尔用窄小的肩膀承担起阿特拉斯般的任务（沉重的责任——译注）。这些孩子们总是有着强烈的俄狄浦斯情结，他们被赋予保护世界免受强大生物破坏的责任。[306]埃米尔·莫-塔尔被认为是和阿达夫的所有主人公一样，[307]有着生杀予夺的能力。在这种情况下，他非传统的名字变得清晰起来（这不是一个常见的希伯来名字）。“埃米尔”这个词的意思是王子，但这是王子莫-塔尔（Mor-Tal），凡人（mortal）王子。[308]

埃米尔是“荒原”中的“流亡王子”。“荒原”经常被认为是阿达夫的家乡——南部城镇斯德洛特，或者类似的城镇。如前所述，埃米尔来到这个世界是因为“他父亲对文字游戏的热爱”，或者更确切地说，

“在不同语言词典中发现被遗忘的、奇怪的单词”，换句话说，那些希伯来语义学理论中的“过时的词”，也就是“模糊不清、不合时宜”的词或短语，其原始的、现在的意义是不得而知的——“化石词”，肖勒姆称之为沃拉普克语，一种“幽灵语言”。

然而，就我们的目的而言，最重要的是，“幽灵语言”不仅创造了埃米尔·莫-塔尔，也创造了另外一个世界。在这里，埃米尔脱离了无聊、常规的现实，由于意外或是咒语，他被抛入其中。小说《埋葬的心》的情节基本上再现了《圣经》中最模糊的故事之一，这个故事几乎完全由“废弃词语”组成，也就是说，这些词没有真正的关联所指。这部小说是根据发生在西订谷即死海谷的奇怪战争而写作的故事。参与战争的国王以及战斗地点的名字像是来自美索不达米亚神话，或是来自一些从未被破译的神秘深奥的手稿一样。示拿王暗拉非、以拉撒王亚略、以拦王基大老玛和戈印王提达在亚特律加宁杀败了利乏音人，在哈麦杀败了苏西人，在沙微基列亭杀败了以米人等。同样奇怪的是《圣经》这一部分的结尾：得胜的国王们俘虏了罗得，罗得像往常一样发现自己在错误的时间来到了错误的地方。希伯来人亚伯兰去救他的侄儿罗得，在只有318个家丁的帮助下，与庞大的、半神话般的军队战斗。[309]

阿达夫复活了这个“废弃的故事”，将起源于废弃语言的英雄和概念融入其中。例如：阿乔托费尔的龙“欢乐颂之翼”，受到“毁灭使者”暗拉非的召唤，去找利乏音人的三个女儿：米希萨、沙玛和纳瓦特·哈玛都特。他“带她们到落基山的山顶，切碎她们的身体，将四肢围成一个圈”。[310]这些细节与阿达夫的所有作品都有关——他设法积累了“足够的力量用自己的影子来取代自己。他把自己的影子变成了暗拉非，他自己也变成了自己的影子”。[311]

阿达夫在语言内部的虚构创造与伊兹哈尔的创造在逻辑上是对

立的。和布伦纳一样，伊兹哈尔对希伯来语的历史传统体系进行了极大的外延拓展，这是创立他的纪实现实主义的关键一步。阿达夫走了另一条路。他创造了模糊和模棱两可的概念内涵。他用新的思想填充空洞的语言工具和被忽视的词汇。阿达夫敏锐的敏感性和技巧表现在他使用具有“鬼魅”“幽灵”和“主位”性质的语言碎片，而这些无人触及的词组是为了创造现实或是魔幻的新故事。[312]换言之，阿达夫意识到，正如格肖姆·肖勒姆所期望的那样，希伯来语已经成为一种“幽灵语言”，也就是说，具有功能性但却空洞，其使用者认为他们“已经消除了语言中的启示特征，然而事实是，宗教力量仍然隐藏在语言中”，阿达夫大胆而熟练地利用这一事实。他解放了隐藏在语言中的宗教力量和末日之痛，利用“废弃语言”创造了一种“幽灵语言”的词汇，并有可能从空洞的、常规的以及变成没有所指的能指的世界，转移到崇高浪漫的巴洛克空间。事实上，阿达夫和阿佩费尔德一样，非常清楚地知道，玩弄隐藏在虚幻语言中的爆炸元素是要付出沉重代价的。阿佩费尔德的喀尔巴阡朝圣者对幽灵般宗教品质的追求，总是以一种看似自愿的自杀行为而告终。他们向当局出卖自己，自愿登上死亡列车，等等。阿达夫的朝圣者们身处一个半荒诞的世界，他们一再失去与他人之间短暂的人际接触，以及共情和对话交流的能力。

第四章　但是在夜里，在夜里，我依旧用西班牙语做梦

以色列文学想象的地图：南美洲区域

用西班牙语做梦

作词：埃胡德·马诺

作曲：施罗莫·以多夫

我思索和书写希伯来语时毫不费力，
也喜欢只用希伯来语去爱你，
我再也不会拥有，如它这般绝妙的语言，
但是在夜里，在夜里，我依旧用西班牙语做梦。

一

本尼迪克特·安德森在其著作《想象的共同体》[313]中提出，民族主义并不像社会主义或法西斯主义那样属于意识形态的一种，而是一种自发的现象，是基于生产和交流方式发展的民族再构想的产物。这种民族再构想的行为需要通过更新和/或发明内部传统得以实现，这既出于将新兴民族呈现为某一延续至今的古老民族的意识和情感需求，[314]也出于米尔恰·伊利亚德所指出的，有必要创设一种机制来重

复民族建立的时刻，[315]即确立一种仪式用以验证共同体成员以及土地与其信仰的诸神之间自然的和超自然的原初契约。

尽管共同体本身丰富且多元，要实现对民族的再构想行为却不能单纯依靠对共同体内部传统和形象的创造性观察，还需要对外部世界进行创造性观察。正如爱德华·萨义德[316]所说，这种观察主要基于对“他者”征服性的投射。萨义德的追随者和批评者[317]已经证明，这种征服性的投射也一直是被“他者”征服的投射。因此，正如作为“旧世界”的欧洲通过对美洲征服性的投射和被美洲征服的投射来想象自身，[318]同样地，作为“新世界”的美洲也通过对“旧世界”亦即对“欧洲母国”征服性的投射和被其征服的投射来想象自身。[319]

现代犹太民族主义现象的出现同样可以被描述为一种双重构想行为的产物，即复兴内部传统与征服“他者”和被“他者”征服的投射。这种双重构想行为在数百个文本里被反复实现，这些文本旨在达成两个目标：呈现一个古老又崭新的民族空间（即“新故土”）的理念，以及勾勒一类新人（即“新旧民”）的塑造过程。恰如雷切尔·艾尔波茵·德罗尔[320]所述，这类文本在19世纪下半叶大量涌现，显然受到了乌托邦类型的影响。作为这股潮流中最杰出的先驱者，亚伯拉罕·玛普在他的作品里，尤其是他的奠基之作《锡安之恋》（1853）中，对未曾亲眼见过的以色列地进行了再构想，那时的《锡安之恋》就像一部新版的《圣经》，受到了狂热的崇拜。

玛普及其同代人，以及在“热爱锡安”运动中追随着他们的作家和诗人，都对“那地”的特性深信不疑，他们相信复兴或重生将会在“那地”发生，或者借用扎利·古雷维治和吉迪恩·阿然的话来说，[321]“那地”是展现本民族规约性理念、身份认同焦点以及民族独特性的最佳空间。在这方面，玛普及其追随者，即“哈斯卡拉”运动和“热爱锡安”运动的参与者，继续着前人的道路。他们以指引“民族渴望的矢量”方向为己任,“民族渴望的矢量”诞生于流亡时期,并且在犹大·哈列维的名句“我的心在东方,我却身处最西边”中得到最完美的诠释。他们居住在立陶宛、乌克兰“隔离地带”的城镇以及东欧和中欧的部分地区,通过融合旅行家撰写的以色列地游记、时下流行的地理书籍、出土的《圣经》经文残片、周遭的地理景观以及塑造他们青春梦想的文学作品中常见的奇幻景观,[322]为自身和读者创造了一片应许之地,[323]一片被虚构出来的以色列地。

在19世纪末期和20世纪的前10年,以色列地作为“那地”的独特性被削弱。倘若具有更为牢固和坚实的基础,背离“民族渴望的矢量”的传统航向或许能够改变整个民族想象的地图。正如本雅明·哈沙夫[324]所说,这种削弱作用源自一场巨大的文化和政治革命,这场革命最早发生在沙俄“隔离地带”的犹太群体中,却未局限于此,[325]他将这场革命的成果视作“继《圣经》之后对我们的文化最伟大的贡献”。[326]

哈沙夫宣称,这场文化和政治革命并非以犹太复国主义这个历史和意识形态过程为标志,其标志是一场现代主义革命,犹太复国主义(犹太复国主义者声称的以色列地的独特性是“民族渴望的矢量”的焦点)只是这场现代主义革命的一个衍生品。哈沙夫认为,这是一个全面且剧烈的转变,它利用存在于欧洲和美国的现代世界的动态机遇,致使在当时似乎出现了一个与以往不同的犹太民族,这个新的犹太民族所立足的轴线具有性质不同的两端——以色列和“新大流散”。[327]哈沙夫所谓的“新大流散”指的是19世纪末至20世纪初大量犹太人定居美国的历史,赫施男爵则认为同一时期有大约25万犹太人在以阿根廷为主的拉丁美洲不同地点大规模定居,这段历史也应当归入“新大流散”的范畴。

哈沙夫补充道,这场现代犹太革命导致出现了性质不同的两端——以色列和“新大流散”,在这种语境中,公认的现代希伯来文学史遭到了曲解。这种胜利者的史学按照从尾至头的顺序对文学史进行描述，即以（犹太复国主义）历史学家认知中犹太复国主义取得胜利的时期为起点，然后向前回溯。哈沙夫认为，这种方式歪曲了历史事实，削减了文学集合的规模，并且损害了作者与其作品之间多样的互惠关系。

就此而言，哈沙夫的强烈言辞必须受限于以下两点。第一个限制条件在于，许多作家和思想家"从一开始"（最晚从 19 世纪 80 年代开始）就把以色列地设定为"那地"，这显然是有意做出的选择，此外，他们对"新大流散"的排斥同样是"从一开始"就决意如此。换言之，我们如今面对的不只是胜利者的史学，更是从一开始就精心设计的行动，该行动至少在几十年内是成功的。[328]

第二个限制条件在于，在哈沙夫谈论的成型时期，一种我们可称之为"地域性双语制"的文化和语言现象永久确立。大多数选择使用希伯来语写作的作家将以色列地视作"那地"，而其他选择使用意第绪语、英语、西班牙语等语言进行创作的作家则将"新大流散"视作"那地"。这个现象不足为奇。有些作家选择了一条不同的道路，譬如 20 世纪初美国的希伯来语诗人群体，他们创造了一个崇高又有些怪异的文学集合，[329]与此同时，许多移民到以色列地的希伯来语作家在处理私人事务时，依然使用其出生地的语言。[330]

我呈现的第一个限定条件包含两部分内容：从一开始就认定以色列地作为"那地"的独特地位，并且排斥其他与犹太复国主义选项相竞争的地点。通过阅读赫茨尔的奠基之作《新故土》的第一章，我们更能理解这两部分内容的有效性。[331]

第一章开篇就对主人公弗雷德里希·劳温伯格博士进行了描绘，他"陷入无尽的惆怅"，[332]亦可说是患上了"忧愤病"，这是那一代"冷漠超然的"中欧犹太人的通病。劳温伯格大部分时间都坐在维也纳的一家咖啡馆里，思索他面对的有关存在的诸多可能，然后将其逐一摒弃。

……从前有过轻松的交谈。现在只剩下梦想，因为几个月前，经常与他一起在咖啡馆度过闲散、舒适的晚间时光的两位好同志去世了。两人生前都比他年长：海因里希在写给他的信里说，两人“按照年龄顺序应该”会比他更早地向绝望屈服，写完这封信后，海因里希就把子弹射进了自己的太阳穴；**奥斯瓦尔德去了巴西，帮助那里的犹太劳工建立定居点，结果染上了黄热病。**[333]

赫茨尔排除了定居南美洲的选项，换言之，他否定了赫施男爵及其追随者设想的定居计划，并且使用同样的笔锋排除掉自杀的选项，仿佛两者具有相同的地位和意义。随后，对于知性且冷漠的欧洲犹太人和暴发户式的资产阶级犹太教提出的方案，他也同样予以否决。

面对这些失去竞选资格的选项，我们可以将移民美国添加为备选方案，然而该方案却遭到劳温伯格的资助人亦即实业家金斯考特的全盘否定。这样看来，大概只剩下一个可行的方案：在新故国以色列地定居，其代表人物是出身于东欧贫苦家庭的犹太男孩大卫·利特瓦克。利特瓦克本人以及他对于在新故国实现民族复兴的笃信，都让劳温伯格着迷，劳温伯格资助他的学业，最终帮助这个小商贩的儿子成为以色列“新社会”的领袖。劳温伯格本人则身处印度洋的一座孤岛，经历了从身体到精神的漫长的“改造流程”后，才被认定有资格享有“成功的”犹太复国主义方案。

将以色列地选定为“那地”和民族渴望最终归宿的方案，经历了一个制度化的过程，对于在犹太复国主义拓荒者移民的三次大规模浪潮(1882—1928)中定居以色列的大部分诗人和作家而言，这个方案永久固定在他们创作的诗歌和散文之中。这些作家以不同的方式主动承担起建构“犹太复国主义叙事”的重任，凸显以色列地并否认大流散，[334]这些作家包括摩西·斯米兰斯基、约瑟夫·路易多尔、以色列·

扎黑、约瑟夫·阿利哈、S.Y.阿格农、Y.布伦纳、阿里耶·阿里埃里-奥罗夫、阿哈龙·鲁文尼、海姆·哈扎兹、耶胡达·亚阿里、纳坦·比斯特里斯基等；诗人们则高举旗帜，歌颂古老而崭新的以色列地，全然否定新、旧形式的大流散。

尽管如此，我们必须点明，接纳犹太复国主义叙事与拒绝或否认大流散叙事，绝非单向或清楚明白的。任何一位希伯来语作家的任何一部作品都难以避免被这两种叙事单独或共同作用而引发的矛盾心理所“感染”，这既因为“斩断个人根基”、与家人失联（包括在第二、第三次阿里亚中只身来到以色列地的作家，以及大屠杀前后因家人在欧洲遇害而孤身来到以色列地的作家）、怀念童年风景等情况让他们感到痛苦，也因为他们极难应付新气候、体力劳动、疾病、贫困等困境。即使在那些最符合主流价值观的故事里，这些困境也时常出现，在那些暗含深意的故事中，这些困境出现得更加频繁。然而，一个不能忽略的事实是，无论是主动回归还是单纯地移民，这些来到以色列地的作家都将犹太复国主义叙事在生存和领土层面的两种表述——正视以色列地（家园）和忽视大流散（出生地）——确立为绝大部分作品的突出主题。

在20世纪40年代末“帕尔马赫一代”作家的作品中，对于定居以色列地的希伯来语作家而言，以色列地在其想象地图中占据的至高地位开始被颠覆。包括摩西·沙米尔、伊戈尔·莫辛松、施罗莫·尼灿、纳坦·沙哈姆在内的众多作家都在以色列出生或者很小就来到以色列。他们在自己的人生故事中实现了“犹太复国主义梦想”，却又梦想前往应许之地以外的地方，其中一处就是美国的狂野西部，努里特·戈尔茨[335]已经证实，通过书籍特别是通过影片，那里成为“银盘青年”的梦想之地。戈尔茨指出，当时的许多歌曲都将战士塑造为在不毛之地独行的骑士，许多街道海报都采用西部片通缉犯的形式来讲述士兵的英勇事迹，甚至还流传过这样一个段子——伊扎克·萨代和加里·库珀是“帕尔马赫”的创建者。透过这些，我们能了解到美国西部地区在建构当代社会思潮中的位置。[336]另一个梦想之地是俄国区域，包括位于亚洲的“野蛮东部”、“哥萨克”[337]俄国以及革命年代俄国的文化空间，“帕尔马赫一代”借此来建构其民族身份认同。[338]此外，这一代的成员还向往着其他地方，比如：在 S. 伊兹哈尔的晚期作品《亮光》[339]中，我们可以看到有人向往英国及其文化；在哈诺赫·巴托夫的《清算与灵魂》[340]中，我们看到有一些人认为已经建立的国家与他们的理想不符，于是纷纷涌入巴黎；在丹·本-阿莫茨的《记起，忘却》[341]中，我们还能看到有人选择前往德国。

更为激进的反对意见出现在“第一代以色列人”的作品之中。我谈论的“第一代以色列人”指的是 20 世纪 30 年代在以色列境内外出生的作家群体，他们被称作“国家一代”，并在很大程度上决定了以色列身份认同的特征。这个作家群体包括阿摩司·奥兹、A.B.约书亚、阿哈龙·阿佩费尔德、约书亚·凯纳兹、露丝·阿尔莫格和海姆·拜埃尔。

这时期的小说，尤其是被视作“第一代以色列人”典型代表的阿摩司·奥兹所创作的小说，都具有一个典型特征，那就是民族领土渴望的矢量方向发生了巨大改变。以色列作为主权国家渴望的最终归宿，其位置被“另一个所在”（奥兹以此为题在 1966 年出版了一部希伯来语小说）所取代，这个崭新又古老的归宿便是欧洲。

犹太主权国家成立后，“第一代以色列人”开始从事创作，本杰明·哈沙夫指出，19 世纪末犹太现代主义革命发生后，用希伯来语写作与“应许之地”的概念被自动关联起来，直到在“第一代以色列人”创作的故事里，这种自动关联才首次被瓦解。

以色列作为“那地”的地位遭到削弱，导致出现了严重的民族想象真空，而欧洲在有限的时间内至少部分地填补了这个真空。从 20 世纪80年代早期开始，之前被边缘化的地区逐渐取代了作为“那地”的以色列地和作为备选地点的欧洲的位置。其中，南美洲区域在以色列人的民族想象地图中逐渐占据重要地位。

二

南美洲区域在以色列人的想象地图中承担着诸多功能。一些功能不是很重要，另一些功能更是如此。在此，我将按重要性递增的顺序，列举几种功能。

对于“国家一代”的部分作家而言，南美洲主要呈现出一幅人类处于极端境地的景象。这种极端境地是对“真实的”生活方式的极度向往，这种生活方式能使人间接体验到“国家制度冲击”[342]前以色列地伊舒夫的“原始时代”。阿摩司・奥兹的小说《莫称之为夜晚》(1994)[343]中的“南美洲”篇章就是一个典型例子。男主人公西奥离开以色列，乘船来到南美洲，辗转各地，为当地人规划“几种既适合热带气候又不违背现有生活方式的乡村模式”。[344]

规划工作本身就需要考察自然环境和人文景观，因此，西奥总是孤身一人，忙于漂泊——就像个成年背包客。只有两种事会打破他的独处状态：与“那地”和当地女人的邂逅(“女人易寻，就像获取食物和夜宿的吊床那样容易，无论在何地，她们都会出于好奇或好客对他倾尽所有。”[345])，以及“与陌生人或萍水相逢之人……深夜交谈”。[346]

西奥与“那地”、自然景物和当地女人的相遇都带有明显的殖民特征：

> 他将月收入的绝大部分存入多伦多的一家银行，因为他几乎没有开销。那些年，他像云游的工匠，从荒芜之地漂泊至荒凉之境。他在死火山山脚处的破败村庄里歇息，曾见到其中一座死火山喷射火焰。有时，他会在蕨类植物和攀缘植物结成的冠层下穿

> 过迷人的丛林。有时，他会暂时结交一条荒凉的河流或陡峭的山脉，森林正以根茎为利爪侵入那条山脉。有时，他一连几周都无所事事，一整天都躺在吊床上，望着翱翔于辽阔天空的猛禽。夜里，会有女孩儿或是女人前来与他共享吊床，她们端着的巨大陶土杯里，盛着为两人准备的咖啡。[347]

此处的场景设计类似于好莱坞在拍摄非洲影片时使用的背景幕布。这些本应该展现南美洲空间的细节，如“破败村庄”“死火山”“丛林”“蕨类植物”“攀缘植物”“荒凉的河流或陡峭的山脉”，首先起到具象化情感方面的作用，例如：死火山标志着西奥的力比多欲望的状态——时而觉醒和爆发，就像他见到的“喷射火焰”的死火山一样；蕨类植物和攀缘植物的重要性在于，两者结成的“冠层”暗示了西奥孤僻的本性；“森林正以根茎为利爪侵入那条山脉”的描写则通过一种天然的、两性的方式，间接展现西奥的超然世外和无欲无求。性接触本身让人联想到高更在大溪地时期画作中的女性形象。但是，此处却缺少高更画作中突出展现和至关重要的强大可塑性。

鲁文·米兰的小说《南极以南》(1990)[348]同样将南美洲区域描述为极端生存环境的代表。本书的核心是一对男女(“意大利男人”与“法国女人”)之间全部的、生死攸关的、又具有破坏性的关系的故事，这两位神秘的主角有可能是间谍。故事的高潮是男、女主人公在两个地理端点的最后几次会面，这两个端点具有明显的象征性的存在价值。第一个端点是“巴塔哥尼亚的边缘区域，位于火地群岛的锯齿状边界”，[349]在小说中，这里象征着人类生存的边界。第二个端点是“南纬 70 度线”，[350]该端点象征着物质被简化为纯粹的灵性，也象征着作为小说隐喻之锁的存在悖论成为现实，并且两者相互关联，因为据意大利男人所说：“当你置身此地……除了你立足之处，其他任何地点都是北方。你无法再往南走了。可恶，你还想怎样？即使要付出努力，你也不会找不到北[351]。”[352]

斯玛达尔·赫斯菲尔德的小说集《在墨西哥的天空下》(2001)[353]同样将南美洲空间理解为展现人类极端处境的意象，但又与奥兹和米兰的作品存在显著差异。在奥兹和米兰的作品中，主人公只是暂时地变成了十字军般的旅行者，他们在南美洲的“端点空间”并未经历任何真正的精神历练，而是从南美洲特有的意象库中，选取了诸如“世界尽头”“简单生活”“现代文明之外”等内容，概述和明确他们的存在认同。而在本书收录的两部小说(《在墨西哥的天空下》和《黑色耶稣》)里，赫斯菲尔德笔下的女主人公至少在一段时期内是流浪者。[354]她们失去了与“母基地”以色列的联系，随着时间的推移，她们用最深入的方式探索着新空间。两部小说讲述了她们各自的旅行故事，大部分内容却是共通的，旅行的目的在于帮助她们脱离现代的苦海，并为她们带去心灵的救赎，实现这个目的需要兼具性虐特征和女同性恋特征的性救赎。这些故事的编排结合了两种叙事模式，二者有时能和谐共存(至少是部分共存)，有时又激烈碰撞。第一种是“通过阴沟得救”[355]的模式，这种模式与忏悔文学和流浪汉文学的传统有关，也与二者在以色列文学中的继承者相关，这些继承者包括平哈斯·萨代、伊扎克·奥帕兹-奥尔巴赫、本雅明·什维利等；第二种模式是异域版的“启示或顿悟的故事”，故事的核心人物“对于人生道路感到迷茫”，并且正在接受本土“导师”的帮助，身为原住民的导师与“大地母亲”和“先祖之灵”关系密切，例如卡洛斯·卡斯塔尼达的作品就是以此模式为基础的。

南美洲区域在以色列民族想象地图中承担的其他功能与两件事有关，这两件事至少从表面上看关系甚远。一个是文学外部的事件：以色列将1967—1982年间占领的西奈半岛归还给埃及；一个是文学内部的事件：1972年，加夫列尔·加西亚·马尔克斯的著作《百年孤独》[356]的希伯来语译本在以色列出版。

在 20 世纪 50 年代，直到六日战争爆发前，许多年轻人都梦想前往约旦河对岸的佩特拉城和纳巴泰人的神庙。他们中的一些人，如梅厄·哈尔-锡安和雷切尔·萨沃拉伊，甚至实现了这个梦想。在当时，佩特拉城是以色列民族想象地图中的神奇之地，是古代文明的杰作，其魅力无疑还在于它是个危险的地点。[357]人们能在奥兹的《完美的和平》(1982)[358]和阿耶莱特·贡达尔-戈申的《一夜之间，马尔科维奇》(2012)[359]中找到对这个现象的文学描写。

六日战争发生后，西奈沙漠以一种不同的形式继承了佩特拉城在以色列民族想象地图中的位置。许多以色列人认为这片广阔区域，尤其是从埃拉特到沙姆沙伊赫的东海岸地区，是无限自由空间最终实现的地方，融入该地也符合 1968 年后从西方传入的嬉皮士精神。将西奈半岛归还给埃及的举动伤害了以色列的民族想象，这与以色列宣布建国(该事件破坏了以色列地的伊舒夫文化)对民族想象的伤害如出一辙。以色列撤离西奈后，出现了一批哀悼"失地"和"时光不再"的怀旧文学作品，同样的情况在以色列建国后也出现过。在 1988 年出版的作品《山中黑豹》[360]中，作家楚尔·谢扎夫以最具说服力的方式描述了这个现象。

20 世纪 80 年代末到 90 年代初，位于以色列乃至中东以外的相似空间接替西奈半岛，承担起了绝对自由空间及其构成要素的功能，这些功能包括消除日常烦恼和治安、经济形势带来的压力，以及接触到灵修体验、吸毒和性自由等，时至今日，这个现象已经出现在数十部文学作品中。[361]我所说的这些作品聚焦于南美洲或印度[362]，以及其他位于中亚、东亚[363]和非洲[364]的国家，也涉及澳大利亚[365]、北美[366]、新西兰[367]等"灵性较弱的地点"。

在作品《处女地》(2011)[368]中，艾希科尔·内沃探讨了西奈半岛(主要是其东岸地区）的地位与南美洲空间的地位之间关系的本质。叙述者多利为寻找失踪的父亲，搜遍整个南美。当他乘车旅行时，透过宽大车窗显现在他眼前的“壮丽风景”[369]让他印象深刻。那风景“一望无际，中间没有任何交叉路，或高楼耸立的新兴城市，或四轮驱动的车流将其分隔”。[370]

内沃笔下的主人公自问道：“他上一次对美有如此热爱以至于喉咙哽咽是在何时？”[371]他回答说：“显然是在西奈的时候。”[372]并补充道：“但是，他们也是为了他才杀死了西奈。两年前，当第一波进攻的画面传回来，当意识到这一切已经在‘他的’海滩发生时，他哭了起来。真奇怪。他在母亲葬礼上都没落泪。但是，当看到拉什阿勒撒旦遭受的破坏——坍塌的茅屋、破碎的餐具——他的肩膀开始颤抖。”[373]他向妻子解释道：“我曾拥有一个地方，罗妮，你懂吗？一个我可以逃奔的地方。我已经好多年没去那儿了。但我知道，如果我要去，山会在，水亦然。”[374]

于是，南美洲空间以及其他与以色列精神状态和地理特征相去甚远的地点，扮演着终极自由空间的角色，而曾经在以色列人尤其是年轻人以及某些成年人的民族想象中，西奈半岛才是终极自由空间的扮演者。自从 20 世纪 70 年代早期开始，南美文学在民族想象的文学地图中也占据了相似的位置。

尽管这是一个不可名状的精神过程，指明这个过程的起始时刻却相对而言较为容易。我所说的起始时刻的标志是哥伦比亚作家加夫列尔·加西亚·马尔克斯的著作《百年孤独》的希伯来语译本在以色列出版。这本 1967 年出版于布宜诺斯艾利斯的小说在世界范围内收获了巨大的成功。1972 年 2 月，耶沙亚胡·奥斯特里丹翻译的希伯来语译本刊印了 22500 册。同年 7 月，又增印了 4000 册，5 年后，再次增印 80000 册。在 20 世纪 70、80 年代，这本书总共刊印了约

150000册,相较本地读者的人数,这个数字十分惊人,更何况这还只是一本译作。[375]

回顾过去,我们可以说,马尔克斯及其南美洲魔幻现实主义者为以色列人的文学想象提供了大量它所渴求的醉人液体。[376]这种天马行空的、打破界限的、近乎致幻的文学,为以色列作家提供了一条自由的、欢乐的、长着翅膀的、时而疯狂的路径,使他们得以逃离极度严肃的西方文学。他们找到了一条逃跑路线,由此摆脱社会训诫式的现实主义、"俄国母亲"的遗产、受过训练的卡夫卡式的严格的超写实主义,以及福克纳之流笔下强烈的时而令人窒息的意识流。此外,多彩的南美洲家族传奇使他们能处在一个自由的位置重新思考犹太史学,无须担心现任"以色列之家的守望者"(例如法官、先知、拉比和各种犹太复国主义运动意识形态的政治委员等)投来的审视目光。有两部文学作品展现了这一举动:伊塔玛·列维的首部作品《齐力格·马因茨和他对死亡的渴望》(1985)[377],以及梅厄·沙莱夫的首部小说《俄国人的浪漫曲》(1988,英译本名为《蓝山》)[378]。

在《齐力格·马因茨和他对死亡的渴望》中,伊塔玛·列维为犹太人的故事虚构了另一种史学。不合逻辑的情节、奇怪的朝代和繁复华丽的句法都是在与魔幻现实主义流派,尤其是与秘鲁作家曼努埃尔·斯科尔扎在作品《为兰卡斯击鼓》(希伯来语译本名为《兰卡斯的喧嚣》,于1975年出版)[379]中提出的激动人心的方案进行对话。

梅厄·沙莱夫的作品创造性地运用了被同一流派加以完善的艺术手法。他使用了两种画笔,即精准的现实主义画笔和狂乱的想象力画笔,去描绘犹太复国主义方案的创建时期(即第二次阿里亚时期)。他能将两者结合,无疑是因为他接触到了以《百年孤独》为首的多部加西亚·马尔克斯的作品,这使他能在不打破犹太复国主义神话的基础上,全面探究其内部运行机制。[380]

三

上述作品的作者从南美洲区域获取了灵感，却只字未提在这个意义重大的历史和意识形态进程中前往南美洲的成千上万的犹太人。加布里埃拉·阿维古尔-罗特姆是最早打破这种自我中心主义的犹太复国主义观念的作家。阿维古尔-罗特姆出生于布宜诺斯艾利斯，后随父母移民以色列。在她的第一部小说《莫扎特不是犹太人》(1992)[381]中，阿维古尔-罗特姆却决定为哈沙夫所说的“新大流散”重新授权。

阿维古尔-罗特姆的小说开始于19世纪末在俄国“隔离地带”爆发的犹太现代主义革命，此后，复杂的双线剧情的渴望矢量没有指向以色列地和美国，而是指向拉丁美洲。她展现了20世纪初两个犹太移民家族在南美洲的历史。一个家族定居在布宜诺斯艾利斯，另一个家族定居在马德奥罗。两个家族存在血缘关系，但是，要符合南美洲魔幻现实主义的最佳传统，[382]两大家族之间还需要具有神秘的精神联系。终日忙于抚养、教育和接济子女的艰辛与磨难构成了小说的情节。但是，在理智的现实主义社会心理结构之下，偶尔会出现一股黑暗未知的力量，触发深夜漫游、施展奇迹、造成破坏和创作音乐等行为。

小说开篇试图追寻困扰两大家族首领之一的阿里耶-耶胡达·莱布的不明力量的本质，这股力量“从光辉的敖德萨……控制着他迁徙到世界的另一端，在大洋复背斜层的边缘寻找太阳与阴影之间的晦暗之地”。[383]作品随后描述了阿里耶-耶胡达·莱布对南美洲日益增强的磁感应，并将这种感应与亚伯拉罕决心前往以色列地和以撒受缚事件相联系。在犹太复国主义文学中，以撒受缚的意义从人与“那地”契约关系的神学象征转变为人与“那地”领土契约关系的证明。[384]

有时他(阿里耶-耶胡达·莱布)鼓起勇气走进图书馆，看到巨大的地球仪倾向一边，他伸出手，触摸它，球体转动，海洋、陆地、山川、河流触手可及。**出发吧**，有个声音在他心中低语，**出发吧**，令人眩晕的球体突然停下，他的手指停在一片火蜥蜴状的遥远土地，他把头歪向一侧，嘴唇拨动着舌尖的音节：火——地——群岛。快去，快去，那个声音颤动着，手指的敲击给他上了一课：**“我来了。”**[385]

在《莫扎特不是犹太人》中，阿维古尔-罗特姆试图追踪实现指向南美洲的渴望矢量的尝试，数十年来由于受到主流渴望矢量的文学和意识形态的阻挠，这一开拓性的文学创举直到最近才被人效仿。三部深入探讨此问题的作品已于近年出版：伊兰·沙因菲尔德的《一枚戒指的传说》(2007)[386]和《当亡者归来》(2012)[387]，以及艾希科尔·内沃的《处女地》。应该注意的是，三部作品均引起大众极大的关注。

《一枚戒指的传说》考察了南美洲犹太人的一段悲惨历史。女主人公埃斯玻兰萨·甘兹向女儿坦白了自己的秘密：她的外祖母、母亲和她本人都是犹太妓女，一枚由母亲传给女儿的神奇戒指将三人的生命捆绑在一起。这部作品取材于犹太皮条客组织“茨维·米格达尔”的真实故事，该组织在1870—1930年间活跃于布宜诺斯艾利斯。[388]

《当亡者归来》讲述的是弥赛亚回归以色列民众的犹太奇幻故事——他是一位肉体凡胎的弥赛亚，成为弥赛亚非他所愿，他甚至不知道自己要让何事发生。小说开篇讲述了波兰某小镇一个庞大的犹太家族的历史，随后描述了部分家族成员在阿根廷和秘鲁一些地方的各种化身。其中，在位于亚马逊丛林边缘的伊基托斯降世了一个婴儿，祖辈的遗传和丛林的影响使他变成弥赛亚。小说结束于以色列地，怪诞的末日景象在我们眼前变成了现实。

《处女地》的核心是一对父子的故事。儿子前往南美洲寻找失踪的父亲。因赎罪日战争而患上炸弹惊骇症的父亲放弃了投身犹太复国主义事业的道路，并且决定在被赫茨尔拒绝的地点重现他的设想，即阿根廷境内赫施男爵建立犹太哨所的地方。

这三部诞生于20世纪末到21世纪初的过渡时期的作品具有诸多相似之处。首先，三者都延续了阿维古尔-罗特姆的道路，回到19世纪末现代犹太革命这个起点，为南美洲版的"新大流散"重新授权。此外，被排斥了120多年的赫施男爵的方案也在这三部作品里被重新激活。

其次，三部小说又明显偏离了阿维古尔-罗特姆的道路，阿维古尔-罗特姆的方案为犹太人在南美洲的生活赋予一种现实的、生机勃勃的充实感；定居点方案的主要作用是映射在以色列地实行的犹太复国主义方案，但在内沃和沙因菲尔德看来，这种方案显然偏离了它的初衷。这种现象在《处女地》中尤为明显，南美洲犹太教在小说中只存在于"考古"层面；小说中的父亲，在赫施男爵定居点的废墟上，建立起他自己的"处女地"社区。换言之，在这些作品中，南美洲方案扮演着"镜像故事"的重要角色（这一点在内沃的作品里尤为突出），"镜像故事"能够运用不同的比较技巧展现主线故事，即犹太复国主义故事的反乌托邦本质，并且从属和服务于主线故事。

这些作品的另一个共同点在于，它们的作者利用魔幻现实主义流派的工具来重新建构犹太史学，尤其是犹太复国主义的章节。他们用这种方式延续着文学前辈（梅厄·沙莱夫、伊塔玛·列维和阿维古尔-罗特姆）的道路。关于这一点，我认同沙因菲尔德的说法：

> 在平时的写作中，尤其是写这部小说时，我感兴趣的主题是犹太集体记忆的建构和个体记忆表达自身的方式。对我而言，这件事（犹太皮条客组织"茨维·米格达尔"的故事）让我能够航行

> 到充满想象和魔法的区域，并尝试将我的生命和以色列的存在同那些不复存在的领域重新连接。[389]

沙因菲尔德关于让他能够“航行到充满想象和魔法的区域，并尝试将（他的）生命和以色列的存在同那些不复存在的领域重新连接”的评论，牵涉他的小说与艾希科尔·内沃的《处女地》之间另外两个颇为有趣的相似点。

在阿维古尔-罗特姆看来，俄国的“隔离地带”是孕育了南美洲犹太方案的子宫。与之相反，在沙因菲尔德和内沃的作品里，曾经存在的南美洲犹太方案，或者更确切地说，那个沙因菲尔德还原的南美洲方案，那个多利的父亲想在赫施男爵购买的土地上重现的南美洲方案，成了备用的子宫。在两人的作品里，南美洲区域扮演了一位具有生育能力的代孕母亲的角色，在以色列的培养基已经被破坏的情况下，其作用便是让犹太复国主义再次发芽。当我们试图阐明，对于出生在 1960 年和 1971 年的两位以色列作家而言，是什么让南美洲区域成为如此合适的子宫时，论述中最精彩的部分就是三部作品显示出的关联的特性。

如上所述，其中一个因素是历史的公正，即改正南美洲犹太定居点有意或无意间蒙受的不公，这个问题在以色列的民族想象中一度被边缘化。上述的其他关键因素还包括无限空间和魔幻现实主义。但是，这些因素无论是单独作用还是共同作用，都必须纳入另一个出人意料的因素——萨满教，才能在内沃和沙因菲尔德小说中履行其使命。

在研究《处女地》和《当亡者归来》的主人公生平时，我们发现多利的父亲和沙因菲尔德笔下的弥赛亚所罗门，都是遵照传说体裁的传统塑造的，基督教从异教信仰那里继承了这种成圣的故事类型，并对其进行改进和强化。[390]

两位主人公具有迥然不同的身世背景：一位是患有炸弹惊骇症的土生土长的标准以色列人；另一位的父亲是在波兰一个非犹太家庭中长大的犹太人，他的母亲可能是印度人或犹太人。他们因为各自要扮演的角色（弥赛亚和先知）而被有资质的萨满导师圣化。这些萨满担任了人生各方面的向导，扮演着犹太复国主义乌托邦和反乌托邦中人生向导的角色。[391]这意味着，在跨越了乌托邦与反乌托邦界线的《处女地》和《当亡者归来》中，萨满取代了犹太复国主义小说中借助先知启示和现代主义的进步力量引导主人公前往新故土的人生向导的位置（一个绝佳的例子是大卫・利特瓦克，作为一名年轻的、受过教育的、热情的犹太复国主义者，他在《新故土》中成为"流散的犹太人"弗里德里希的人生向导）。这让人立刻联想到那位年迈的墨西哥巫师和智者——唐・胡安・马图斯，他在秘鲁裔美国作家卡洛斯・卡斯塔尼达的 12 部作品里担任人生向导，其中《伊斯特兰之旅》(1972)[392]和《唐・胡安的教诲》(1969)[393]被译成希伯来语并大获成功。

此外，我在此呈现的文学历史进程还具有一个有趣的循环逻辑。赫茨尔将大流散标记为"外域"，一片"虚无之地"，[394]在此语境中，南美洲区域就是死亡之地。100 年后的今天，南美洲区域却在以色列小说中被描绘成以色列地的备选空间，在这里犹太民族主义能够继续存在并发展繁荣。

南美洲区域被赋予这种力量，源于以下几个因素的奇异结合：第一个因素是"处女地"，它代替了建国前的以色列地和西奈沙漠的位置，在这个替代空间里，人们可以间接谈论以色列的经历和空间；[395]第二个因素是犹太性，它设法逃离（至少部分逃离）20 世纪的重大创伤（包括犹太大屠杀和以色列战争等）；第三个因素是"新灵性"，它受到前文提到的萨满教力量的影响，完全背离了犹太拉比传统。

注　释

1. Ferdinand Tönnies, *Community and Society*, trans. Charles P. Loomis, East Lansing: The Michigan State University Press, 1957 [1887].

2. 关于这一内容,参见 Amnon Raz-Krakotzkin, “Exile within Sovereignty: Toward a Critique of the ‘Negation of Exile’ in Israeli Culture”(希伯来语), *Teoria Uvikoret* 4 (1993), pp. 23 - 55; *Teoria Uvikoret* 5(1993), pp. 113 - 132; Dan Miron, *From Continuity to Contiguity*(希伯来语), Tel Aviv: Am Oved, 2005。

3. S. Y. Agnon, *Only Yesterday* (*Tmol Shilshom*), trans. Barbara Harshav, Princeton: Princeton University Press, 2002 [1945].

4. Ibid., pp.139 - 140.

5. Ibid., p.139.

6. Ibid., p.3.

7. Ibid.

8. Ibid., p.151.

9. 参见 Itamar Even Zohar, “The Nature and Functionalization of the Language of Literature under Diglossia”(希伯来语), *Hasifrut* 2 (1970), pp. 286 - 302; Chone Shmeruk, *Chapters in the History of Yiddish Literature*(希伯来语), Tel Aviv: The Porter Institute for Poetics and Semiotics, 1978, pp.9 - 24。

10. 参见例证, Pierre Bordieu, “But Who Created the Creators? ” in *Sociology in Question*, London: Sage, 1994, pp.139 - 148。

11. Max Weber, *On Charisma and Institution Building*, Chicago and London: University of Chicago Press, 1968, pp.28 - 47.

12. S. Y. Agnon, *Only Yesterday* (*Tmol Shilshom*), trans. Barbara Harshav, Princeton: Princeton University Press, 2002[1945], pp.139 - 140.

13. 参见例证, Galili Shachar, “Allegories of Holiness: Modernism and Jews in Germany”(希伯来语), *Bikoret Uparshanut* 43(2010), pp. 167 - 192。又参见期刊 *Davka-Yakinton*, *Eretz Yiddish Vetarbuta* 8(2012), 探讨的题目为 “Distant Relatives: *Ostjuden* and *Yekkes*”(希伯来语)。

14. 参见例证, André Korbea-Husai, “Remarks on the Civilization of Czernovitz”, in *Czernovitz, a Place of Testimony: Jewish Life in Europe before the Holocaust and its Influence in Israel Today*(希伯来语), ed. Andrea Peschel, Tel Aviv: Resling Heinrich Böll Foundation, 2004。

15. 参见 Mark H. Gelber, "The Noble Sephardi and the Degenerate Ashkenazi in German-Jewish and German Anti-Semitic Consciousness: Heine, Langbehn, Chamberlain", in *Confrontations/Accommodation: German-Jewish Literary and Cultural Relations from Heine to Wassermann*, ed. Mark H. Gelber, Tubingen: Max Niemeyer Verlag, 2004, pp.45 - 56。

16. 参见例证, Richard Taylor, "The Double-Headed Eagle: Russia-East or West?" in *European Integration and Disintegration: East and West*, eds. Robert Bideleux and Rechard Taylor, London and New York: Routledge, 1996, pp.252 - 258。

17. 这种情况,参见 Anita Shapira, "The Birth of a National Ethos", in *Land and Power: The Zionist Resort to Force: 1881 - 1948*, Stanford: Stanford University Press, 1991, pp.3 - 52。

18. Ahad Ha'am, *Crime and Punishment*, in *The Collected Writings of Ahad Ha'am*(希伯来语), Jerusalem: Dvir and Hotza'a Ivrit, 1947, p.321(节译, in Yigal Schwartz, *The Zionist Paradox*, trans. Michal Sapir, Waltham: Brandeis University Press, 2007, p.50).

19. Ahad Ha'am, *Altneuland* , in *The Collected Writings of Ahad Ha'am*(希伯来语), Jerusalem: Dvir and Hotza'a Ivrit, 1947, pp.319 - 320(节译, in Yigal Schwartz, *The Zionist Paradox*, trans. Michal Sapir, Waltham: Brandeis University Press, 2007, p.50).

20. Max Nordau, "Ahad Ha'am on *Altneuland*"(希伯来语), in *Zionist Writings: Speeches and Articles (1901 - 1904)*, Vol. 2(希伯来语), trans. Y. Yeivin and H. Goldberg, Jerusalem: The Zionist Library, World Zionist Organization, 1960, pp.113 - 114.极富讽刺意味的是,当我们审视作为《新故土》特征的精神二分法时,一方面是东欧犹太人具有牢固的犹太身份,且拥有给人留下深刻印象的身心健康;另一方面则是中欧犹太人受过教育,有文化修养,但是失去了犹太本源,与人疏远,容易自杀——它显示出东欧犹太人与中欧犹太人特征中的二元对立镜像,这一点明显体现在阿哈德·哈阿姆的创作中。关于这一主题的更多论述,参见 Yigal Schwartz, *Do You Know the Land Where the Lemon Blooms? Human Engineering and Designing the New Space*(希伯来语), Or Yehuda: Dvir, pp. 159 - 183; Yigal Schwartz, *The Zionist Paradox*, trans. Michal Sapir, Waltham: Brandeis University Press, 2007, pp.49 - 96。

21. Amos Oz, *Elsewhere, Perhaps* (*Makon Acher*), trans. Nicholas de Lange, New York: Hacourt Brace, 1973 [1966], p.134.

22. Ibid., p.17.

23. Dimtri Merejkowsky, *Tolstoi as Man and Artist with an Essay on Dostoïevski*, London: Constable, 1902.

24. Ibid., pp.243 - 244.

25. Mikhail Bakhtin, "Discourse in the Novel", in *The Dialogic Imagination: Four Essays by M. M. Bakhtin*, ed. Michael Holquist, trans. Caryl Emerson and Michael Holquist, Austin: University of Texas Press, 1981, pp.269 - 422.

26. Katerina Clark 和 Michael Holquist 在其论著中将这些文本界定为论辩性文本。参见 *Mikhail Bakhtin*，Cambridge：Massachusetts，and London：The Belknap Press of Harvard University Press，1984，pp.146－170。

27. 参见 Roman Jakobson，*Semiotics*，*Linguistics*，*Poetics: Selected Articles*，Tel Aviv：Hakibbutz Hameuchad，The Porter Institute for Poetics and Semiotics，Tel Aviv University Press，1986。

28. "口耳体"之说，依据的是 Harshav 在探讨卓越的东欧意第绪语作家 Shalom Aleichem 创作时所言"以词语传播世界"。参见 Benjamin Harshav，"Speech and the Deconstruction of Speech：Shalom Aleichem and the Semiotics of Jewish Folklore"，in *Field and Frame: Essays in the Theory of Literature and Meaning*（希伯来语），Jerusalem：Carmel，2000，p.71。另参见 Gidi Nevo，"Jewish Humor in Hebrew Garb：On Shalom Aleichem's 'Back from the Draft' in Y. D. Berkowitz's Translation"(希伯来语)，in *A Gathering of Scoffers: The Rhetoric of Hebrew Satire*（希伯来语），Or Yehuda：Dvir and Heksherim Institute，Massa Critit，2010，pp.60－99。

29. Mordechai Ze'ev Feierberg，*Whither? and Other Stories*，trans. Hillel Halkin，Philadelphia：Jewish Publication Society，1973，pp.121－215.

30. Ibid.，p.140.

31. Ibid.，p.139

32. Ibid.，pp.139－140.

33. "以色列之家的守望者"一词之中包含着把凝视作为感知的主要手段，至少表面看来与我关于"口耳体"在这一集合体中占主导地位的主张相悖。然而，这只是表面上的矛盾，因为这一概念在对其各种化身的检验中表明，它并不涉及观察物质现象的世界，而是涉及道德-心理-分析能力，可诊断以色列百姓生存环境中的问题、冲突、危机形势等。

34. 比如，布伦纳提到佩雷茨·斯莫伦斯金，将其描述成"我们伟大的民族吹鼓手，我们民族文学初创时期的英雄"。参见 Yosef Haim Brenner，*Writings*，Vol. 3(希伯来语)，Tel Aviv：Publitzistika Bikoret，Hakibbutz Hameuchad，Sifriat Hapoalim，1985，p.403。

35. 关于哈斯卡拉及后来文学中的"迷人场所"，参见 Dan Miron，*Between Vision and Truth*（希伯来语），Jerusalem：The Bialik Institute，1979，pp. 23－27；Yigal Schwartz，*Do You Know the Land Where the Lemon Blooms? Human Engineering and Designing the New Space*（希伯来语），Or Yehuda：Dvir，2007，pp.55－57。

36. 参见 Shmuel Werses，"M. Y. Berdichevsky's Story 'Across the River'：An Examination of its Source and Versions"(希伯来语)，in *Literary Studies in Honor of Shimon Halkin*（希伯来语），ed. Ezra Fleischer，Jerusalem：Magnes，Hebrew University，1973，pp.35－60；Yigal Schwartz，"The Concept of Place in Post-Classical Hebrew Narrative Fiction：M. Y. Berdichevsky's 'Across the River'"，in *What You See from Here: Issue in the Historiography of Modern Hebrew Literature*（希伯来语），Or Yehoda：Dvir，2005，pp.69－86。

37. David Grossman，*See Under: Love*（*Ayen Erekh: Ahava*），trans. Betsy

Rosenberg, New York: Picador, 1989.

38. Ibid., p.18.

39. Ibid.

40. Ibid.

41. Ibid.

42. Ibid., p.24.

43. Ibid., p.29.

44. Ibid.

45. Mark Zborowski, Elizabeth Herzog, *Life is with People: The Jewish Little-Town of Eastern Europe*, New York: International University Press, 1962.

46. 梅厄·哈尔-锡安曾为以色列国防军领袖。参见 David Grossman, *See Under: Love* (*Ayen Erekh: Ahava*), trans. Betsy Rosenberg, New York: Picador, 1989, p.36。

47. Ibid., p.35.

48. Ibid., p.41.

49. Ibid., p.37.

50. Ibid., p.3.

51. Ibid., p.37.

52. Michael Miriam Wazner, "The Protocol Text"(希伯来语), Doctoral Dissertation, Ben-Gurion University of the Negev, 2009, pp.37 - 43, 84 - 120, 153 - 162.

53. 参见例证, Gadi Taub, *A Dispirited Rebellion: Essays on Contemporary Israeli Culture* (希伯来语), Tel Aviv: Hakibbutz Hameuchad, 1997, pp.13 - 137。

54. 参见 Yaara Shchori, "Orly Castel-Bloom", in *Masters of Culture: Anatomy of Producers of Israeli Culture* (希伯来语), eds., Noa Greenberg and Nir Baram, Tel Aviv: Am Oved, 2003, pp.202 - 213。

55. 参见 Nancy Ezer, "From Melancholy of the Soul to Melancholy of the Flesh—Postmodern Parody: On Orly Castel-Bloom's *Dolly City*"(希伯来语), *Iton 77*, 326 (2007), pp.28 - 31; Liza Chodnovsky, "Do Black Holes Exist? On Parody in the Short Stories of Orly Castel-Bloom and Etgar Keret"(希伯来语), *Iton 77*, 222 - 223 (1998), pp.24 - 29; Adia Mendelson-Maoz, "Extreme, Horrific, and Grotesque Situations in the Works of Castel-Bloom and Keret" (希伯来语), *Dapim le Mechkar be-Sifrut* 11 (1997 - 1998), pp.269 - 295。

56. Orly Castel-Bloom, *Dolly City*, trans. Dalia Bilu, Champaign: Dalkey Archiv Press, 2010[1992].

57. Sandra M. Gilbert, Susan Gubar, *The Madwoman in the Attic: The Woman Writer and the Nineteenth-Century Literary Imagination*, New Haven: Yale University Press, 1984.

58. Dan Miron, *The Imaginary Doctor*(希伯来语), Tel Aviv: Hakibbutz Hameuchad, 1995.各种医生经常出现在卡斯特尔-布鲁姆的同代作家利亚·艾妮的作品中,以色列批评家倾向于将其主人公置于以色列社会文化边缘。另参见 Yigal Schwartz, "The Leah

Aini Project Literature as an Act of Survival", *BGU Review* 3(2013), bgu.ac.il/en/Heksherim/2013/Aini-Yigal.pdf。

59. 参见 Avraham Balaban, "A Sharp Turn from Realism: A Parade of Masks", *Haaretz*, 16 March 1990, p.8。

60. Dan Miran, *The Imaginary Doctor*(希伯来语), Tel Aviv: Hakibbutz Hameuchad, 1995, p.13.

61. Orly Castel-Bloom, *Dolly City*, trans. Dalya Bilu, Champain: Dalkey Archive Press, 2010 [1992], pp.81–82.住棚节为犹太传统中的三大主节之一,为的是纪念以色列人出埃及。

62. Ibid., p.84.

63. Ibid., p.88.

64. Rina Lapidus 曾在著作中探讨布伦纳风格与俄罗斯文学的相似性,参见 *Hebrew Literature and its Affinities with Russian Literature* (希伯来语), Jerusalem: Carmel, 2009, pp.78–98。

65. 除希伯来小说中的中欧王朝外,还有希伯来诗歌中的中欧王朝带有类似标记。我提到大卫・沃格尔、亚伯拉罕・本・伊扎克、亚考夫・费什曼、纳坦・扎赫、耶胡达・阿米亥、丹・帕吉斯、图维亚・利博纳以及大卫・罗克奇等。在这方面,参见 Shimon Sandbank, *Two Pools in the Forest: Connections and Parallels between Hebrew Poetry and European Poetry*(希伯来语), Tel Aviv: Hakibbutz Hameuchad, 1976, pp.46–82, 173–214; Nili Scharf Gold, *Yehuda Amichai, The Making of Israeli National Poet*, Waltham: Brandeis University Press, 2008, pp.110–112, 247–248, 302–303 等。

66. 透过窗子或窗帘观察是现代视知觉的一种清晰的视觉表达。参见 Hagi Kenaan, "The Philosopher and the Window: On the Pathology of the Gaze"(希伯来语), in *The Voice and the Gaze: Between Philosophy and Literature, Cinema and Opera, Myth and the Law*(希伯来语), eds. Vered Lev Canaan and Michael Gruber Friedland, Tel Aviv: Resling, 2002, pp.133–146。这里要注意的是,由于听觉范围有限(当然,没有放大手段),"话语空间"比视觉空间有限得多,并且拥挤和亲密得多,或者至少是更多适用于狭小且私密的"话语空间"。

67. Theodor Herzl, *Old-New Land* (*Altneuland*), trans. Lotta Levenson, New York: Bloch, 1941[1902], p.3.

68. Ibid., p.4.

69. David Vogel, *Viennese Romance* (*Roman Vinai*), trans. Dalia Bilu, Brunswick, Victoria: Scribe, 2013, p.3.

70. Ibid., p.5.

71. G. Shofman, *Short Stories*(希伯来语), chosen by Haim Beer, afterword by Haim Beer, Tel Aviv: Am Oved, pp.76–77.

72. Ibid., p.76.

73. Aharon Appelfeld, *Ritzpat Esh* (*Fiery Ember*), Jerusalem: Keter, 1998, p.7.

74. David Vogel, *Viennese Romance* (*Roman Vinai*), trans. Dalia Bilu, Brunswick,

Victoria: Scribe, 2013, pp.6 – 7.

75. 许多批评家就匈牙利作家在反映犹太复国主义或反犹太复国主义问题展开讨论(延续着赫茨尔的犹太性或非犹太性问题的讨论),这一点并非偶然。至于此处被引用作品中的主人公,以及与这些作者的其他作品有关的主人公,可以说他们对这个话题不予理会或不感兴趣,或者,明显持浪漫的-东方主义者态度。这样一来,比如说,我们通过阅读段落熟悉了《维也纳浪漫曲》的主人公米海尔・罗斯特,也包括他对犹太复国主义事业持有的冷漠超然,或顶多是偶尔好奇的态度,他把这种态度与围绕着他的每个重大的历史组成部分联系起来加以展示。"20 年前,**米海尔・罗斯特出现在欧洲某个国都,其国王已经衰老,有点愚蠢,已经刮过的下巴两旁又长出了八字须。那是一座古城,它的尖塔与哥特式教堂笼罩在中世纪的薄雾中**,一条小河穿城流过。**米海尔・罗斯特十八岁**,一个个子高高的金发青年,没有明确的目标,兜里没钱。他正要前往**近东的一片土地,那片土地已经被废弃了数千年之久,一片荒芜,少数情系远古的理想主义者正通过双手的艰苦劳作与心中跳荡的激情来复兴这片土地**。他离开了故乡的父亲兼老师、母亲和几个姐妹。他发现**自己落脚的城市并不比其他城市糟糕**,实际上,**他没有理由继续旅行**。他决定最好在这里定居,就像在其他任何地方一样。"David Vogel, *Viennese Romance* (*Roman Vinai*), trans. Dalia Bilu, Brunswick, Victoria: Scribe, 2013, p.25.(黑体为笔者所加,下同)

76. 老一套路的种族主义成分在这里尤为突出,因为,富有反讽的是,故事结尾昭示,这里描述的人物实际上是外邦人。

77. Edwin Muir, *The Structure of the Novel*, London: Hogarth Press, 1957 [1928], pp.7 – 40, 115 – 133.

78. Yitzchak Bacon, *The Solitary Youth in Hebrew Fiction 1899 – 1908*(希伯来语), Tel Aviv: The Student Union Publishing House, 1978, p.151.

79. 这种情况,参见 Oded Menda-Levy, *Reading the City: The Urban Experience in Hebrew Literature from the Mid-nineteenth Century to the Mid-twentieth Century* (希伯来语), Tel Aviv: Hakibbutz Hameuchad, 2010; Shachar Pinsker, "Vienna: 'This Mocking and Innocent City'", *Literary Passport: The Making of Modernist Hebrew Fiction in Europe*, Stanford: Stanford University Press, 2011, pp.87 – 104。

80. Guy Ad, *Ha Beer-Shevaim* (*The Beer-Shevans*), Or Yehuda: Zmora-Bitan, 2012.

81. Ibid., pp.14 – 17.

82. 这种情况,参见 Adi Ophir, "Reading Orly Castel-Bloom's Stories"(希伯来语), in *Work for the Present: Essays on Contemporary Israeli Culture*(希伯来语), Tel Aviv: Hakibbutz Hameuchad, 2001。

83. Yosef Haim Brenner, *From Here and There*(希伯来语), in *Writing*, *Stories*, *Novels*, *and Plays*, Vol. 2(希伯来语), Tel Aviv: Hakibbutz Hameuchad, 1978, pp.1263 – 1440.

84. Asher Barash, *Ish Ubeito Nimchu* (*A Man and His House Perished*), in *The Writings of Asher Barash*(希伯来语), Tel Aviv: Massada, 1952, pp.101 – 137.

85. Yosef Haim Brenner, *From Here and There*(希伯来语), in *Writings: Stories, Novels, and Plays*, Vol. 2(希伯来语), Tel Aviv: Hakibbutz Hameuchad, 1978, p.1265.

86. Ibid., pp.1266 - 1267.

87. 在这方面,参见 Menachem Brinker, *Narrative Art and Social Thought in H.Y. Brenner's Work*(希伯来语), Tel Aviv: Am Oved, 1990。

88. 布伦纳在这里以一种戏仿的方式同时提到以色列地两种"描述性的范式:一方面是玛普与热爱锡安运动作家们的风格,另一方面则是以色列地类型作家的风格"。参见 Dan Miron, *Between Vision and Truth*(希伯来语), Jerusalem: Bialik Institute, 1979, pp.17 - 19。

89. Asher Barash, *Ish Ubeito Nimchu* (*A Man and His House Perished*), in *The Writings of Asher Barash*(希伯来语), Tel Aviv: Massada, 1952, p.101.

90. 参见 Gershon Shaked, *Hebrew Narrative Fiction 1880 - 1980*, Vol. 1: *In Exile*(希伯来语), Tel Aviv: Keter and Hakibbutz Hameuchad, 1977, pp.341 - 354。

91. Friedrich von Schiller, *Naïve and Sentimental Poetry and On the Sublime*, trans. Julius A. Elias, New York: F. Ungar, 1967.

92. Yehuda Friedlander, *Hebrew Satire in Europe*(希伯来语), Ramat Gan: Bar-Ilan University Press, 1979 - 1994; Shmuel Werses, *Trends and Forms in Haskalah Literature*(希伯来语), Jerusalem: Magness, The Hebrew University, 1990, pp.223 - 248.

93. S. Halkin, *Hebrew Authors*, Vol.2(希伯来语), Jerusalem: Akademon, 1969, pp.222 - 232.

94. 东欧风格与另一种可被界定为学派或运动的风格具有一种持续的联系。我提到的希伯来小说的抒情-印象主义风格,它穿越了东欧风格与中欧风格之间的界限,并从格尼辛、菲尔伯格和别尔季切夫斯基发展到戴沃拉·巴伦、斯坦伯格、西蒙·哈尔金、S. 伊兹哈尔、本雅明·塔木兹、阿哈龙·阿佩费尔德、以色列·伯拉马、汉娜·巴特·沙哈尔、露丝·阿尔莫格和其他作家。(感谢阿夫纳·霍茨曼对本章这一论证的付出)

95. Yosef Klausner, "Our Belles-Lettres"(希伯来语), *Hashiloah* 7(1901), pp.171 - 175.

96. Ibid., p.171.

97. 布伦纳被视为先知,已成为重要的批评传统,伊扎克·巴伦在其专著的绪论中,还有弗里德曼在布伦纳在世时发表的重要文章中均做了精细的阐述。参见 *Yosef Haim Brenner: A Selection of Critical Essays on His Literary Prose*(希伯来语), ed. Yizhak Bakon, Tel Aviv: Am Oved, 1972, p.23。弗里德曼宣称,布伦纳是"上帝的仆人",承受着百姓的苦难,他之所以受到百姓的爱戴,是因为他们意识到他所有的行动,包括他严厉的批评,都源于爱以及保护百姓的愿望:"尽管他的言论和观点有时会伤害我们,因为我们在思想意识上有所抵触,但是我们接受这位有爱心之人的伤害,因为在所有爱我们的人中,他是最忠诚的人之一,因为他完全沉浸在痛苦真理的恩典中。"这篇文章发表在 *Hatkufa*。又参见 D. Friedman, "Y. H. Brenner and His Protagonists"(希伯来语), *Hatkufa* 5(1920), p.432。它也收录在弗里德曼专著中,参见 *Studies in Prose*(希伯来语)，Tel Aviv：Machbarot Lesifrut，1996。

98. 转引自 Yitzhak Bacon，"Introduction：Brenner the Storyteller in the Eyes of the Critics"(希伯来语)，in *Yosef Haim Brenner：A Selection of Critical Essays on His Literary Prose*，ed. Yizhak Bakon，Tel Aviv：Am Oved，1972，p.8。

99. Y.A. Lubetsky，"Y. H. Brenner"(希伯来语)，in *Yosef Haim Brenner：A Selection of Critical Essays on His Literary Prose*，ed. Yizhak Bakon，Tel Aviv：Am Oved，1972，pp.62－67.这篇文章最早发表于杂志 *Haolam*，参见 Y.A.Lubertsky，"Y. H. Brenner Essay"，*Haolam* 5(1908)，pp.118－119。

100. Dan Miron，"Landscape in Y. H. Brenner's Eretz Israel Stories"(希伯来语)，*Zmanim* (28.10.1955；19.11.1955)，转引自 Yizhak Bacon，*Yosef Haim Brenner：A Selection of Critical Essays on His Literary Prose*，ed. Yizhak Bakon，Tel Aviv：Am Oved，1972，p.31。

101. Y. Zamora，"Conversation with Asher Barash"，*Ha-Doar Year* 6 (1927)，转引自 Nurit Tamir-Smilansky，"Barash's Work in the Eyes of the Critics"(希伯来语)，in *Asher Barash：A Selection of Critical Articles on His Work* (希伯来语)，ed. Nurit Tamir-Smilansky，Tel Aviv：Hakibbutz Hameuchad，Yehoshua Rabinowitz Foundation for the Arts，1988，p.9。

102. Nurit Tamir-Smilansky，"Barash's Work in the Eyes of the Critics"(希伯来语)，in *Asher Barash：A Selection of Critical Articles on His Work* (希伯来语)，ed. Nurit Tamir-Smilansky，Tel Aviv：Hakibbutz Hameuchad，Yehoshua Rabinowitz Foundation for the Arts，1988，pp.19－20.

103. Ibid.，p.20.

104. Ibid.

105. Yaakov Fichman，"This Year's Literature"(希伯来语)，*Knesset* 4(1939)，p.509.

106. Moshe Gil，"Asher Barash，Storytelling Artists"(希伯来语)，in *Asher Barash：A Selection of Critical Artists on His Work*(希伯来语)，ed. Nurit Tamir-Smilansky，Tel Aviv：Hakibbutz Hameuchad，Yehoshua Rabinowitz Foundation for the Arts，1988，pp.81－85. Originally published in *Gilionot* 30(1954)，pp.223－229，and included in *Selected Writings*(希伯来语)，Jerusalem：Reuven Mass，1970，pp.146－153.

107. Yosef Klausner，"Asher Barash" (On the Occasion of the Fiftieth Anniversary of his Birth [1889]，13 Adar，1939)(希伯来语)，in *Asher Barash：A Selection of Critical Artists on His Work* (希伯来语)，ed. Nurit Tamir-Smilansky，Tel Aviv：Hakibbutz Hameuchad，Yehoshua Rabinowitz Foundation for the Arts，1988，pp.27－28.

108. Hamutal Bar-Yosef，"Symbolism in the Story 'Three'"(希伯来语)，in *Between Frost and Smoke：Studies of Aharon Appelfeld Works*(希伯来语)，eds. Yitzhak Ben-Mordechai and Iris Parush，*Esher Beer-Sheva*，Vol.6，Beer-Sheva：Ben-Gurion University of the Negev，1997，pp.159－170.

109. Ibid.，pp.168－169.

110. 参见 Dan Miron, "Between a Day of Trivia and the End of Days: The Meaning of History in Natan Alterman's Poetry "(希伯来语), in *Four Aspects of Contemporary Hebrew Literature*, Jerusalem and Tel Aviv: Schocken, 1975, pp. 94 - 124; "Natan Alterman's Path to National Poetry"(希伯来语), in *From the Particular to the Principle: Structure, Genre, and Philosophy in Natan Alterman's Poetry*, Tel Aviv: Hakibbutz Hameuchad, 1971, pp.211 - 231。

111. Amos Oz, "Under this Blazing Light", in *Under this Blazing Light*, trans. Nicholas de Lange, Cambridge, New York, and Melbourne: Cambridge University Press, 1979, pp.19 - 35.

112. Ibid., pp.21 - 22.

113. Ibid., p.30.

114. Ibid., p.33.

115. 参见 Avner Holtzman, "A New Truth in the Land of Israel: On Self-consciousness in the Literature of the Second Aliya"(希伯来语), in *Loves of Zion: Studies in Modern Hebrew Literature*(希伯来语), Jerusalem: Carmel, 2006, pp.169 - 187。

116. 关于布伦纳在当时文学界的地位,参见 Zohar Shavit, "'The Brenner Period': The First Stage of the Consolidation of the Literary Center in Eretz Israel"(希伯来语), in *Literary Life in Eretz Israel 1910 - 1933*(希伯来语), Tel Aviv: Hakibbutz Hameuchad, The Porter Institute for Poetics and Semiotics, 1982, pp.28 - 72; Avner Hotzman, *Loves of Zion: Studies in Modern Hebrew Literature*(希伯来语), Jerusalem: Carmel, 2006, pp.172 - 173 and others。

117. 参见 S.Y. Agnon、Aharon Reuveni 和 Yehuda Burla 的创作。

118. Y. H. Brenner, "The Eretz Isreal Genre and Its Artifacts" (1911), in *The Collected Works of Y. H. Brenner*(希伯来语), Vol.3, Tel Aviv: Hakibbutz Hameuchad-Sifriat Hapoalim, 1985, pp.569 - 578.

119. 参见下列文献: Aharon Reuveni, "In Whom is the Defect?" and "General and Special", in *Literature and Existence*(希伯来语), Jerusalem: Rubin Mass, 1941, pp.212 - 220; Gershon Shaked, *Hebrew Narrative Fiction 1880 - 1980*, Vol. 2: *In the Land of Israel and the Diaspora*(希伯来语), Tel Aviv: Keter and Hakibbutz Hameuchad, 1983, pp. 115 - 154; Menachem Brinker, *Narrative Art and Social Thought in H.Y. Brenner's Work*(希伯来语), Tel Aviv: Am Oved, 1990, pp.191 - 225; Nilli Sadan-Loebenstein, *Israeli Prose in the Nineteenth Twenties*(希伯来语), Tel Aviv: Sifriat Hapoalim, 1991, pp.26 - 37; Nurit Govrin, *Keys*(希伯来语), Tel Aviv: Tel Aviv University and Hakibbutz Hameuchad, 1978, pp. 9 - 19; Yigal Schwartz, *Living for Living: Aharon Reuveni — A Monograph*(希伯来语), Jerusalem: Magnes and Yad Yitzhak Ben-Zvi, 1993, pp.155 - 225; Ariel Hirschfeld, "On *Nerves* by Y. H. Brenner "(希伯来语), in *Literature and Society in Modern Hebrew Culture: Essays Presented to Gershon Shaked*(希伯来语), eds. Yehuda Bar-El, Yigal Schwartz, and Tamar S. Hess, Tel Aviv: Hakibbutz Hameuchad, Keter, 2000, pp. 71 - 81; Yigal

Schwartz, *Vantage Points: Issues in the Historiography of Modern Hebrew Literature*（希伯来语）, Or Yehuda: Dvir, 2005, pp.125 - 147; Hannan Hever, *Narrative and the Nation: Critical Readings in the Hebrew Literary Canon of Hebrew Fiction*（希伯来语）, Tel Aviv: Resling, 2007, pp.47 - 60; Shai Ginsburg, "Literature, Territory, Criticism: Brenner and the 'Eretz-Israeli' Genre"（希伯来语）, *Teoria Uvikoret* 30 (2007), pp.39 - 62; Haya Shaham, *Self-Examination: On Misgivings of Identity, Ideology and Self-Criticism in Modern Hebrew Literature*（希伯来语）, Sede Boqer: The Ben-Gurion Research Institute for the Study of Israel and Zionism, Ben-Gurion University of the Negev, 2012, pp.11 - 38。

120. Gershon Shaked, *Hebrew Narrative Fiction 1880 - 1980*（希伯来语）, Vol. 1: *In Exile*, 1977; Vol.2: *In the Land of Israel and the Diaspora*, 1983; Vol.3: *Hebrew Modernism between Two Worlds Wars*, 1988; Vol. 4: *Israeli Realism 1938 - 1980*; 1993; Vol. 5: *On Many Small Windows at Side Entrances*（希伯来语）, Tel Aviv: Keter and Hakibbutz Hameuchad, 1998.

121. Gershon Shaked, *Identity: Jewish Literatures in European Languages*（希伯来语）, Haifa: University of Haifa Press, 2006.

122. Gershon Shaked, *Hebrew Narrative Fiction 1880 - 1980*（希伯来语）, Vol. 1: *In Exile*（希伯来语）, Tel Aviv: Keter and Hakibbutz Hameuchad, 1977, pp.25 - 26.

123. 类似问题来自对第二卷第九章的仔细审视，如前所述，第二卷第九章专门探讨文学集合体，该集合体据说是以"布伦纳范式"为标志。这一章的题目是"建构与被重建"，其序言标题为"我们尚未发现其灵魂的秘密"。即使下面的两个小标题"从何而来，去往何处"以及"未来一代将无法忽略我们"，也与我们面前特定的语义学-文学-意识形态领域相一致。接下来的小标题"他们六人"引起了人们的期待，在一系列介绍之后，我们将阅读六篇关于作家的短小专论，这些作家尚未发现心灵的秘密，或想知道从何而来、去往何处，或其作品专注于阴谋诡计、意识形态和文献。但是事实并非如此。所讨论的六位作家勉强符合此处讨论的主流文学-意识形态语境。而且，与我们讨论相关的是，"他们六人"中有三人的思想-风格特征与中欧风格相符，或基本相符。我指的是阿维格多·哈梅里、耶胡达·亚阿里以及约书亚·巴-约瑟夫。

124. 参见 H. Berles 提供的移民出生国家一览表"Aliya in the Period from 1919 to 1923"（希伯来语）, in *The Book of the Third Aliya*, Vol.1（希伯来语）, ed. Yehuda Eretz, Tel Aviv: Am Oved, 1964, p.92。

125. 在这方面，参见 Yehuda Yaari 丰富多彩的描述，"On a Bumpy Road: Words at a Gathering of the Third Aliyah in Jerusalem"（希伯来语）, in *The Book of the Third Aliyah*, Vol.1（希伯来语）, ed. Yehuda Eretz, Tel Aviv: Am Oved, 1964, pp.882 - 892。关于加利西亚与波兰青年卫士运动的发展情况，参见 Matiyahu Mintz, *Pages of Youth: "Hashomer Hatzair" 1911 - 1921*（希伯来语）, Jerusalem: The Zionist Library, 1995。同时，有人把"Hashomer Hatzair"视为融合东西欧的运动。参见 Joachim Doron, *Youth in Motion: Sources on the History of Jewish Youth Movements in Germany from 1909 to 1933*（希伯来语）, Jerusalem: Rubin Mass, 1996, p.227。

126. 关于这一情况，参见 Zohar Shavit 富有开创性的著作 *Literary Life in Eretz Israel 1910 - 1933*（希伯来语），Tel Aviv：Hakibbutz Hameuchad，The Porter Institute for Poetics Semiotics，1982。

127. Dov Sadan 说，一个在第一次俄国革命时期成长和成熟的人，历经巨大的希望和失望，包括它内部和周围的颤抖，和一个在第一次世界大战时期成长和成熟的人，历经王国和政权的崩溃，包括它们内部和周围的震惊，没有任何相似之处。关于这一点，参见"Between the Lines：Wisdom in Yehuda Yaari's Short Story"（希伯来语），*Carmelit* 12 - 13（1996），p.75。

128. Muki Tzur，*Our Community*（希伯来语），Jerusalem：Yad Yitzhak Ben-Zvi，1998，pp.1 - 8.

129. Ibid.，p.4.

130. 关于这一点，参见 David Fogel，"Language and Style in our Young Literature"（希伯来语），*Siman Kria* 3 - 4（1974），pp.387 - 391；B. Y. Michali，"David Fogel's Hasty Invalidation"（希伯来语），*Moznaim* 40（1975），pp.197 - 203；Uzi Shavit，"Between Shalonsky and Fogel"（希伯来语），*Hasifrut* 4：2（1973），pp.251 - 257。

131. Gershon Shaked，*Hebrew Narrative Fiction 1880 -1980*，Vol. 2：*In the Land of Israel and the Diaspora*（希伯来语），Tel Aviv：Keter and Hakibbutz Hameuchad，1983，pp.322 - 328.关于这部分另参见 Chen Shtrass，"In the Corridor of the World：Upbringing and Socialization in the Novels of the Communal Group in the Period of the Third Aliyah "（希伯来语），Master's Degree Thesis，Ben-Gurion University of the Negev，2009。

132. Gershon Shaked，*Hebrew Narrative Fiction 1880 -1980*，Vol. 2：*In the Land of Israel and the Diaspora*（希伯来语），Tel Aviv：Keter and Hakibbutz Hameuchad，1983，p.239.

133. Benjamin Harshav，"The Revival of the Land of Israel and the Modern Jewish Revolution：Thoughts on the Situation"（希伯来语），in *Observation Point：Culture and Society in the Land of Israel*，ed. Nurith Gertz，Tel Aviv：The Open University，1987 - 1988，pp.7 - 31. 另参见 Benjamin Harshav，"The Modern Jewish Revolution"（希伯来语），*Alpayim* 23（2002），pp.9 - 75。

134. Benjamin Harshav，"The Modern Jewish Revolution"（希伯来语），*Alpayim* 23（2002），p.18.

135. Ibid.

136. 本书第四章将就这一问题加以讨论。

137. 本书第四章将就这一问题加以讨论。

138. 此处需要澄清，我不是在这里讨论哈沙夫和谢克德研究方法的所有差异性与相似性，而是涉及与讨论内容相关的问题——一方面是"东欧风格"的相对地位，另一方面是"中欧风格"的相对地位。

139. Gilles Deleuze，Pierre Félix Guattari，*Kafka：Toward a Minor Literature*，trans. Dana Polan，Minneapolis：University of Minnesota Press，1986.

140. 在这方面，又可参见 Robert Alter，"Fogel and the Forging of a Hebrew Self"，*Prooftexts* 13(1993)，pp.3－13；Chana Kronfeld，"Forgel and Modernism：A Liminal Moment in Hebrew Literary History"，*Prooftexts* 13(1993)，pp.45－63；Dan Miron，*From Continuity to Contiguity*（希伯来语），Tel Aviv：Am Oved，2005，p.22；Dan Miron，"Conditional Love：The Critical Reception of David Fogel's Poetry"(希伯来语)，in *A Mantle for Benjamin*，Benjamin Harshav Jubilee Book，Vol.1，ed. Ziva Ben-Porat，Tel Aviv：Hakibbutz Hameuchad，The Porter Institute for Poetics and Semiotics，1999，pp.29－98；and Dan Miron，"When Will We Stop 'Banishing' Forgel?"(希伯来语)，in *The Blind Library: Mixed Prose 1980－2005*，Tel Aviv：Yedioth Aharonot，2005，pp.102－124（first published in *Yedioth Aharonot: Culture*，*Literature*，*and Art*，2 June 1987)。当然，这一语境的画面，就像在其他研究语境中一样，并不统一。一些学者，包括一些把沃格尔放在"政治语境"中阅读的学者，认为把沃格尔当作"测试案例"阅读固然重要，也应该在其他文学-文化语境中加以讨论。因此，比如说，Chana Kronfeld 恰切地把沃格尔的创作视为文学-文化行为，在印象主语与表现主义之间的阈限不定(liminal hesitation)，这是一个非常精妙的贴切描述，可以用于我们这里提到的另两位作家格肖姆·肖夫曼和阿哈龙·阿佩费尔德。参见 Chana Kronfeld，"Fogel and Modernism：A Liminal Moment in Hebrew Literary History"，*Prooftexts* 13(1993)，pp.45－63；另参见 Nirith Korman，"The Parodic Poetics of David Fogel"(希伯来语)，Master's Degree Thesis，Ben-Gurion University of the Negev，2011，pp.62－64。最近 Shahar Pinsker 提出与这里的主要见解一致的另一新见，参见 *Literary Passports: The Making of Modernist Hebrew Fiction in Europe*，Stanford：Stanford University Press，2011。Pinsker 在某种程度上继 Shimon Halkin 的 *Trends and Forms in Modern Hebrew Literature: Chapters in the Literature of Haskalah and Hibbat-Zion*（希伯来语，Jerusalem：Bialik，1984)之后，考察了 20 世纪欧洲(东欧和中欧)最为重要的五个希伯来文学中心的起源，以及希伯来文学在这五个中心的形成。他断言，维也纳城市的现代主义，几乎整个属于犹太人的最重要年份是 1880—1910 年。在这一文化领域，"年轻维也纳"的德语犹太作家群与希伯来语作家群拥有同样的"时代精神"，但尚未得到充分审视。Galili Shahar 在这方面中肯地指出，大流散犹太人的文化传统不能与他们居住地的语言世界区分开来。德国犹太人的美学、哲学和神学-政治学思想是在"德国的"——(德国的)语言和(德国的)文化空间中发展起来的。Galili Shahar，"Allegories of Holiness：Modernism and Jews in Germany"(希伯来语)，*Bikoret Uparsharnut* 43 (2010)，p.169. 另参见 Dekel Shai Schory，"G. Schofman：Linguistic Aspects as a Poetical Tool of Analysis"(希伯来语)，Master's Degree Thesis，Ben-Gurion University of the Negev，2011，pp.16，75－76。

141. Hannan Hever，*The Narrative and the Nation: Critical Readings in the Hebrew Literary Canon*(希伯来语)，Tel Aviv：Resling，2007，pp.9－46.

142. 在这些创作中，布伦纳毫不掩饰地以俄国文学的代表人物自居，对认为是土气的加利西亚希伯来文学采取一种俯就屈尊的态度。这是一个典型的恶毒例证："我们的希伯来语文学是神圣文学；也就是说，其读者群很小，且具有选择性，因此这一领域不是准备做最烂的表演，也不是打算写给芸芸众生中的文学外行。这里不会天天出现好作品，但是在这里和加利西亚的图书市场，即使烂书也经常会带有启蒙观点。”他以明确的陈述结束了对“加利西亚图书市场”的讨论，“出于所有动机和目的，加利西亚没有任何希伯来文学！！！”Yosef Haim Brenner，*Writings*，Vol.3（希伯来语），Tel Aviv：Publitzistika Bikoret，Hakibbutz Hameuchad，Sifriat Hapoalim，1985，pp.250－251.

143. Hannan Hever，*The Narrative and the Nation: Critical Readings in the Hebrew Literary Canon*（希伯来语），Tel Aviv：Resling，2007，p.13.

144. Ibid.，pp.13－14.

145. Gershon Shaked，*Hebrew Narrative Fiction 1880－1980*，Vol.1：*In Exile*（希伯来语），Tel Aviv：Keter and Hakibbutz Hameuchad，1977，p.21.谢克德这里以库茨维尔在其专著中的论述为基础，参见 Kurtzweil，*Our New Literature: Continuity or Revolution?*（希伯来语），Tel Aviv：Schocken，1971，pp.11－146。

146. Nilli Sadan-Loebenstein，*Israeli Prose in the Nineteenth Twenties*（希伯来语），Tel Aviv：Sifriat Hapoalim，1991；Nilli Sadan-Loebenstein，*Aharon Reuveni: A Monograph*，Tel Aviv：Sifriat Hapoalim，1994.

147. Nilli Sadan-Loebenstein，*Israeli Prose in the Nineteenth Twenties*（希伯来语），Tel Aviv：Sifriat Hapoalim，1991，pp.19－44.

148. 哈姆塔尔·巴-约瑟夫在其几项研究中也做了类似的事，她阐述了东欧、中欧和西欧的希伯来文学与总体文学中的颓废概念。参见 Hamutal Bar-Yosef，*Introduction to European Literature of Decadence*（希伯来语），Tel Aviv：Ministry of Defence，1994；Hamutal Bar-Yosef，*Trends of Decadence in Modern Hebrew Literature*（希伯来语），Beer-Sheva：Ben-Gurion University of the Negev Press，1997。类似情况，另参见 Shlomit Zaarur，“Afterward：Dov Kimche，Man of the Big World in the Small World”（希伯来语），in Dov Kimche，*The Book of Destruction*（希伯来语），Or Yehuda：Heksherim Institute and Dvir，2008。

149. Avidor Lipsker-Albeck，*S. Shalom's Poetry: From Expressionism of the Third Aliyah to Symbolism*（希伯来语），Jerusalem：Sifriat Hapoalim，1992.

150. Avidor Lipsker-Albeck，*Born unto Labor: The Poetry of Avraham Broides*（希伯来语），Haifa and Beer-Sheva：Haifa University Press，The Ben-Gurion Heritage Institute，and Ben-Gurion University Press，2000.

151. Avidor Lipsker-Albeck，*The Poetry of Yitzhak Ogen: Literary Ecosystems in Eretz Israel 1930－1940*（希伯来语），Jerusalem：Magnes，2006.

152. Avidor Lipsker-Albeck，*Red Poem/Blue Poem: Seven Essays on Uri Zvi Grinberg and Two Essays on Else Lasker-Schuler*（希伯来语），Ramat Gan：Bar-Ilan University，2009.

153. Avidor Lipsker-Albeck，“The Discourse of the Literary Republic and the Ecological Literary Discourse”（希伯来语），*Mikan: Journal for Literary Studies* 3 (2002)，pp.32－351.

154. Amnon Raz-Krakotzkin，“The Dialectical Return to Exile”（希伯来语），in

Czenowitz, a Place of Testimony: Jewish Life in Europe before the Holocaust and its Influence on Life in Israel Today(希伯来语), ed. Andrea Peschel, Tel Aviv: Resling and the Heinrich Böll Foundation, 2004, pp.12 - 23.

155. Ibid., p.18. Dan Miron 在其专著 *From Continuity to Contiguity* 中称:"关于现时代统一的、连续的犹太文学的讨论纯属空洞无物。在现时代,只有不同的犹太文学和带有犹太成分的作品,它们同时属于非犹太起源,属于一个松散而包罗万象的犹太创作整体。"(Ibid., p.150)

156. 本次讨论有意忽略现代希伯来文学中的其他类别,它们没有把塑造新犹太人视为目标,至少没有将其放在与复兴文学同等重要的地位。其中一个典型例子是哈斯卡拉文学,它事先假定人们和社群都按照普世价值行事。另一个例子是我在上一章分析过的以中欧风格创作出的一类文学。

157. 相关概论可参见 Gershon Shaked, *Hebrew Narrative Fiction 1880 - 1980*, Vol.1: *In Exile*(希伯来语), Tel Aviv: Keter and Hakibbutz Hameuchad, 1977, pp. 13 - 68; Yigal Schwartz, *Vantage Point: Issues in the Historiography of Modern Hebrew Literature*(希伯来语), Or Yehuda: Dvir, 2005. pp.9 - 23; Avidov Lipsker, *The Poetry of Yitzchak Ogen: Literary Ecosystem in Eretz Israel 1930 - 1940*(希伯来语), Jerusalem: Magnes, 2006, pp. 207 - 259。

158. Nurith Gertz, *Captives of a Dream: National Myth in Israeli Culture*(希伯来语), Tel Aviv: Am Oved, 1995, pp. 9 - 12.

159. Jean-François Lyotard, *The Postmodern Condition: A Report on Knowledge*, Manchester: Manchester University Press, 1984 [1979].

160. 比较研究可参见 Paul Ricoeur, *Time and Narrative*, Vol.2, Chicago: University of Chicago Press, 1984[1983]; Hayden White, "Foucault Decoded: Notes from the Underground", in *Tropics of Discourse: Essays in Cultural Criticism*, Baltimore and London: Johns Hopkins University Press, 1978。

161. Mikhail Bakhtin, "Forms of Time and Chronotope in the Novel", in *The Dialogic Imagination: Four Essays by Mikhail Bakhtin*, ed. Michael Holquist, trans. Caryl Emerson and Michael Holquist, Austin: University of Texas Press, 1981, pp. 84 - 258.

162. Yigal Schwartz, "Holocaust Literature: Myth, History and Literature", in *Literary Responses to Mass Violence*, ed. Daniel Terris, Waltham: Brandeis University Press, 2004, pp. 97 - 108.

163. 例如,可参见 David Leeming and Margaret Leeming, *A Dictionary of Creation Myths*, New York and London: Oxford University Press, 1995。

164. Mircea Eliade, *Rites and Symbols of Initiation: The Mysteries of Birth and Rebirth*, trans. Willard R. Trask, New York: Harper and Row, 1965[1958].

165. 参见 Efraim E. Urbach, *The Sages: Their Concepts and Beliefs*, trans. Israel Abrahams, Skokie: Varda Books, 2006[1971];S. Giora Shoham, *Valhalla, Calvary, and Auschwitz*, Cincinnati: Bowman and Cody Academic Publishing, 1995。

166. Mikhail Bakhtin, "Forms of Time and of the Chronotope in the Novel", in *The*

Dialogic Imagination: Four Essays by Mikhail Bakhtin, ed. Michael Holquist, trans. Caryl Emerson and Michael Holquist, Austin: University of Texas Press, 1981, pp. 84–258.

167. 此处亦可参见萨尔曼・鲁西迪的评论(评论内容虽然不同,但同样精彩,事实上双方的解读方向正好相反)。Salman Rushdie, *The Wizard of Oz*, London: The British Film Institute, 1992.

168. Katerina Clark and Michael Holquist, *Mikhail Bakhtin*, Cambridge, Mass. and London: The Belknap Press of Harvard University Press, 1984, pp.282–290.

169. 参见 William James, *The Varieties of Religious Experience: A Study in Human Nature*, New York and London: Longman, Green & Co., 1902; S. Giora Shoham, *The Myth of Tantalus: A Scaffolding for an Ontological Personality Theory*, Portland: Sussex Academic Press, 2005; Victor W. Turner, *The Ritual Process: Structure and Anti-Structure*, London: Rutledge and Kegan Paul, 1969; Avidov Lipsker, "A Mystical and Ecstatic Initiation of Holiness in Light of the Legendary Novel *Katerina* by A. Appelfeld"(希伯来语), *Efes Shtayim* (1992), pp.87–98; Mircea Elide, *Rites and Symbols of Initiation: The Mysteries of Birth and Rebirth*, trans. Willard R. Trask, New York: Harper & Row, 1965[1958]。

170. Adrian Hastings, *The Construction of Nationhood: Ethnicity, Religion and Nationalism*, Cambridge: Cambridge University Press, 1997.

171. Ilana Pardes, *The Biography of Ancient Israel: National Narratives in the Bible*, Berkeley and Los Angeles: University of California Press, 2000.

172. 参见 Yigal Schwarz, *Do You Know the Land Where the Lemon Blooms? Human Engineering and Designing the New Space*(希伯来语), Tel Aviv: Dvir, 2007, pp. 9–26。

173. 参见 Yair Zakovitch, "Creation and History in the Bible"(希伯来语), in *The Creation of the World in Science, Myth, and Faith* (希伯来语), ed. Lea Mazor, Jerusalem: Magnes, 1991, pp. 64–66。

174. Theodor Herzl, *Old-New Land*, trans. Lotta Levensohn, New York: Bloch, 1941 [1902], p.190.

175. Franco Moretti, *The Way of the World: The Bildungsroman in European Culture*, London: Verso, 1987, pp. 15–73.

176. 参见 S. Giora Shoham, *Valhalla, Calvary, and Auschwitz*, Cincinnati: Bowman and Cody Academic Publishing, 1995; S. Giora Shoham, *The Mythology of the Shepherd* (希伯来语), Tel Aviv: Ministry of Defense, 1990; Baruch Kurzweil, "Self-Hatred in Jewish Literature"(希伯来语), in *Our Modern Literature: Continuation or Revolution?*(希伯来语), Jerusalem and Tel Aviv: Schocken, 1971, pp. 329–401; Gershon Shaked, "How are They Jews?"(希伯来语), in *Identity: Jewish Literatures in European Languages*(希伯来语), Haifa: University of Haifa Press, pp. 17–35。

177. 阿夫纳・霍兹曼在写到《沙漠死者》时说,它"是滋养和维系'新犹太人'形象的源泉之一,这一源头在 20 世纪前 20 年里越发频繁地出现在文学作品和出版界中"。

Avner Holtzman, *Essays on Micha Yosef Berdichevsky*, Jerusalem: Carmel, 2003, p.53.

178. Haim Nachman Bialik, "*Metei Midbar*" ("The Dead of the Desert") [1897], in *Poems: An Annotated Edition*, Vol. 2: *1898 - 1934*, eds. Dan Miron, Uzi Shavit, Shmuel Tertner, Ziva Shamir, and Ruth Shenfeld, Tel Aviv: Katz Institute for the Study of Hebrew Literature, Tel Aviv University, 1990, pp. 121 - 126.

179. 参见 P. Lachover, "The Dead of the Desert"(希伯来语), in *Bialik: Critical Essays on his Works: An Anthology*(希伯来语), ed. Gershon Shaked, Jerusalem: Bialik Institute, 1974, pp.228 - 339。诗歌英译参见 *Chaim Nahman Bialik: Poems from the Hebrew*, trans. Ruth Nevo, Jerusalem: Dvir and the Jerusalem Post, 1981, pp. 102 - 114。

180. *Chaim Nahman Bialik: Poems from the Hebrew*, trans. Ruth Nevo, Jerusalem: Dvir and the Jerusalem Post, 1981, p.104.

181. Ibid., p.106.

182. Ibid., p.108.

183. 亚伯拉罕・玛普在他的奠基之作《锡安之恋》中也有类似的写法,该书比《新故土》和《沙漠死者》早了 49 年。玛普将他的怪物拆分为一头肆虐的狮子、一只食肉的秃鹫和一条喷毒液的眼镜蛇。这些傲慢的动物一个接一个被消灭,这在小说中被解读为青年一辈和下一代成员(阿默农和塔玛,特曼和普尼娜)实现团结以及所有从耶路撒冷的家园中流放到国家和宇宙尽头的人得以回归的前提;与此同时,消灭这些动物(它们共同代表了一个混合、混乱、反叛且肆意破坏秩序的实体)也是民族伦理-宗教秩序能够回归的条件。(Avraham Mapu, *The Love of Zion and Other Writings*, trans. Joseph Marymount, London: The Toby Press, 2006 [1853].)另外可参见拙著 *Do You Know the Land Where the Lemon Blooms? Human Engineering and Designing the New Space*(希伯来语), Tel Aviv: Dvir, 2007, p.1 - 128。在创造新实体的语境下,创造和/或消灭一个混合-怪物实体的模式经常出现在最近的以色列文学中——我在本书第三章将提及其原因。

184. 有趣的是,比阿里克与他创作的著名故事《阿里耶・巴力・古夫》(*Aryeh Baal Guf*)中的同名主人公(Big Harry)的关系,也是从同一个分裂的角度出发的:既钦佩和惊奇,又恐惧和敬畏。这种触及神话或浪漫主义根源但又将其排除在外的分裂视角,被以色列小说界的两位核心作家阿格农和奥兹作为遗产继承下来,这也成为认定两位为重要作家的必要元素。可参见 Yigal Schwartz, *The Cult of the Author and the Religion of the State*(希伯来语), Or Yehuda: Dvir, 2011。

185. Shulamith Hareven, *Soneh Ha-Nissim* (*The Miracle Hater*), Tel Aviv: Dvir, 1987.

186. Shulamith Hareven, *Tzimaon: Shlishiat Ha-Midbar*, Tel Aviv: Dvir, 1997 (英译本为 *Thirst: The Desert Trilogy*, trans. Hillel Halkin, San Francisco: Mercury House, 1996).

187. Aharon Appelfeld, *Layish*, Jerusalem: Keter, 1994.

188. Ariana Melemad, "Introduction"(希伯来语), in Shulamith Hareven, *Tzimaon:*

Shlishiat Ha-Midbar, Tel Aviv: Dvir, 1997[1996].

189. Ibid.

190. Ibid.

191. Ibid., p.68.

192. 下列学者对基于《出埃及记》叙事的《莱什》情节进行了论述：Gershon Shaked, "In Every Generation a Person Must See Himself", *Haaretz*, 27 July 1994, p.8; Chaya Shacham, *Putting the House in Order: On Misgivings of Identity, Ideology, and Self-Examination in Modern Hebrew Literature*（希伯来语）, Sede Boqer: Ben-Gurion Institute for the Research of Israel and Zionism, Ben-Gurion University of the Negev, 2012, p.84。沙哈姆指出，阿佩费尔德还在流浪者的车队和沙漠中漂泊的以色列人之间建立了明显的平行关系，并援引相关文字加以证明："因为上帝看顾我们的车队，就像他看顾那些在沙漠中离开埃及的人一样。" Aharon Appelfeld, *Layish*（希伯来语）, Jerusalem: Keter, 1994, p.132.

193. 参见 Yigal Schwartz, "Wanderings and Redemption"（希伯来语）, in *The Narrative Art of Aharon Appelfeld*（希伯来语）, Beer-Sheva and Tel Aviv: Dvir, Ben-Gurion University of the Negev, 2014, pp.415 - 455; Sidra DeKoven Ezrahi, "Between Bukovina and Jerusalem: Aharon Appelfeld and Pilgrimage to the Ruined Shrine", *Booking Passage: Exile and Homecoming in the Modern Jewish Imagination*, Los Angeles and London: University of California Press, 2000, pp.179 - 199。

194. 关于《莱什》中流浪车队与"流浪的犹太人"或亚哈随鲁的元叙事之间的联系，参见 Chaya Shacham, *Putting the House in Order: On Misgivings of Identity, Ideology, and Self-Examination in Modern Hebrew Literature*（希伯来语）, Sede Boqer: Ben-Gurion Institute for the Research of Israel and Zionism, Ben-Gurion University of the Negev, 2012, pp. 85 - 93。

195. David Frischman, *Ba Midbar* (*In the Desert*), Berlin: Hasefer, 1923.

196. Emmanuel Sivan, *The 1948 Generation: Myth, Profile, and Memory*（希伯来语）, Tel Aviv: Maarachot, 1991; Gershon Shaked, *Hebrew Narrative Fiction 1880 - 1980*, Vol. 4: *Israeli Realism 1938 - 1980*（希伯来语）, Tel Aviv: Keter and Hakibbutz Hameuchad, 1993, pp. 230 - 268 and others.

197. Miri Talmon, *Groups and Nostalgia in Israeli Cinema*（希伯来语）, Tel Aviv: The Open University, 2001, pp. 134 - 138; Judd Ne'eman, "The Fields of Dominant Fiction"（希伯来语）, in *Battle Cry and the Morning After: Representation of the War of Independence in Israeli Literature*（希伯来语）, (Sadan Research in Hebrew Literature 5) eds. Hannah Naveh and Oded Menda-Levy, Tel Aviv: The Chaim Rosenberg School of Jewish Studies at Tel Aviv University, 2002, pp. 401 - 415.

198. Moshe Shamir, *Hu Halach ba-Sadot* (*He Walked through the Fields*), Tel Aviv: Am Oved, 1972[1948], p.8.

199. 关于埃及在现代希伯来文学中的地位，参见 Nurit Govrin, *Literary Geography: Lands and Landmarks on the Map of Hebrew Literature*（希伯来语）, Jerusalem:

Carmel, 1998, pp.408－438。

200. Itamar Levy, *Agadat ha-Agamim ha-Atzuvim* (*The Legend of the Sad Lakes*), Jerusalem: Keter, 1989.

201.《新故土》也有一些改写版,其中最清晰明显的是 Eshkol Nevo, *Neuland*, Or Yehudah: Zmora-Bitan, 2011。更多详情可参见本书第三章。

202. Itamar Levy, *Zelig Maintz Ve-Ga'aguav El Ha-Mavet* (*Zelig Mainz and his Longings for Death*), Tel Aviv: Sifriat Hapoalim, Hakibbutz Haartzi, and Hashomer Hatzair, 1985; Itamar Levy, *Kapot Ragleiha Ha-Adinaot Shel Ha-Madam* (*The Madame's Dainty Feet*), Jerusalem: Keter, 1988.

203. Itamar Levy, *Agadat ha-Agamim ha-Atzuvim* (*The Legend of the Sad Lakes*), Jerusalem: Keter, 1989.pp.5, 7－8.

204. Nurith Gertz, *Captives of a Dream: National Myth in Israeli Culture*(希伯来语), Tel Aviv: Am Oved, 1995, pp.13－34, 99－117.

205. Yoram Kaniuk, *Adam Ben Kelev* (*Adam Resurrected*), Tel Aviv: Amikam, 1969; Yoram Kaniuk, *Nevelot* (*Dead Flesh*), Tel Aviv: Tag, 1997.

206. David Schütz, *Ha-Esev ve-ha-Chol* (*Grass and Sand*), Jerusalem: Keter, 1992 [1978].

207. Orly Castel-Bloom, *Dolly City*, trans. Dalya Bilu, Champaign: Dalkey Archive Press, 2010 [1991].

208. Ami Dvir, *Avimelekh oleh be-sa'arah ha-shamaymah* (*And Abimelech Went up by a Whirlwind into Heaven*), Tel Aviv: Sifriat Maariv, 1993.

209. 就像列维的小说一样,大卫·格罗斯曼的小说《参见:爱》试图回答同样的俄狄浦斯式的认识论问题——我是谁,我从哪里来?——并使用相同的写作技法:从多个视角书写,而且每次都从头开始。关于这种相似性的来源,参见 Yigal Schwartz, "Our Shadows and Ourselves: The Yom Kippur Generation in Israeli Fiction"(希伯来语), in *What You See from Here: Issues in the Historiography of Modern Hebrew Literature* (希伯来语), Or Yehudah: Dvir, 2005, pp. 215－234。

210. Itamar Levy, *Agadat ha-Agamim ha-Atzuvim* (*The Legend of the Sad Lakes*), Jerusalem: Keter, 1989, p.44.

211. 也可参见 George L. Mosse, *Fallen Soldiers*; *Reshaping the Memory of the World Wars*, Oxford and New York: Oxford University Press, 1991; Oz Almog, *The Sabra: A Profile*(希伯来语), Tel Aviv: Am Oved, 1997, pp. 35－52; Yael Zerubavel, *Recovered Roots: Collective Memory and the Making of Israeli National Tradition*, Chicago and London: University of Chicago Press, 1995; Maoz Azaryahu, *State Rituals: Celebrations of Independence and Commemoration of Fallen Soldiers in Israel, 1948－1956*(希伯来语), Sede Boqer: Ben-Gurion Heritage Center, Ben-Gurion University of the Negev Press, 1995; Ruth Kartun-Blum, "A Double Bind: The Sacrifice of Isaac as a Paradigm in Modern Hebrew Poetry", in *Profane Scriptures: Reflections on the Dialogue with the Bible in Modern Hebrew Poetry*, Cincinnati:

Hebrew Union College Press，1999，pp.15 - 65。

212. S. Y. Agnon，*Only Yesterday*（*Tmol Shilshom*），trans. Barbara Harshav，Princeton：Princeton University Press，2002 [1945].

213. Natan Bistritzky，*Yamim ve-Lailot*（*Days and Nights*），Jerusalem，1926.

214. Yehudah Yaari，*Ke'or Yahel: Megillat Chayav shel Yosef Landa*（*Like a Glittering Light: The Life of Joseph Landa*），Tel Aviv：Masada，1937.

215. Chen Shtrass，"In the Corridor of the World：Upbringing and Socialization in the Novels of the Communal Group in the Third Aliyah"（希伯来语），Master's Degree Thesis，Ben-Gurion University of the Negev，2009.

216. Zali Gurevitch and Gideon Aran，"On the Place（Israeli Anthropology）"（希伯来语），*Alpayim* 4（1991），pp.25 - 49.

217. 就此问题，参见 Ruth Kartun-Blum，"A Double Bind：The Sacrifice of Isaac as a Paradigm in Modern Hebrew Poetry"，in *Profane Scriptures: Reflections on the Dialogue with the Bible in Modern Hebrew Poetry*，Cincinnati：Hebrew Union College Press，1999，pp. 15 - 65；Yael S. Feldman，*Glory and Agony: Isaac's Sacrifice and National Narrative*，Stanford：Stanford University Press，2010。

218. 就此问题，参见 Gideon Ofrat，*Land*，*Man*，*Blood: The Myth of the Pioneer and the Cult of Land in Settlement Plays*（希伯来语），Tel Aviv：Cherikover，1980；Gideon Ofrat，*The Binding of Isaac in Israeli Art*（希伯来语），in *Local Context*（希伯来语），Tel Aviv：Hakibbutz Hameuchad，2004，pp. 124 - 152；Yaffa Berlowitz，*Inventing a Country*，*Inventing a People*（希伯来语），Tel Aviv：Hakibbutz Hameuchad，1996；Yisrael Bartal，*Cossack and Bedouin: "People" and "Land" in Jewish Nationalism*（希伯来语），Tel Aviv：Am Oved，2007，pp.122 - 132。

219. 参见 Anita Shapira，*New Jews*，*Old Jews*（希伯来语），Tel Aviv：Am Oved，1997，pp.248 - 275。作为对照，可参见 Avner Holtzman，"Between Earth and Sky：On the Land of Israel Fiction of Yitzhak Shenhar"（希伯来语），in *Literature and Society in Modern Hebrew Culture: Essays Presented to Gershon Shaked*（希伯来语），eds. Yehuda Bar-El，Yigal Schwartz，and Tamar S. Hess，Tel Aviv：Keter and Hakibbutz Hameuchad，2006，pp.228 - 242。

220. David Ohana，*The Origins of Mythology*，*Neither Canaanites nor Crusaders*，trans. David Maisel，Cambridge：Cambridge University Press，2013.作者大卫·欧哈纳在此书中提出，犹太复国主义元叙事的设计与两种替代模式（我称之为叙事）有关：迦南人叙事，正如我所指出的，主要是一种自生叙事；而第二种叙事，即十字军叙事，是一种迁徙叙事。欧哈纳划分叙事模式的逻辑与 A.B.约书亚在其著作《歌颂常态：有关锡安主义的五篇文章》中的主张不谋而合，参见 A.B. Yehoshua，*In Praise of Normalcy: Five Essays on Zionism*（希伯来语），Jerusalem and Tel Aviv：Schocken，1980。

221. Moshe Smilansky，"Hawaja Nazar"，in *Palestine Caravan: A Collection of Stories*，London：Methuen，1936，pp.145 - 181.

222. 可参见 Gershon Shaked，*Hebrew Narrative Fiction 1880 - 1980*，Vol.1：*In*

Exile(希伯来语)，Tel Aviv：Keter and Hakibbutz Hameuchad，1977，pp. 13 – 68；Yaron Peleg，*Homoeroticism in Modern Hebrew Literature*（*1880 –2000*）(希伯来语)，Tel Aviv：Shufra，2003，pp. 50 – 53。

223. Moshe Smilansky，“Hawaja Nazar”，in *Palestine Caravan: A Collection of Stories*，London：Methuen，1936，p.154.

224. Ibid.，p.177.

225. Ibid.，p.179.

226. Ibid.，p.181.

227. Ibid.

228. 众所周知，这是许多半神话故事中主人公经常扮演的角色，那些故事的中心是一个跨越现实的界限进入神话空间的人类形象。参见 Joseph Campbell，*The Hero with a Thousand Faces*，Princeton：Princeton University Press，1972；Christopher Booker，*The Seven Basic Plots: Why We Tell Stories*，London and New York：Continuum，2004，pp.31 – 50，181 – 213，399 – 412。

229. Moshe Smilansky，“Hawaja Nazar”，in *Palestine Caravan: A Collection of Stories*，London：Methuen，1936，p.180.

230. 在希伯来语的原版故事中，大自然证实了这种归属：“我的话音的回声从大山里传来，回答说：‘约旦河带走了他。’”

231. Moshe Smilansky，“Hawaja Nazar”，in *Palestine Caravan: A Collection of Stories*，London：Methuen，1936，p.145.

232. Ibid.

233. Ibid.，p.146.

234. Ibid.

235. Ibid.，p.149.

236. Ibid.，p.148.

237. Ibid.，p.149.

238. 参见 Yaron Peleg，*Homoeroticism in Modern Hebrew Literature*（*1880—2000*）(希伯来语)，Tel Aviv：Shufra，2003，pp. 7 – 43；Michael Gluzman，*The Zionist Body: Nationalism，Gender，and Sexuality in Modern Hebrew Literature*(希伯来语)，Tel Aviv：Hakibbutz Hameuchad，2007，pp.11 – 33，182 – 208.

239. Moshe Smilansky，“Hawaja Nazar”，in *Palestine Caravan: A Collection of Stories*，London：Methuen，1936，p.149.

240. Batya Shimoni，*On the Verge of Redemption: The Story of the Immigrant Transit Camp，First and Second Generation*(希伯来语)，Or Yehudah：Dvir，Heksherim Institute，and Massa Critit，2008.

241. 通过再生叙事，我们可以解读“民族作家”或“民族诗人”(Y.L.戈登、比阿里克、阿尔特曼等人)的全部作品，他们的文学成了隐喻性谋杀和再生的仪式场所，正如他们自身有时也会如此行事。参见拙著 *The Cult of the Author and the Religion of the State*(希伯来语)，Or Yehuda：Dvir，2011。

242. S. Y. Agnon, *Only Yesterday* (*Tmol Shilshom*), trans. Barbara Harshav, Princeton: Princeton University Press, 2002[1945], p.3.

243. Ibid.

244. 有关这个问题,也可参见 Maayan Harel, "Representations of Illness in Modern Hebrew Literature"(希伯来语), Doctoral Dissertation, Ben-Gurion University of the Negev, 2008, pp.171-215; Shira Hadad, *The Sign Maker: A Semiotic Reading of Only Yesterday*(希伯来语), Jerusalem: Bialik Institute, 2011, pp.34-62; Anne Golomb Hoffman, *Between Exile and Return: S. Y. Agnon and the Drama of Writing*, New York: State University of New York Press, 1991, pp.121-132, 141-148。"疯狗"这个标记是人-动物的次级标记,在通常的以色列地定居文学,尤其是在《昨日未远》中,人-动物是一对基本的二元对立,其标志是对新-旧以色列地的动物群产生的明确且尖锐的矛盾情绪。关于这个问题,请参见我在下列著作的概念索引中对动物(动物们)概念的解释:*Do You Know the Land Where the Lemon Blooms? Human Engineering and Designing the New Space*(希伯来语), Tel Aviv: Dvir, 2007。

245. Sidra DeKoven Ezrahi, "Sentient Dogs, Liberated Rams, and Talking Asses: Agnon's Biblical Zoo, or Rereading Tmol Shilshom", *AJS Review* 28:1 (2004), pp.105-136.

246. 在《从以撒受缚的传说谈起》一文中,沙龙·斯皮格尔提出,《圣经》中以撒受缚的故事明显标志着人类献祭和动物献祭之间的过渡阶段。他认为,以撒受缚的原理或许就是想把用动物代替人祭祀的新习俗与一个众人崇拜的人名(亚伯拉罕)建立联系。阿格农做出相反的安排,实际上暗示了在他眼中国家建设的"操作系统"存在问题。参见 Shalom Spiegel, "From the Legends of the Akedah: A Piyyut on the Slaughter of Isaac and his Resurrection by Rabbi Ephraim of Bonn"(希伯来语), in *Alexander Marks Jubilee Volume*, ed. Saul Lieberman, New York: The Jewish Theological Seminary of America, 1950, pp. 471-547。

247. S. Y. Agnon, *Only Yesterday* (*Tmol Shilshom*), trans. Barbara Harshav, Princeton: Princeton University Press, 2002 [1945], pp.641-642.

248. Ibid.

249. Ibid.

250. Ibid.

251. Ibid.

252. 参见 Franco Moretti, *The Way of the World: The Bildungsroman in European Culture*, London: Verso, 1987, pp. 15-73。

253. 此外,正如我在其他文章中写到的,阿格农对工垦运动的态度立足于治外法权区域,该区域位于实际存在的领域之外,位于工垦运动主人公存在的可能性之外。参见 Yigal Schwartz, "The Status and Role of Labor Settlement in the Work of S.Y. Agnon"(希伯来语), *Iton 77*, 66-67 (1985), pp. 28-29。

254. 库默"夹在"人与动物之间的过渡状态与小说中对动物标本问题的密切关注相关,标本中的动物被夹在一种生与死之间的"过渡状态",这种"过渡状态"也是小说所传递的巨大危机感的来源。这种危机感是异教之路的蜕变阶段的必然产物，它被一神教所采用，之后又被民族运动所采用，它明确出现在现代希伯来文学再生叙事的诸多故事中，当然也包括我在这里讨论的对象。例如，我引用的《悲湖的传说》中的篇章就属于这种情况：Itamar Levy，*Agadat ha-Agamim ha-Atzuvim*（*The Legend of the Sad Lakes*），Jerusalem：Keter，1989，p.44。

255. 存在主义叙事，我指的是一个叙事解释系统，人们受之召唤，以之为基础去写作、阅读、思考、感受、生活和死亡。

256. 参见 Abba Bendavid，*Biblical Hebrew and Mishnaic Hebrew*（希伯来语），Vol. 1，Tel Aviv：Dvir，1967；Itamar Even-Zohar，"The Nature and Functionalization of the Language of Literature under Diglossia"（希伯来语），*Hasifrut* 2（1970），pp.286－302；Gershon Shaked，*Hebrew Fiction Narrative 1880－1980*，Vols. 1－5（希伯来语）. Tel Aviv：Keter and Hakibbutz Hameuchad，1978－1998。

257. Lennard J. Davis，*Resisting Novels: Ideology and Fiction*，New York：Methuen，1987.

258. 正如阿布拉莫维茨（门德勒·莫海尔·塞佛里姆）在其著名的小说《乞丐书》（意第绪语）开篇段落中恰当而讽刺地描写："热风吹来，日头临近，在圣地一切都有福有光，从欧麦直到下雨的日子，犹太人一个接一个地度过悲哀、禁食、哭泣的日子。"S. Y. Abramowich，*The Writings of Mendele Mocher Sforim*（希伯来语），Tel Aviv：Dvir，1888.

259. 这点在阿布拉莫维茨（门德勒·莫海尔·塞佛里姆）的故事"The Brief Travels of Benjamin the Third"（希伯来语）中表现突出。

260. Haviva Pedaya，"Nahal Kidron-The Poetics of Place"（希伯来语），in *Uri Zvi Greenberg's Rehovot Hanahar: Studies and Documents*（希伯来语），eds. Avidov Lipsker and Tamar Wolf Monson，Ramat Gan：Bar-Ilan University，2007. pp. 159－185.

261. Ibid.，pp.160－161.

262. Y. H. Brenner，"The Eretz Israel Genre and Its Artifacts"（希伯来语），in *The Collected Works of Y.H. Brenner*，Vol. 3，Tel Aviv：Hakibbutz Hameuchad-Sifriat Hapoalim，1985 [1911]，pp.569－578.

263. 对比可参见 Menachem Brinker，*Up to the Tiberian Alley: Narrative Art and Social Thought in H.Y. Brenner's Work*（希伯来语），Tel Aviv：Am Oved，1990。

264. Aharon Reuveni，*Ad Yerushalyim*（*Even To Jerusalem*），Jerusalem：Keter and Hakibbutz Hameuchad，1987 [1954].

265. 关于这次蝗灾的现代观点，可参见 Mordechai Ben-Hillel Hacohen，*War of the Nations: An Eretz Israel Diary*（希伯来语），Jerusalem：Yad Yitzhak Ben-Zvi，1981，pp. 187－188；Bracha Habas，ed.，*The Book of the Second Aliyah*（希伯来语），Tel Aviv：Am Oved，1947，pp.561－562。

266. Aharon Reuveni，*Ad Yerushalyim*（*Even To Jerusalem*），Jerusalem：Keter and Hakibbutz Hameuchad，1987[1954]，pp. 179－180.对于这段文本详细的文学分析，参见 Yigal Schwartz，*Living for Living: Aharon Reuveni—A Monograph*（希伯来语），

Jerusalem：Yad Ben-Zvi，1993，pp. 155－228。

267. Aharon Reuveni，*Ad Yerushalyim*（*Even To Jerusalem*），Jerusalem：Keter and Hakibbutz Hameuchad，1987［1954］，p.182.

268. S. Yizhar，*Yamei Ziklag*（*The Days of Ziklag*），Tel Aviv：Am Oved，1958.

269. 参见 Oz Almog，*The Sabra: The Creation of the New Jew*，Berkeley and Los Angeles：University of California Press，2000。

270. S. Yizhar，*Yamei Ziklag*（*The Days of Ziklag*），Tel Aviv：Am Oved，1958.

271. 参见 Amos Oz，"Land of the Present"，*Haaretz*，3 Feb. 1989，p.8B。

272. Gidi Nevo，*Seven Days in the Negev: On S. Yizhar's Novel The Days of Ziklag*（希伯来语），Tel Aviv and Sede Boqer：Hakibbutz Hameuchad，The Ben-Gurion Institute for the Study of Israel and Zionism，2005.

273. Ibid.，p.188.

274. Dan Miron，"Temporal Aspects in the Texts of S. Yizhar and Yehuda Amihai：Two Cognitive Models in Local Israeli Literature（希伯来语）"，in *Culture*，*Memory and History: Dedicated to Anita Shapira*，Vol. 2，eds. Meir Hazan and Ori Cohen，Tel Aviv：Tel Aviv University，Zalman Shazar Center，2001，pp.383－419.

275. Ibid.，p.393.

276. 参见 Yigal Schwartz，"The Shock of the Creation of the State"（法语），*Yod: Revue des études Hébraïques et Juives* 14（2009），pp.13－30。

277. 起源于相似的理论目的，亚考夫・沙伯泰在小说 *Past Continuous* 创建了类似的"消灭"过程，这部小说一方面是城镇开拓运动的巅峰之作，另一方面是以色列版的神秘现实主义之作。*Past Continuous*，trans. Dalya Bilu，New York：The Overlook Press，1983［1977］.

278. Baruch Kurzweil，"S. Yizhar"（希伯来语），in *In Search of Israeli Literature: Essays and Articles*（希伯来语），eds. Zvi Luz and Yitzhak Yedidya，Ramat Gan：Bar-Ilan University Press，1981，pp. 119－133.

279. Israel Berama，*Yamim Kru'im*（*Torn Days*），Jerusalem：Keter，1991.

280. Avraham Balaban，*A Different Wave in Israeli Fiction: Postmodernist Israeli Fiction*（希伯来语），Jerusalem：Keter，1995.

281. A.B.Yehoshua，*In Praise of Normalcy: Five Essays on Zionism*（希伯来语），Jerusalem and Tel Aviv：Schocken 1980，pp. 20－21. 在后期的作家中，伊拉克作家脱离宗教倾向，他们多数有着世俗的、共产主义的背景。我指的是 Sami Michaeli、Eli Amir、Shimon Balas、Sasson Somekh 等作家。

282. Amos Oz，*Elsewhere*，*Perhaps*，trans. Nicholas de Lange，New York：Harcourt Brace，1973［1966］. 参见 Yigal Schwartz，*The Cult of the Author and the Religion of the State*（希伯来语），Or Yehuda：Dvir，2011。

283. Yitzchak Averbach Orpaz，*The Secular Pilgrim: A Journey to a Different Perspective on Modern Fiction*（希伯来语），Tel Aviv：Hakibbutz Hameuchad，1982.

284. Amos Oz，*Unto Death*，trans. Nicholas de Lange，New York：Houghton

Mifflin Harcourt, 1978 [1971].

285. Amos Oz, *Elsewhere, Perhaps*, trans. Nicholas de Lange, New York: Harcourt Brace, 1973 [1966].

286. Aharon Appelfeld, *Ashan* (*Smoke*), Jerusalem: Akhshav, 1962.

287. Aharon Appelfeld, *Essays in the First Person*(希伯来语), Jerusalem: The Zionist Library, 1979. pp.19 - 26.

288. Ibid., p.23.

289. Aharon Appelfeld, *Bagai Haporeh* (*In the Fertile Valley*), Jerusalem and Tel Aviv: Shocken, 1964.

290. Aharon Appelfeld, *Kefor al Haaretz* (*Frost on the Earth*), Ramat Gan: Masada, 1965, p.7.

291. Aharon Appelfeld, *Beet Uveona Ahat* (*At One and the Same Time*), Jerusalem: Keter and Hakibbutz Hameuchad, 1985.

292. Aharon Appelfeld, "The Road from Drovna to Drovicz", in *Frost on the Earth*, Ramat Gan: Masada, 1965. p.7.

293. Ibid., pp.12 - 13.

294. 参见 Yigal Schwartz, "A Believer without a Church: Theme and Style in Aharon Appelfeld's Prose"(希伯来语), in *The Narrative Art of Aharon Appelfeld*(希伯来语), Beer-Sheva and Or Yehuda: Dvir and Ben-Gurion University of the Negev, 2014, pp. 305 - 335。

295. Mikhail Bakhtin, "Discourse in the Novel", in *The Dialogic Imagination: Four Essays by M. M. Bakhtin*, ed. Michael Holquist, trans. Caryl Emerson and Michael Holquist, Austin: University of Texas Press, 1981, pp. 269 - 422.

296. Ibid., p.395.

297. Gershom Scholem, "On Our Language: A Confession", trans. Ora Wiskind. *History and Memory* 2:2(Winter 1990), pp.97 - 99.

298. Aharon Appelfeld, *Priha Pra'it* (*Wild Blossoming*), Jerusalem: Keter, 2004.

299. 阿佩费尔德明确地声称:"罪恶和惩罚的神学辩护与我无关。"参见"*Hagarin*"("The Kernel"), in *Aharon Appelfeld: Essays in the First Person*(希伯来语), Jerusalem: The Zionist Library, 1979. p.106。

300. Aharon Appelfeld, *Priha Pra'it* (*Wild Blossoming*), Jerusalem: Keter, 2004, p. 49.

301. Ibid., pp.123 - 124.

302. Ibid., p.125.

303. Ibid., pp.166 - 167.

304. Shimon Adaf, *Halev Hakavur* (*The Buried Heart*), Tel Aviv: Ahuzat Bayit, 2006.

305. 比较诗学语境中对布伦纳和阿达夫的不同看法,参见 Yigal Schwartz, "When Honi the Circle Maker Met Icarus: Periphery and Center in the novel *In Winter* by Y.H.

Brenner and the novel *The Buried Heart* by Simon Adaf"（希伯来语），*Mikan* 10 (2002)，pp.171－191。

306. 参见 Hadas Shabbat-Nadir，"The Mythical Hero from Sderot"（希伯来语），in "But I Have Been Emptied from All Places：Poetry between Sderot and Tel Aviv"，Master's Degree Thesis，Ben-Gurion University of the Negev，2006. pp.85－90。

307. Elish，*One Mile and Two Days before Sunset*（希伯来语），Jerusalem：Keter，2004；Flora/Ori Elchayani，*Sunburnt Faces*（希伯来语），Tel Aviv：Am Oved，2008；Yehezkel Ben-Gerim，*Frost*（希伯来语），Or Yehuda：Kinneret，Zmora-Bitan，2010；the narrator of *Mox Nox*（希伯来语），Or Yehuda：Kinneret，Zmora-Bitan，2011，and others.

308. 类似地，*One Mile and Two Days before Sunset* 中的艾利什的名字是从艾利沙这个名字衍生出来的，小说的叙述者认为这个名字既和能够使死人复活的先知艾利沙有关，也与"另一个"拉比权威艾利沙・本・阿布亚有关。*Sunburnt Faces* 中的弗洛拉・奥里的姓是埃尔查亚尼，意思是上帝赐予我生命。

309. Genesis 14：1－16.

310. Shimon Adaf，*Halev Hakavur*（*The Buried Heart*），Tel Aviv：Ahuzat Bayit，2006，p.146.

311. Ibid.

312. 阿达夫显然被哥特小说所吸引，一方面包括其现代化身的恐怖电影和故事，另一方面也包括侦探小说，侦探小说的基本原则是主人公要在一个似乎已经偏离其道路的世界中重新加强理性。阿达夫在埃德加・艾伦・坡的小说后记中写下对这类侦探故事的描述："在谋杀或犯罪现场有了突破之后，侦探不仅要处理现实的编排和重组；他也是一位权威，能够从大量报道和隐藏的细节中猜测现实。**他是一种新的神话英雄**。与他的前任不同，他不与邪恶势力作战，他与混乱斗争。他是头脑清晰的骑士，他深入秩序缺失的阴影深处，深入充满矛盾和令人应接不暇的信息中，不断发展的城市生活生成了如此众多的信息。Shimon Adaf，"Afterword"，in Edgar Allan Poe，*The Murders in the Rue Morgue and Other Stories*（希伯来语），Tel Aviv：Am Oved，2007，pp.151－172.

313. Benedict Anderson，*Imagined Communities: Reflections on the Origin and Spread of Nationalism*，London：Verso，2006.

314. 相关论述，尤其要关注 Hugh Trevor-Roper，"The Highland Tradition of Scotland"，in *The Invention of Tradition*，eds. Eric Hobsbawm and Terence Ranger，Cambridge：Cambridge University Press，1984，pp.15－42；Larry McMurtry，"Inventing the West"，*The New York Review of Books*，August 10，2000，https://www.nybooks.com/articles/2000/08/10/inventing-the-west/?pagination=false。

315. Mircea Eliade，*The Myth of the Eternal Return: Or，Cosmos and History*，trans. Willard R. Trask，Princeton：Princeton University Press，1971；Mircea Eliade，*Rites and Symbols of Initiation: The Mysterious of Birth and Rebirth*，trans. Willard R. Trask，New York，San Francisco，and London：Harper and Row，1965 [1954].

316. Edward Said, *Orientalism*, London: Penguin, 1977.

317. 可参见 Homi K. Bhabha, "Remembering Fanon: Self, Psyche and the Colonial Condition", in *Colonial Discourse and Postcolonial Theory*, eds. P. Williams and L. Chrisman, New York: Columbia University Press, 1994, pp. 112 – 123。

318. 参见 Jean Baudrillard, *America*, trans. Chris Turner, London: Verso, 1988。亦可参见 Matan Hermoni, "All Rivers Flow to America: On the Role of the New World in the Literature of the Renaissance Period"（希伯来语）, Doctoral Dissertation, Ben-Gurion University of the Negev(手抄本，日期不详)。

319. 例如下列文集中的部分文章就明确表达了这种观点：*Visions of America: Personal Narratives from the Promised Land*, eds. Wesley Brown and Amy Ling, New York: Persea Books, 1993。

320. Rachel Elboim-Dror, *Yesterday's Tomorrow*（希伯来语）, Jerusalem: Yad Yitzhak Ben-Zvi, 1993.

321. Zali Gurevitch and Gideon Aran, "On Place: Israeli Anthropology"（希伯来语）, *Alpayim* 4 (1991), pp. 9 – 44.

322. 关于这点，参见 Tova Cohen, *From Dream to Reality: Eretz Israel in Haskalah Literature*（希伯来语）, Ramat Gan: Bar-Ilan University, 1982; Shmuel Werses, "Ways of Telling in Abraham Mapu's *Ahavat Tzion*"（希伯来语）, in *Fiction and its Roots: Studies in the Development of Hebrew Prose*（希伯来语）, Ramat Gan: Agudat Hasofrim Haivriim Be-Israel, Masada, 1971, pp. 46 – 59; Dan Miron, "The Glowing Cover: The Poetic Art of Abraham Mapu in *The Love of Zion*", in *Between Vision and Truth: The Buds of the Hebrew and Yiddish Novel in the Nineteenth Century*（希伯来语）, Jerusalem: Bialik Institute, 1979, pp. 15 – 151。

323. 参见 Eliezer Shavid, *Homeland and a Land of Promise: The Land of Israel in the Philosophy of the Nation of Israel*（希伯来语）, Tel Aviv: Am Oved, 1979。

324. Benjamin Harshav, "The Rebirth of the Land of Israel and the Modern Jewish Revolution: Thoughts on the Situation"（希伯来语）, in *Observation Point: Culture and Society in the Land of Israel*（希伯来语）, ed. Nurith Gertz, Tel Aviv: The Open University, 1987 – 1988, pp.7 – 31.上述论文的扩充版本见于哈沙夫的著作：*Language in Time of Revolution*, Stanford: Stanford University Press, 1993; *The Meaning of Yiddish*, Stanford: Stanford University Press, 1990, pp.139 – 156。

325. 关于这个问题，参见本书第一章。

326. Benjamin Harshav, "The Rebirth of the Land of Israel and the Modern Jewish Revolution: Thoughts on the Situation", in *Observation Point: Culture and Society in the Land of Israel*, ed. Nurith Gertz, Tel Aviv: The Open University, 1987 – 1988, p.16.

327. Ibid., p.11.

328. 针对该问题的进一步论述，参见本书第一章。

329. 参见 Alan Mintz, *Sanctuary in the Wilderness: A Critical Introduction to*

American Hebrew Poetry, Stanford: Stanford University Press, 2011。

330. 针对该问题,参见 Nili Scharf Gold, *Yehuda Amichai, The Making of Israel's National Poet*, Waltham, Hanover and London: Brandeis University Press, 2008。亦可参见 Nili Rachel Scharf Gold, "The Betrayal of the Mother Tongue in the Works of Hoffman, Zach, and Pagis"(希伯来语), *Mikan* 12 (2012), pp. 5 - 27。

331. Theodor Herzl, *Old-New Land*, trans. Lotta Levensohn, New York: Bloch, 1941 [1902].

332. Ibid., p.3.

333. Ibid., p.3.

334. 参见 Yigal Schwartz, *Do You Know the Land Where the Lemon Blooms? Human Engineering and Designing the New Space*(希伯来语), Tel Aviv: Dvir, 2007, pp. 159 - 183。

335. Nurith Gertz, *Motion Fiction: Israeli Fiction in Film*(希伯来语), Tel Aviv: The Open University, 1993, pp.70 - 82.

336. Ibid., p.71.

337. "帕尔马赫一代"从经历了第二次阿里亚的一代人那里,继承了作为身份识别模板的哥萨克人形象和与之类似的贝都因人形象,从而在很大程度上确立了身份认同的范式,"国家一代"成员则全身心地贯彻这一范式。关于这一内容,亦可参见 Itamar Even-Zohar, "Israel Hebrew Literature: A Historical Model"(希伯来语), *Hasifrut* 4: 3(1973), pp. 427 - 440; Israel Bar-Tal, *Cossack and Bedouin: Land and People in Jewish Nationalism*(希伯来语), Tel Aviv: Am Oved, 2007, pp. 68 - 79。

338. 以下两部奠基之作尤其说明了这一点: *An Anthology of National Poetry: Russian Poetry*(希伯来语), eds. Avraham Shlonsky and Leah Goldberg, Tel Aviv: Hakibbutz Haartzi and Hashomer Hatzair, Bialik Institute, 1942; Alexander Bek, *General Panfilov's Reserve*(据称每位帕尔马赫战士都随身携带此书,它也是当今以色列国防军的基础教材和军官课程的必读书籍)。

339. Y. Yizhar, *Tzalhavim* (*Tzalhavim*), Tel Aviv: Zmora-Bitan, 1993.

340. Hanoch Bartov, *Ha-Cheshbon Ve-Ha-Nefesh* (*The Reckoning and the Soul*), Merhavia: Hakibbutz Haartzi Hashomer Hatzair Sifriat Hapoalim, 1953.

341. Dan Ben-Amotz, *Lizkor Velishkoach* (*To Remember, To Forget*), Tel Aviv: Amikam, 1968.

342. Yigal Schwartz, "Le choc de la création de l'État" ("The Shock of the Creation of the State"), *Yod: Revue des études Hébraïques et Juives* 14 (2009), pp. 13 - 30.

343. Amos Oz, *Don't Call it Night*, trans. Nicholas de Lange, New York: Harcourt Brace, 1997 [1994].

344. Ibid., p.98.此处可与奥兹的第一部小说《另一个所在》的开篇进行比较,后者同样包含了对居住区的详细规划,区别在于:奥兹在《另一个所在》中谈论的是基布兹,它地处以色列北部,是一个具有拓荒性质的社会主义和犹太复国主义定居点;而在这部小说中,奥兹谈论的是南美洲的任意地点。参见 Amos Oz, *Elsewhere, Perhaps*, trans.

Nicholas de Lange, New York：Harcourt Brace，1973[1966]。

345. Ibid.，p.98.

346. Ibid.，pp.98－99.

347. Ibid.，p.99.

348. Reuven Miran，*Dromit Leantartika*（*South of Antarctica*），Jerusalem：Keter，1990，pp.108－109.

349. Ibid.，p.94.

350. Ibid.，p.96.

351. 在希伯来语中，用"找不到北"来形容彻底茫然、失去理智或迷失方向的状态。

352. Reuven Miran，*Dromit Leantartika*（*South of Antarctica*），Jerusalem：Keter，1990，p.97.

353. Smadar Hersfeld，*Tachat Shmei Meksiko*（*Under the Sky of Mexico*），Jerusalem：Keter，2001.

354. 关于旅行者主人公中的十字军般的旅行者与其他不同或相似类型的差异，可参见 Hannah Naveh，*Women and Men Traveling：The Travel Narrative in Hebrew Literature*（希伯来语），Tel Aviv：Ministry of Defense，2002，pp.107－108；Yigal Schwartz，*Vantage Point：Issues in the Historiography of Modern Hebrew Literature*（希伯来语），Or Yehuda：Dvir，2005；Syed Manzurul Islam，*The Ethics of Travel from Marco Polo to Kafka*，Manchester and New York：Manchester University Press，1996。

355. 在短篇小说《黑色耶稣》中，主人公报告说："我想起一部托拉，耶胡迪特，它想在阴沟里寻求得救。我认为，这就是我在做的事。在阴沟里寻求我的救赎。"出自 Smadar Hersfeld，*Tachat Shmei Meksiko*（*Under the Sky of Mexico*），Jerusalem：Keter，2001，p.172。

356. Gabriel García Márquez，*Mea Shanim Shel Bedidut*，trans. Yehayahu Austridan，Tel Aviv：Am Oved，1972（英译本：*One Hundred Years of Solitude*，London：Pan Books，1978）.

357. 海姆·赫弗在 20 世纪 50 年代创作了一首名曲《红色岩石》，由约哈南·扎莱谱曲，阿里克·拉维演唱。据赫弗所说，他担心这首歌会鼓动年轻人去佩特拉冒险，所以要求电台停止播放这首歌。1958 年 7 月 30 日，电台果然禁播了这首歌，这项禁令一直持续了几十年。亦可参见 Oz Almog，*The Sabra：A Profile*（希伯来语），Tel Aviv：Am Oved，1997，pp.268－288。

358. Amos Oz，*A Perfect Peace*，trans. Hillel Halkin，London：Chatto and Windus，1985 [1982].

359. Ayelet Gundar-Goshen，*Laila Echad*，*Markovitch* Or Yehudah：Kinneret Zmora-Bitan，2012（英译本：*One Night*，*Markovitch*，trans. Sondra Silverstone，London：Pushkin Press，2013）.

360. Tsur Shezaf，*Namer Beharim*（*Panther Trap*），Tel Aviv：Hakibbutz Hameuchad，1988.

361. 这方面的奠基之作为：Yossi Ghinsberg, *Be-chazara me Tuichi: Sipur she Haya*, Tel Aviv: Zmora-Bitan, 1985（英译本：*Back from Tuichi: A True Story*, New York: Random House, 1993）。该书一经出版就引起了广泛的回应。

362. 这方面最重要的作品是阿兹瑞尔·卡莱巴赫的《印度：一部游记》，该书于1956年由阿亚诺特出版社发行。在这部作品里，卡莱巴赫从原创的个人视角总结了1954年他的印度之旅，时至今日，这本畅销书仍然深受各年龄段旅行者的欢迎。与论题相关的另一部重要作品是由人类学和社会学家达莉娅·玛奥兹创作的小说《印度会爱上我》(2002)。玛奥兹在博士论文中研究了印度的以色列女性背包客现象。

363. 关于这点，亦可参见 Haim Beer, *El Makom Sheharuah Holekh* (*To Where the Wind Goes*), Tel Aviv: Am Oved, 2010; Yigal Zur, *Im Tom Ha-Monsoon* (*The Monsoon's End*), Tel Aviv: Sifriat Maariv, 1989; Yigal Zur, *Tzarot be-Gan Eden* (*Troubles in Paradise*), Or Yehudah: Kinneret Zmora-Bitan, 2011; Assaf Gavron, *Min Beveit Ha'almin* (*Sex in the Cemetery*), Tel Aviv: Zmora-Bitan, 2000。

364. 关于这点，尤里·施瓦兹曼的作品尤为著名。施瓦兹曼是一名以色列外科医生，他在非洲偏远地区工作，并被非洲的魅力深深吸引。他的作品有：*Isha shel Ohr Yareach* (*Moonlight Woman*), Kfar Saba: Aryeh Nir, 2002; *White Doctor, Black Gods: Western Spiritual Medicine in the Africa Jungle*（希伯来语），Tel Aviv: Aryeh Nir, 2007; *Kfar Hamechashefot* (*Village of the Witches*), Tel Aviv: Babel, 2012。

365. 例如，阿摩司·肯南在短篇小说《悉尼圆舞曲》中，对虚构的澳大利亚空间的利用方式令人印象深刻，这篇小说收录在他的短篇小说集《我们的兄弟郁金香》中，参见 *Tzvivonim Achinu* (*Tulips our Brother*), Jerusalem: Keter, 1989。此外，艾里特·丹克纳-考夫曼在作品《澳大利亚》中，对虚构的澳大利亚空间的运用也十分动人，参见 *Australia*（希伯来语），Tel Aviv: Hakibbutz Hameuchad, 2005。

366. 此处主要指娜娃·塞梅尔的小说：*Israel* (*IsraIsland*), Tel Aviv: Yedioth Aharonoth, 2005。末底改·曼努埃尔·诺亚曾想在美国本土尼加拉瓜瀑布附近的格兰德岛为犹太民族建立一个家园，塞梅尔根据诺亚的设想创作了这部小说。这部小说既是在与赫茨尔和赫施男爵的设想进行对话，也是在与过去150年间处于同一概念场的乌托邦和反乌托邦作品进行对话。

367. Shifra Horn, *The New Zealand Experience*（希伯来语），Tel Aviv: Am Oved, 2008.霍恩还写了另一部同类型作品，记录了她在日本的经历，参见 *The Japanese Experience*（希伯来语），Tel Aviv: Sifriat Maariv, 1992。在亚登·卡齐尔的小说《皇子的驼背》中，中国成为摆脱拥挤、喧闹、麻烦不断的以色列空间束缚的域外空间之一，参见 *Ha-Hatoteret shel Ben ha-Kesar* (*The Hunchback of the Emperor's Son*), Tel Aviv: Sifriat Hapoalim, 1988。

368. Eshkol Nevo, *Neuland*, Or Yehudah: Zmora Bitan, 2011.

369. Ibid., p.70.

370. Ibid.

371. Ibid.

372. Ibid.

373. Ibid., pp.70 - 71.

374. Ibid., p.71.

375. 关于这一点，艾坦·格拉斯曾写道："以色列的文学世界可以粗略地分为两个部分，一部分受到加夫列尔·加西亚·马尔克斯的影响，另一部分受到克里特-奥斯特-冯内古特的影响。"另参见 Eitan Glass, "Book Review: *Sex in the Cemetery*—Straight and Real"(希伯来语), https://www.ynet.co.il/articles/0,7340,L-25779,00.html, 2000-07-04。

376. 塔勒·尼灿主编的《拉丁美洲系列丛书》体现了以色列文学界对南美洲"视角"的深切需求。书中收录了包括以下几部作品在内的希伯来语译本：米格尔·德利贝斯的《圣婴》(2003)、奥古斯托·蒙特罗索的《结束的交响乐》(2003)、阿莱杭德拉·皮萨尔尼克的诗集《在今夜，在今世：诗歌与日记选集》(2005)、胡利奥·科塔萨尔的《另一片天空》(2006)、爱德华多·门多萨的《橄榄迷宫》(2007)。以色列作家亚龙·阿维托夫同样致力于加强以色列与中美洲和南美洲的文学和文化对话。阿维托夫出版了介绍个人南美之旅和参加书展的报告、已有的希伯来语译本的南美洲作品书目以及与南美洲作家的访谈录等。此外，他还出版了许多关注古巴和南美洲生活的文学作品，例如：*Ha Laila Shel Santiago* (*Santiago Night*), Hod Hasharon: Astrolog, 2001; *Yuma*, Binyaminia: Glory, 2004; *Haorot Shel Miami: Novella Vesipurim* (*The Lights of Miami: Novella and Stories*), Jerusalem: Emda, 2005。除此之外，他还出版了三部来自厄瓜多尔的作品，并为它们写序言或后记：*Sipurim Me'emtza Haolam: Antologia shel Sifrut Ecuadorianit* (*Stories from the Middle of the World: An Anthology of Ecuadorian Literature*), ed. Carlos Aulestia, trans. Moshe Ben Harosh, Jerusalem: Carmel, 2005; *Yerushalayim Shel Ha-andim: Ecuadorim Kotvim al Yisrael* (*Jerusalem of the Andes: Ecuadorians Write about Israel*), eds. Yaron Avitov and Julio Passos, trans. Lea Frishberg and Tanchum Avgar, Jerusalem: Carmel, 2008 (该合集还收录了阿维托夫创作的一个故事); *Indiani al ha-Har: Sipur al Nachlat Damim* (*Indian on the Mountain: An Inheritance of Blood*), trans. Yoram Meltzer, Jerusalem: Carmel, 2009。他还出版了几部在南美洲发行的以色列文学选集。纳胡姆·麦格德的作品也极大地推动了与南美洲古老文化、萨满教、中美洲和南美洲魔法的跨文化对话。

377. Itamar Levy, *Zelig Mainz Vega'aguav El ha-Mavet* (*Zelig Mainz and His Longings for Death*), Tel Aviv: Sifriat Hapoalim, Hakibbutz Haartzi, 1985.

378. Meir Shalev, *Roman Rusi* (*Russian Novel*), Tel Aviv: Am Oved, 1988(英译本：*The Blue Mountain*, trans. Hillel Halkin, New York: Harper Collins, 1991).

379. Manuel Skorza, *Trua Lerancas* (*Drums for Rancas*), trans. Yosef Dayan, Tel Aviv: Dora Publishers, 1975.这部作品考察了贫困的安第斯山民与富有的庄园主和其他富人群体在安第斯中部地区爆发暴力冲突的历史，最终在庄园主一方的协助下，秘鲁突击部队消灭了整个兰卡斯社区。

380. 在这方面，亦可参见 Smadar Shiffman, "On the Possibility of Impossible Worlds: Meir Shalev and the Fantastic in Israel Literature", *Prooftexts* 13:3 (1993), pp. 253 - 267; Robert Alter, "Magic Realism in the Israeli Novel", in *The Boom in*

Contemporary Israeli Fiction, ed. Alan Mintz, Waltham: Brandeis University Press, 1997, pp.17－34。此外,在20世纪80、90年代,阿根廷作家豪尔赫·路易斯·博尔赫斯的作品《小径分岔的花园》的翻译,也对文化和文学产生了细微但切实的影响。参见 Jorge Luis Borges, *The Garden of Forking Paths* (希伯来语), trans. Yoram Bronowsky, Tel Aviv: Hakibbutz Hameuchad, The Local Council for Culture and Art, and the Project for Translating Exemplary Books, 1975。

381. Gabriela Avigur-Rotem, *Mozart Lo Haya Yehudi* (*Mozart Was Not a Jew*), Jerusalem: Keter, 1992.

382. 关于这点,亦可参见 Gabriela Avigur-Rotem, "On *One Hundred Years of Solitude* by Gabriel García Márquez"(希伯来语), *Achshav* 39/40 (1979), pp.351－361。

383. Gabriela Avigur-Rotem, *Mozart Lo Haya Yehudi* (*Mozart Was Not a Jew*), Jerusalem: Keter, 1992, p.15.

384. 关于这个问题,亦可参见 Yigal Schwartz, *Vantage Point: Issues in the Historiography of Modern Hebrew Literature*(希伯来语), Or Yehuda: Dvir, 2005, pp.25－49。

385. Gabriela Avigur-Rotem, *Mozart Lo Haya Yehudi* (*Mozart Was Not a Jew*), Jerusalem: Keter, 1992, p.16.

386. Ilan Sheinfeld, *Ma'aseh Be-taba'at* (*A Tale of a Ring*), Jerusalem: Keter, 2007.

387. Ilan Sheinfeld, *Keshe ha-Metim Chazru* (*When the Dead Returned*), Or Yehudah: Kinneret Zmora-Bitan, 2012.

388. 亦可参见 Haim Avni, *The Unclean: White Slavers in Argentina and in Israel* (希伯来语), Tel Aviv: Yedioth Aharonoth Books, 2009; Isabella Vincent, *Bodies and Souls: The Tragic Plight of Three Jewish Women Forced into Prostitution in the Americas*, New York: Harper Collins, 2005。

389. 参见"文本"(Text)网: www.text.org.il/index.php? book=0701051。

390. Aviad M. Kleinberg, "Saints", *The Encyclopedia of Politics and Religion*, Vol. 2, ed. Robert Wuthnow, London: Routledge, 1998, pp. 664－667.

391. 参见 Rachel Elboim-Dror, *Yesterday's Tomorrow: The Zionist Utopia*, Vol.1(希伯来语), Jerusalem: Yad Yitzhak Ben-Zvi, 1933, p. 71。亦可参见 Leah Hadomi, "The Utopia Novel and the Zionist Utopia", *Bikoret Ufarshanut* 13－14 (1979), pp. 131－168。

392. Carlos Castaneda, *Journey to Ixtlan: The Lessons of Don Juan*, New York: Washington Square Press, 1972.

393. Carlos Castaneda, *The Teachings of Don Juan: A Yaqui Way of Knowledge*, Berkeley and Los Angeles: University of California Press, 1969.

394. "那段时间,犹太教愈发堕落,用古德语词'外域'来形容它再合适不过,这个词意为'境外之地',即被放逐者的灵薄狱。"见于 Theodor Herzl, *Old-New Land*, trans. Lotta Levensohn, New York: Bloch, 1941 [1902], p.252。

395. 尼辛・阿洛尼在接受摩西・纳坦的采访时,被问及"为何他的剧本不写以色列",他答道:"谁会不写自己的老家呢? 我难道没写我的老家吗? 我来自特拉维夫的一个小社区,不是吗? 但我不能直接写以色列地。"亦可参见 Moshe Natan, *Magic against Death: The Theater of Nissim Aloni*(希伯来语), Tel Aviv: Hakibbutz Hameuchad, 1996, p.42。

参考书目

Abramowich, Shalom Yaakov (Mendele Mocher Sforim). *The Writings of Mendele Mocher Sforim*. Tel Aviv: Dvir, 1946 [1888].

Ad, Guy. *The Beer-Shevans* [in Hebrew]. Or Yehuda: Zmora-Bitan, 2012.

Adaf. Shimon. *One Mile and Two Days before Sunset* [in Hebrew]. Jerusalem: Keter, 2004.

–. *The Buried Heart* [in Hebrew]. Tel Aviv: Achuzat Bayit, 2006.

–. Afterword. *The Murders in the Rue Morgue and Other Stories* [in Hebrew]. By Edgar Allan Poe. Tel Aviv: Am Oved, 2007. 151 – 172.

–. *Sunburnt Faces* [in Hebrew]. Tel Aviv: Am Oved, 2008.

–. *Nuntia* [in Hebrew]. Or Yehuda: Kinneret, Zmora-Bitan, 2010.

–. *Mox Nox* [in Hebrew]. Or Yehuda: Kinneret, Zmora-Bitan, 2011.

–. *De Urbibus Inferis* [in Hebrew]. Or Yehuda: Kinneret, Zmora-Bitan, 2012.

Agnon, S. Y. *Only Yesterday*. Trans. Barbara Harshav. Princeton: Princeton University Press, 2002 [1945].

Ahad Ha'am. *The Collected Writings of Ahad Ha'am* [in Hebrew]. Jerusalem: Dvir and Hotza'a Ivrit, 1947.

Almog, Oz. *The Sabra: A Profile* [in Hebrew]. Tel Aviv: Am Oved, 1997.

–. *The Sabra: The Creation of the New Jew*. Trans. Haim Watzman. Berkeley and Los Angeles: University of California Press, 2000.

Alter, Robert. "Fogel and the Forging of a Hebrew Self." *Prooftexts* 13 (1993): 3 – 13.

–. "Magic Realism in the Israeli Novel." *The Boom in Contemporary Israeli Fiction*. Ed. Alan Mintz. Hanover and London: Brandeis University Press, 1997. 17 – 34.

Alterman, Natan. *The Silver Platter: Selected Poems* [in Hebrew]. Tel Aviv: Ministry of Defense, 1974 [1947].

Appelfeld, Aharon. *Smoke* [in Hebrew]. Jerusalem: Akhshav, 1962.

–. *In the Fertile Valley* [in Hebrew]. Jerusalem and Tel Aviv: Shocken, 1964.

–. *Frost on the Earth* [in Hebrew]. Ramat Gan: Masada, 1965.

–. *Essays in the First Person* [in Hebrew]. Jerusalem: The Zionist Library, 1979.

–. *At One and the Same Time* [in Hebrew]. Jerusalem: Hakibbutz Hameuchad and

Keter, 1985.

–. *Fiery Ember* [in Hebrew]. Jerusalem: Hakibbutz Hameuchad and Keter, 1988.

–. *Layish* [in Hebrew]. Jerusalem: Keter, 1994.

–. *Wild Blossoming* [in Hebrew]. Jerusalem: Keter, 2004.

Apuleius, Lucius Madaurensis. *The Golden Ass* [in Hebrew]. Trans. Amos Keinan. Tel Aviv: Israel Publishing, 1993.

Avigur-Rotem, Gabriela. "On *One Hundred Years of Solitude* by Gabriel García Márquez" [in Hebrew]. *Akhshav* 39/40 (1979): 351 - 361.

–. *Mozart Was Not a Jew* [in Hebrew]. Jerusalem: Keter, 1992.

Avni, Haim. *The Unclean: White Slavers in Argentina and in Israel* [in Hebrew]. Tel Aviv: Yedioth Aharonoth Books, 2009.

Azaryahu, Maoz. *State Rituals: Celebrations of Independence and Commemoration of Fallen Soldiers in Israel, 1948 - 1956* [in Hebrew]. Sede Boqer: Ben-Gurion Heritage Center, Ben-Gurion University of the Negev Press, 1995.

Bakhtin, Mikhail. "Discourse in the Novel." *The Dialogic Imagination: Four Essays by M. M. Bakhtin*. Ed. Michael Holquist. Trans. Caryl Emerson and Michael Holquist. Austin: University of Texas Press, 1981. 269 - 422.

–. "Forms of Time and of the Chronotope in the Novel." *The Dialogic Imagination: Four Essays by M. M. Bakhtin*. Ed. Michael Holquist. Trans. Caryl Emerson and Michael Holquist. Austin and London: University of Texas Press, 1981. 84 - 258.

Bakon, Yitzhak. Introduction. *Yosef Haim Brenner: A Selection of Critical Essays on his Literary Prose* [in Hebrew]. Ed. Yitzhak Bakon. Tel Aviv: Am Oved, 1972. 36 - 37.

–. *The Solitary Youth in Hebrew Fiction: 1899 -1908* [in Hebrew]. Tel Aviv: The Student Union Publishing House, 1978.

Balaban, Avraham. "A Sharp Turn from Realism: A Parade of Masks" [in Hebrew]. *Haaretz*, 16 March 1990: 8.

–. *A Different Wave in Israeli Fiction: Postmodernist Israeli Fiction* [in Hebrew]. Jerusalem: Keter, 1995.

Barash, Asher. *The Writings of Asher Barash* [in Hebrew]. Tel Aviv: Massada, 1952.

Bar-Tal, Israel. *Cossack and Bedouin: Land and People in Jewish Nationalism* [in Hebrew]. Tel Aviv: Am Oved, 2007.

Bartov, Hanoch. *The Reckoning and the Soul* [in Hebrew]. Merhavia: Hakibbutz Haartzi Hashomer Hatzair Sifriat Hapoalim, 1953.

Bar-Yosef, Hamutal. *Introduction to European Literature of Decadence* [in Hebrew]. Tel Aviv: Ministry of Defense Press, 1994.

–. "Symbolism in the Story 'Three'" [in Hebrew]. *Between Frost and Smoke: Studies of Aharon Appelfeld's Work*s [in Hebrew]. Ed. Yitzhak Ben-Mordechai and Iris

Parush. Beer-Sheva: Ben-Gurion University of the Negev, 1997. 159 - 170.

–. *Trends of Decadence in Modern Hebrew Literature* [in Hebrew]. Beer-Sheva: Ben-Gurion University Press, 1997.

Baudrillard, Jean. *America*. Trans. Chris Turner. London: Verso, 1988.

Baum, L. Frank. *The Annotated Wizard of Oz*. Ed. Michael Patrick Hearn. New York: Norton, 2000 [1973].

Beer, Haim. *To Where the Wind Goes* [in Hebrew]. Tel Aviv: Am Oved, 2010.

Bek, Alexander. *General Panfilov's Reserve* [in Hebrew]. Trans. Shlomo Even Shushan. Ein Harod: Hakibbutz Hameuchad, 1945.

Ben-Amotz, Dan. *To Remember, To Forget* [in Hebrew]. Tel Aviv: Amikam, 1968.

Bendavid, Abba. *Biblical Hebrew and Mishnaic Hebrew*. Vol. 1. [in Hebrew]. Tel Aviv: Dvir, 1967.

Ben-Ezer, Ehud, ed. *In the Homeland of Contradictory Longings: The Arab in Hebrew Fiction* [in Hebrew]. Tel Aviv: Zmora-Bitan and The Hebrew Writers Association, 1992.

Ben-Hillel Hacohen, Mordechai. *War of the Nations: An Eretz-Israel Diary* [in Hebrew]. Jerusalem: Yad Yitzhak Ben-Zvi, 1980.

Berama, Yisrael. *Torn Days* [in Hebrew]. Jerusalem: Keter, 1991.

Berdichevsky, M. Y. "Literary Republic" [in Hebrew]. *Yearbook 3* [in Hebrew]. Ed. Nahum Sokoloff, 1902. 268 - 271.

Berles, H. "Jewish Immigration to Israel in the Period from 1919 to 1923" [in Hebrew]. *The Book of the Third Aliyah*. Vol. 1 [in Hebrew]. Ed. Yehuda Erez. Tel Aviv: Am Oved, 1963. 78 - 94.

Berlowitz, Yaffa. *Inventing a Country, Inventing a People* [in Hebrew]. Tel Aviv: Hakibbutz Hameuchad, 1996.

Bhabha, Homi. "Remembering Fanon: Self, Psyche, and the Colonial Condition." *Colonial Discourse and Post-colonial Theory: A Reader*. Eds. Patrick Williams and Laura Chrisman. New York: Columbia University Press, 1994. 112 - 123.

Bialik, Haim Nahman. "*Metei Midbar*" ("The Dead of the Desert") [1897]. *Poems: An Annotated Edition, 1898 -1934*. Vol. 2 [in Hebrew]. Eds. Dan Miron, Uzi Shavit, Shmuel Tertner, Ziva Shamir, and Ruth Shenfeld. Tel Aviv: Katz Institute for the Study of Hebrew Literature, Tel Aviv University, 1990. 121 - 126.

Booker, Christopher. *The Seven Basic Plots: Why We Tell Stories*. London and New York: Continuum, 2004.

Bordieu, Pierre. *Sociology in Question*. London: Sage, 1993.

Borges, Jorge Luis. *The Garden of Forking Paths* [in Hebrew]. Trans. Yoram Bronowsky. Tel Aviv: Hakibbutz Hameuchad, The Local Council for Culture and Art, and the Project for Translating Exemplary Books, 1975.

Brenner, Yosef Haim. *Writings: Short Stories, Novels, and Plays*. Vol. 2 [in Hebrew]. Tel Aviv: Hakibbutz Hameuchad, 1978.

–. *Writings*. Vol. 3 [in Hebrew]. Tel Aviv: Publitzistika Bikoret, Hakibbutz Hameuchad, Sifriat Hapoalim, 1985.

Brinker, Menachem. *Up to the Tiberian Alley: Narrative Art and Social Thought in H.Y. Brenner's Work* [in Hebrew]. Tel Aviv: Am Oved, 1990.

Brown, Wesley, and Amy Ling, eds. *Visions of America: Personal Narratives from the Promised Land*. New York: Persea, 1993.

Campbell, Joseph. *The Hero with a Thousand Faces*. Princeton: Princeton University Press, 1972.

Carlebach, Azriel. *India: Account of a Voyage* [in Hebrew]. Tel Aviv: Ayanot, 1956.

Castaneda, Carlos. *The Teachings of Don Juan: A Yaqui Way of Knowledge*. Berkeley and Los Angeles: University of California Press, 1969.

–. *Journey to Ixtlan: The Lessons of Don Juan*. New York: Washington Square Press, 1972.

Castel-Bloom, Orly. *Dolly City*. Trans. Dalya Bilu. Champaign: Dalkey Archive Press, 2010 [1992].

Chodnovsky, Liza. "Do Black Holes Exist? On Parody in the Short Stories of Orly Castel-Bloom and Etgar Keret" [in Hebrew]. *Iton 77*. 222 – 223 (1998): 24 – 29.

Cirlot, Juan Eduardo. *A Dictionary of Symbols*. Trans. Jack Sage. New York: Philosophical Library, 1971.

Clark, Katerina, and Michael Holquist. *Mikhail Bakhtin*. Cambridge, Mass. and London, England: Harvard University Press, 1984.

Cohen, Tova. *From Dream to Reality: Eretz Israel in Haskalah Literature* [in Hebrew]. Ramat Gan: Bar-Ilan University, 1982.

Collodi, Carlo. *The Adventures of Pinocchio*. Trans. Nicolas J. Perella. Berkeley and Los Angeles: University of California Press, 1986 [1883].

Dankner-Kaufman, Irit. *Australia*. Tel Aviv: Hakibbutz Hameuchad, 2005.

Davis, Lennard J. *Resisting Novels: Ideology and Fiction*. New York: Methuen, 1987.

Davka-Yakinton, Eretz Yiddish Ve-Tarbuta 8 (2012): Journal issue devoted to the topic "Distant Relatives: *Ostjuden* and *Yekkes*" [in Hebrew].

DeKoven Ezrahi, Sidra. *Booking Passages: Exile and Homecoming in the Modern Jewish Imagination*. Berkeley, Los Angeles, and London: University of California Press, 2000.

–. "Sentient Dogs, Liberated Rams and Talking Asses: Agnon's Biblical Zoo, or Rereading *Tmol Shilshom*." *AJS Review* 28.1 (2004): 105 – 136.

Deleuze, Gilles, and Pierre Félix Guattari. *Kafka: Toward a Minor Literature*.

Trans. Dana Polan. Minneapolis：University of Minnesota Press，1986.

Doron，Yehoyakim. *The Jewish Youth Movements in Germany 1909 – 1933* [in Hebrew]. Jerusalem：Reuven Mass，1966.

Dvir，Ami. *And Abimelech Went up by a Whirlwind into Heaven* [in Hebrew]. Tel Aviv：Sifriat Maariv，1993.

Elboim-Dror，Rachel. *Yesterday's Tomorrow: The Zionist Utopia* [in Hebrew]. Jerusalem：Yad Yitzhak Ben-Zvi，1993.

Eliade，Mircea. *Rites and Symbols of Initiation: The Mysteries of Birth and Rebirth*. Trans. Willard R. Trask. New York：Harper and Row，1965 [1958].

–，ed. *The Encyclopedia of Religion*. New York：Macmillan，1995.

Ende，Michael. *Jim Button and the Wild Thirteen* [in Hebrew]. Trans. Lenda Matalon. Tel Aviv：Zmora-Bitan，1986.

Erter，Yitzhak Ben Shlomo. *Transmigration of the Soul* [in Hebrew]. Saint Petersburg：Hoveivei Sefat Avar，1902 [1845].

Even-Zohar，Itamar. "The Nature and Functionalization of the Language of Literature under Diglossia" [in Hebrew]. *Hasifrut* 2.2 (1970)：286 – 302.

Ezer，Nancy. "From Melancholy of the Soul to Melancholy of the Flesh：Postmodern Parody：On Orly Castel-Bloom's *Dolly City*." *Iton 77*. 326 (2007)：28 – 31.

Feierberg，Mordechai Ze'ev. *Whither? and Other Stories*. Trans. Hillel Halkin. Philadelphia：Jewish Publication Society，1973. 121 – 215.

Feldman，Yael S. *Glory and Agony: Isaac's Sacrifice and National Narrative*. Stanford：Stanford University Press，2010.

Fichman，Yaakov. "This Year's Literature" [in Hebrew]. *Knesset* 4 (1938)：500 – 517.

Fogel (Vogel)，David. "Language and Style in our Young Literature" [in Hebrew]. *Siman Kria* 3 – 4 (1974)：387 – 391.

Friedlander，Yehuda. *Hebrew Satire in Europe* [in Hebrew]. Ramat Gan：BarIlan University Press，1979 – 1994.

Friedman，D. A. "Y. H. Brenner and his Protagonists" [in Hebrew]. *Hatkufa* 5 (1920)：397 – 451.

–. "The Man from the Basement or the Abandoned Hebrew Man" [in Hebrew]. *Yosef Haim Brenner：A Selection of Critical Essays on his Literary Prose*. Ed. Yitzhak Bakon. Tel Aviv：Am Oved，1972. 71 – 80.

–. *Studies in Prose* [in Hebrew]. Tel Aviv：Machbarot Lesifrut，1966.

Frischman，David. *In the Desert: Stories* [in Hebrew]. Berlin：Hasefer，1923.

García Márquez，G. *One Hundred Years of Solitude*. London：Pan Books，1978.

Gavron，Assaf. *Sex in the Cemetery* [in Hebrew]. Tel Aviv：Zmora-Bitan，2000.

Gelber，Mark H. "The Noble Sephardi and the Degenerate Ashkenazi in German-Jewish and German-Anti-Semitic Consciousness：Heine，Langbehn，Chamberlain."

Confrontations/Accommodation: German-Jewish Literary and Cultural Relations from Heine to Wasserman. Ed. Mark H. Gelber. Tubingen: Max Niemeyer Verlag, 2004. 45 - 56.

Gertz, Nurith. *Motion Fiction: Israeli Fiction in Film* [in Hebrew]. Tel Aviv: The Open University, 1993.

–. *Captives of a Dream: National Myth in Israeli Culture* [in Hebrew]. Tel Aviv: Am Oved, 1995.

Ghinsberg, Yossi. *Back from Tuichi*. New York: Random House, 1993 [1985].

Gil, Moshe. *Selected Writings* [in Hebrew]. Jerusalem: Reuven Mass, 1969.

–. "Asher Barash, Storytelling Artist" [in Hebrew]. *Asher Barash: A Selection of Critical Essays on his Works* [in Hebrew]. Ed. Nurit Tamir-Smilansky. Tel Aviv: Hakibbutz Hameuchad, The Yehoshua Rabinowitz Foundation for the Arts, 1988. 81 - 85.

Gilbert, Sandra M., and Susan Gubar. *The Madwoman in the Attic: The Woman Writer and the Nineteenth-Century Imagination*. New Haven: Yale University Press, 1984.

Ginsburg, Shai. "Literature, Territory, Criticism: Brenner and the 'Eretz-Israeli' Genre" [in Hebrew]. *Teoria Ubikoret* 30 (2007): 39 - 62.

Ginsburg, Mordechai Aharon. *Aviezer* [in Hebrew]. Tel Aviv: Tel Aviv University Press, 1967 [1874].

Glass, Eitan. "Book Review: *Sex in the Cemetery* — Straight and Real" [in Hebrew]. *Ynet* 4 July 2000. 29 Sept. 2015.

Gluzman, Michael. *The Zionist Body: Nationalism, Gender, and Sexuality in Modern Hebrew Literature* [in Hebrew]. Tel Aviv: Hakibbutz Hameuchad, 2007.

Gold, Nili Scharf. *Yehuda Amichai, The Making of Israel's National Poet*. Waltham: Brandeis University Press, 2008.

–. "The Betrayal of the Mother Tongue in the Works of Hoffman, Zach, Amihai and Pagis" [in Hebrew]. *Mikan* 12 (2012): 5 - 27.

Govrin, Nurit. "The Tall, the Short, and the Average" [in Hebrew]. *Asher Barash: A Selection of Critical Essays on his Works* [in Hebrew]. Ed. Nurit Tamir-Smilansky. Tel Aviv: Hakibbutz Hameuchad, The Yehoshua Rabinowitz Foundation for the Arts, 1998. 115 - 132.

–. *Literary Geography: Lands and Landmarks on the Map of Hebrew Literature* [in Hebrew]. Jerusalem: Carmel, 1998.

Green, Roger Lancelyn. *King Arthur and His Knights of the Round Table*. London, Penguin, 2008 [1953].

Grossman, David. *See Under: Love*. Trans. Betsy Rosenberg, New York: Picador, 1989.

Gundar-Goshen, Ayelet. *One Night, Markovitch*. Trans. Sondra Silverstone.

London: Pushkin Press, 2013 [2012].

Gurevitch, Zali, and Gideon Aran. "On the Place (Israeli Anthropology)" [in Hebrew]. *Alpayim* 4 (1991): 9 - 44.

Habas, Braha, ed. *The Book of the Second Aliyah*. 2 vols. [in Hebrew]. Tel Aviv: Am Oved, 1946.

Hadad, Shira. *The Sign Maker: A Semiotic Reading of Tmol Shilshom* [in Hebrew]. Jerusalem: Bialik Institute, 2011.

Hadomi, Leah. "The Utopian Novel and the Zionist Utopia" [in Hebrew]. *Bikoret Uparshanut* 13 - 14 (1979): 131 - 168.

Harel, Maayan. "Representations of Illness in Modern Hebrew Literature" [in Hebrew]. Diss. Ben-Gurion University of the Negev, 2008.

Hareven, Shulamith. *The Miracle Hater* [in Hebrew]. Tel Aviv: Dvir, 1987.

–. *Thirst: The Desert Trilogy*. Trans. Hillel Halkin. San Francisco: Mercury House, 1996 [1988].

Harshav, Benjamin. *Language in the Time of Revolution: The Jewish Revolution and the Resurrection of the Hebrew Language*. Stanford: Stanford University Press, 1999.

–. "The Modern Jewish Revolution" [in Hebrew]. *Alpayim* 23 (2000): 9 - 75.

–. *Fields and Frames: Essays in the Theory of Literature and Meaning* [in Hebrew]. Jerusalem: Carmel, 2000.

–. *The Other Culture: Yiddish and the Jewish Discourse* [in Hebrew]. Jerusalem: Carmel, The Porter Institute for Poetics and Semiotics, Tel Aviv University, 2006.

Hastings, Adrian. *The Construction of Nationhood: Ethnicity, Religion and Nationalism*. Cambridge: Cambridge University Press, 1997.

Hersfeld, Smadar. *Under the Sky of Mexico* [in Hebrew]. Jerusalem: Keter, 2001.

Herzl, Theodor. *Old-New Land*. Trans. Lotta Levensohn. New York: Bloch, 1941 [1902].

Hever, Hannan. *Narrative and the Nation: Critical Readings in the Canon of Hebrew Fiction* [in Hebrew]. Tel Aviv: Resling, 2007.

Hirschfeld, Ariel. "On *Nerves* by Y.H. Brenner" [in Hebrew]. *Literature and Society in Modern Hebrew Culture: Essays Presented to Gershon Shaked* [in Hebrew]. Eds. Yehuda Bar-El, Yigal Schwartz, and Tamar S. Hess. Tel Aviv: Hakibbutz Hameuchad, Keter. 71 - 81.

Hoffman, Anne Golomb. *Between Exile and Return: S.Y. Agnon and the Drama of Writing*. Albany: State University of New York Press, 1991.

Holtzman, Avner. *Literature and Life: Essays on Micha Yosef Berdichevsky* [in Hebrew]. Jerusalem: Carmel, 2003.

–. "Between Earth and Sky: on the Eretz-Israeli Fiction of Yitzhak Shenhar" [in

Hebrew]. *Literature and Society in Modern Hebrew Culture: Essays Presented to Gershon Shaked* [in Hebrew]. Eds. Yehuda Bar-El, Yigal Schwartz, and Tamar S. Hess. Tel Aviv: Hakibbutz Hameuchad, Keter. 228 - 242.

-. *Loves of Zion: Studies in Modern Hebrew Literature* [in Hebrew]. Jerusalem: Carmel, 2006.

Horn, Shifra. *The New Zealand Experience* [in Hebrew]. Tel Aviv: Am Oved, 2008.

-. *The Japanese Experience* [in Hebrew]. Tel Aviv: Sifriat Maariv, 1992.

Islam, Syed Manzurul. *The Ethics of Travel from Marco Polo to Kafka*. Manchester and New York: Manchester University Press, 1996.

Jakobson, Roman. "The Dominant." *Readings in Russian Poetics: Formalist and Structuralist Views*. Eds. Ladislav Matejka and Krystyna Pomorska. Cambridge, Mass. and London, 1971: The MIT Press. 82 - 87.

-. *Semiotics, Linguistics, Poetics: Selected Articles* [in Hebrew]. Tel Aviv: Hakibbutz Hameuchad, The Porter Institute for Poetics and Semiotics Tel Aviv University, 1986.

James, William. *The Varieties of Religious Experience: A Study in Human Nature*. New York and London: Longman, Green & Co., 1902.

Kaniuk, Yoram. *Adam Resurrected* [in Hebrew]. Tel Aviv: Amikam, 1969.

-. *Dead Flesh* [in Hebrew]. Tel Aviv: Tag, 1997.

-. *Vultures and Dead Flesh* [in Hebrew]. Tel Aviv: Yedioth Aharonoth, 2006.

Kartun-Blum, Ruth. *Profane Scriptures: Reflections on the Dialogue with the Bible in Modern Hebrew Poetry*. Cincinnati: Hebrew Union College Press, 1999.

-. *Reflections on Psychotheology in Nathan Zach's Poetry* [in Hebrew]. Tel Aviv: Hakibbutz Hameuchad, 2009.

-. *The Sword of the Word: The Binding of Isaac in Israeli Poetry* [in Hebrew]. Tel Aviv: Hakibbutz Hameuchad, 2013.

Katzir, Yarden. *The Hunchback of the Emperor's Son* [in Hebrew]. Tel Aviv: Sifriat Hapoalim, 1988.

Kenaan, Hagi. "The Philosopher and the Window: On the Pathology of the Gaze" [in Hebrew]. *Voice and Gaze: Between Philosophy and Literature, Opera and Cinema, Myth and Law* [in Hebrew]. Eds. Michal Friedlander and Vered Lev Kenaan. Tel Aviv: Resling, 2002. 133 - 146.

Kenan, Amos. *Tulips our Brothers* [in Hebrew]. Jerusalem: Keter, 1989.

Klausner, Yosef. "Our Belles-Lettres" [in Hebrew], *Hashiloach* 7 (1901): 171 - 175.

-. "Asher Barash (On the Occasion of the Fiftieth Anniversary of his birth [1889], 13 Adar, 1939)" [in Hebrew]. *Asher Barash: A Selection of Critical Essays on his Works* [in Hebrew] Ed. Nurit Tamir-Smilansky. Tel Aviv: The Yehoshua Rabinowitz

Tel Aviv Fund for the Arts, 1988. 27 – 28.

Kleinberg, Aviad M. "Saints." *The Encyclopedia of Politics and Religion*. Vol. 2. Ed. Robert Wuthnow. London: Routledge, 1988. 664 – 667.

Korbea-Husai, André. "Remarks on the Civilization of Czernovitz" [in Hebrew]. *Czernovitz, A Place of Testimony: Jewish Lives in Europe before the Holocaust and their Influence on Israel Today* [in Hebrew]. Ed. Andrea Peschel. Tel Aviv: Resling, Heinrich Böll Foundation, 2004. 40 – 46.

Korman, Nirit. "The Parodic Poetics of David Fogel." Diss. Ben-Gurion University of the Negev, 2011.

Kosh-Zohar, Talila. "She Walked No Fields: Female Representation in the Texts of the 1948 Generation" [in Hebrew]. *Battle Cry and the Morning After: Representation of the War of Independence in Israeli Literature*. (Sadan Research in Hebrew Literature 5) Eds. Hannah Naveh and Oded Menda-Levy. Tel Aviv: The Chaim Rosenberg School of Jewish Studies at Tel Aviv University. 2002. 304 – 346.

Kronfeld, Chana. "Fogel and Modernism: a Liminal Moment in Hebrew Literary History." *Prooftexts* 13 (1993): 45 – 63.

Kurzweil, Baruch. "S. Yizhar." *In Search of Israeli Literature: Essays and Articles* [in Hebrew]. Eds. Zvi Luz and Yedidya Itzhaki. Ramat Gan: Bar-Ilan University Press, 1981. 19 – 133.

Lachover, P. "The Dead of the Desert" [in Hebrew]. *Bialik: Critical Essays on his Works: An Anthology* [in Hebrew]. Ed. Gershon Shaked. Jerusalem: Bialik Institute, 1974. 228 – 339.

Landau, Luis. "*One Hundred Years of Solitude* — A Second Chance" [in Hebrew]. *Alei Siach* 19 – 20 (1983): 199 – 200.

Lapidus, Rina. *Hebrew Literature and its Affinities with Russian Literature* [in Hebrew]. Jerusalem: Carmel, 2009.

Leeming, David, and Margaret Leeming. *A Dictionary of Creation Myths*. New York and London: Oxford University Press, 1995.

Levy, Itamar. *The Madame's Dainty Feet* [in Hebrew]. Jerusalem: Keter, 1988.

–. *The Legend of the Sad Lakes* [in Hebrew]. Jerusalem: Keter, 1989.

–. *Etudes for Morgana* [in Hebrew]. Jerusalem: Keter, 1996.

Levy, Itamar. *Zelig Mainz and his Longings for Death* [in Hebrew]. Tel Aviv: Sifriat Hapoalim, Hakibbutz Haartzi, and Hashomer Hatzair, 1985.

Lipsker-Albeck, Avidov. *The Poetry of S. Shalom: 1921 – 1941* [in Hebrew]. Jerusalem: Hakibbutz Haartzi Ha-Shomer Hatzair, Sifriyat Poalim, 1992.

–. "A Mystical and Ecstatic Initiation of Holiness in Light of the Legendary Novel *Katerina* by A. Appelfeld" [in Hebrew]. *Efes Shtayim* (1992): 87 – 98.

–. "The Discourse on the Literary Republic and the Ecological Literary Discourse" [in Hebrew]. *Mikan* 3 (2002): 32 – 35.

–. *Born unto Labor: The Poetry of Avraham Broides* [in Hebrew]. Haifa and Beer-Sheva: Haifa University Press, The Ben-Gurion Heritage Institute, and Ben-Gurion University Press, 2000.

–. *Red Poem/Blue Poem: Seven Essays on Uri Zvi Grinberg and Two Essays on Else Lasker-Schuler* [in Hebrew]. Ramat Gan: Bar-Ilan University, 2009.

–. *The Poetry of Yitzhak Ogen: Literary Ecosystems in Eretz Israel 1930 – 1940* [in Hebrew]. Jerusalem: Magnes, 2006.

Lubetzky, Y. A. "Y. H. Brenner" [in Hebrew]. *Ha'olam* 8 (1908): 118 – 119.

–. "Y. H. Brenner." *Yosef Haim Brenner: A Selection of Critical Essays on his Literary Prose*. Ed. Yitzhak Bakon. Tel Aviv: Am Oved, 1972. 62 – 67.

Lyotard, Jean-François. *The Postmodern Condition: A Report on Knowledge*. Manchester: Manchester University Press, 1984 [1979].

Mann, Thomas. *The Magic Mountain*. Trans. John E. Woods. New York: Knopf, 1995 [1924].

Mapu, Avraham. *The Love of Zion and Other Writings*. Trans. Joseph Marymount. London: The Toby Press, 2006 [1853].

Maoz, Daria. *India Will Love Me* [in Hebrew]. Jerusalem: Keter, 2002.

Mintz, Alan. *Sanctuary in the Wilderness: A Critical Introduction to American Hebrew Poetry*. Stanford: Stanford University Press, 2011.

McMurtry, Larry. "Inventing the West." *The New York Review of Books*, 10 Aug. 2000.

Melamed, Ariana. Introduction. *Thirst: The Desert Trilogy* [in Hebrew]. By Shulamith Hareven. Tel Aviv: Dvir, 1997 [1996].

Menda-Levy, Oded. *Reading the City: The Urban Experience in Hebrew Literature from the Mid-nineteenth Century to the Mid-twentieth Century* [in Hebrew]. Tel Aviv: Hakibbutz Hameuchad, 2010.

Mendelson-Maoz, Adia. "Extreme, Horrific, and Grotesque Situations in the Works of Castel-Bloom and Keret" [in Hebrew]. *Dapim le Mechkar be-Sifrut* 11 (1997 – 1998): 269 – 295.

Merejkowsky, Dimitry. *Tolstoi as Man and Artist with an Essay on Dostoïevski*. London: Constable, 1902.

Michali, Benyamin Yitzhak. "David Fogel's Hasty Invalidation" [in Hebrew]. *Moznaim* 40 (1975): 197 – 203.

Mintz, Matityahu. *Pangs of Youth*: *"Hashomer Hatzair" 1911 –1921* [in Hebrew]. Jerusalem: The Zionist Library, 1995.

Miran, Reuven. *South of Antarctica* [in Hebrew]. Jerusalem: Keter, 1990.

Miron, Dan. "Landscape in Y. H. Brenner's Eretz Israel Stories" [in Hebrew]. *Zmanim* 28.10.1955; 19.11.1955.

–. *Four Aspects of Contemporary Hebrew Literature* [in Hebrew]. Jerusalem and

Tel Aviv: Schocken, 1975.

–. *Between Vision and Truth* [in Hebrew]. Jerusalem: Bialik Institute, 1979.

–. "When Will We Stop 'Banishing' Fogel?" [in Hebrew]. *Yedioth Aharonoth: Culture Literature, Art*. 2 June 1987.

–. "Temporal Aspects in the Texts of S. Yizhar and Yehuda Amihai: Two Cognitive Models in Local Israeli Literature" [in Hebrew]. *Culture, Memory and History: Dedicated to Anita Shapira*. Vol. 2 [in Hebrew]. Eds. Meir Hazan and Ori Cohen. Tel Aviv: Tel Aviv University, Zalman Shazar Center, 2001. 383 – 419.

–. *From Continuity to Contiguity* [in Hebrew]. Tel Aviv: Am Oved, 2005.

–. *The Blind Library: A Selection of Fiction: 1980 –2005* [in Hebrew]. Tel Aviv: Yedioth Aharonoth, 2005.

Moretti, Franco. *The Way of the World: The Bildungsroman in European Culture*. London: Verso, 1987.

Mosse, George L. *Fallen Soldiers: Reshaping the Memory of the World Wars*. Oxford and New York: Oxford University Press, 1991.

Muir, Edwin. *The Structure of the Novel*. London: Hogarth Press, 1957 [1928].

Nabokov, Vladimir. *Lolita*. New York: Putnam, 1955.

Natan, Moshe. *Magic against Death: The Theater of Nissim Aloni* [in Hebrew]. Tel Aviv: Hakibbutz Hameuchad, 1996.

Naveh, Hannah. *Women and Men Traveling: The Travel Narrative in Hebrew Literature* [in Hebrew]. Tel Aviv: Ministry of Defense, 2002.

Ne'eman, Judd. "The Fields of Dominant Fiction" [in Hebrew]. *Battle Cry and the Morning After: Representation of the War of Independence in Israeli Literature*. (Sadan Research in Hebrew Literature 5) Eds. Hannah Naveh and Oded Menda-Levy. Tel Aviv: The Chaim Rosenberg School of Jewish Studies at Tel Aviv University, 2002. 401 – 415.

Ne'eman, Yael. *We Were the Future* [in Hebrew]. Tel Aviv: Ahuzat Bayit, 2011.

Nethanel, Lilach. *David Fogel's Manuscript: The Craftsmanship of Writing* [in Hebrew]. Ramat Gan: Bar-Ilan University, 2011.

–. "Afterword: Vienna, a City of Youth" [in Hebrew]. *Viennese Romance* [in Hebrew]. By David Fogel. Tel Aviv: Am Oved, 2012. 279 – 296.

Nevo, Eshkol. *Neuland* [in Hebrew]. Or Yehudah: Zmora-Bitan, 2011.

Nevo, Gidi. *Seven Days in the Negev: On S. Yizhar's Novel* <u>The Days of Ziklag</u> [in Hebrew]. Tel Aviv: Hakibbutz Hameuchad, 2005.

–. *A Gathering of Scoffers: The Rhetoric of Hebrew Satire* [in Hebrew]. Or Yehuda: Heksherim Institute and Dvir, 2010.

Nigg, Joseph. *The Book of Fabulous Beasts: A Treasury of Writings from Ancient Times to the Present*. Oxford and New York: Oxford University Press, 1999.

Nordau, Max. "Ahad Ha'am on *Altneuland*" [in Hebrew]. *Zionist Writings:*

Speeches and Articles (*1901 - 1904*). Vol. 2. Trans. Y. Yeivin and H. Goldberg. Jerusalem: The Zionist Library, World Zionist Organization, 1960. 113 - 114.

Ofrat, Gideon. *Land, Man, Blood: The Myth of the Pioneer and the Cult of the Land in Settlement Plays* [in Hebrew]. Tel Aviv: Cherikover, 1980.

-. *Local Context* [in Hebrew]. Tel Aviv: Hakibbutz Hameuchad, 2004.

Ohana, David. *The Origins of Israeli Mythology, Neither Canaanites nor Crusaders*. Trans. David Maisel. Cambridge: Cambridge University Press, 2012.

Ophir, Adi. "Reading Orly Castel-Bloom's Stories" [in Hebrew]. *Working for the Present: Essays on Contemporary Israeli Culture* [in Hebrew]. Ed. Adi Ophir. Tel Aviv: Hakibbutz Hameuchad, 2001.

Oz, Amos. *Elsewhere, Perhaps*. Trans. Nicholas de Lange. New York: Harcourt Brace, 1973 [1966].

-. *Unto Death*. Trans. Nicholas de Lange. New York: Houghton Mifflin Harcourt, 1978 [1971].

-. *Under this Blazing Light*. Trans. Nicholas Lange. Cambridge, New York, and Melbourne: Cambridge University Press, 1979. 19 - 35.

-. *A Perfect Peace*. Trans. Hillel Halkin. London: Chatto and Windus, 1985 [1982].

-. "Land of the Present" [in Hebrew]. *Haaretz*, 3 Feb. 1989: 8B.

-. *Don't Call it Night*. Trans. Nicholas de Lange. New York: Harcourt Brace, 1997 [1994].

Pardes, Ilana. *The Biography of Ancient Israel: National Narratives in the Bible*. Berkeley and Los Angeles: University of California Press, 2000. Harcourt Brace, 1973 [1966].

Pedaya, Haviva. "Nahal Kidron-The Poetics of Place" [in Hebrew]. *Uri Zvi Greenberg's Rehovot Hanahar: Studies and Documents* [in Hebrew]. Eds. Avidov Lipsker and Tamar Wolf Monson. Ramat Gan: Bar-Ilan University, 2007. 159 - 185.

Peleg, Yaron. *Homoeroticism in Modern Hebrew Literature* (*1880 - 2000*) [in Hebrew]. Tel Aviv: Shufra, 2003.

Pinsker, Shachar. *Literary Passports: The Making of Modernist Hebrew Fiction in Europe*. Stanford: Stanford University Press, 2011.

Raz-Krakotzkin, Amnon. "The Dialectical Return to Exile" [in Hebrew]. *Czernowitz, a Place of Testimony: Jewish Life in Europe before the Holocaust and its Influence on Life in Israel Today* [in Hebrew]. Ed. Andrea Peschel. Tel Aviv: Resling and The Heinrich Böll Foundation, 2004. 12 - 23.

Reuveni, Aharon. *Literature and Experience* [in Hebrew]. Jerusalem: Reuven Mass, 1941.

-. *Even to Jerusalem* [in Hebrew]. Jerusalem: Keter and Hakibbutz Hameuchad, 1987 [1954].

Ricoeur, Paul. *Time and Narrative*. Trans. Kathleen McLoughlan and David Pellauer. Chicago: University of Chicago Press, 1984 [1983].

Rubinstein, Bilha. *The Family Story as a Mirror of the Personal Self* [in Hebrew]. Jerusalem: Carmel, 1999.

Rushdie, Salman. *The Wizard of Oz*. London: The British Film Institute, 1992.

Sadan, Dov. "Between the Lines: Wisdom in Yehuda Ya'ari's Short Story" [in Hebrew]. *Carmelit* 11 – 12 (1966): 75 – 80.

Sadan-Loebenstein, Nilli. *Israeli Prose in the Nineteen Twenties* [in Hebrew]. Jerusalem: Sifriat Hapoalim, 1991.

–. *Aharon Reuveni: A Monograph* [in Hebrew]. Tel Aviv: Sifriyat Hapoalim, Hakibbutz Haartzi Hashomer Hatzair, 1994.

Said, Edward. *Orientalism*. London: Penguin, 1977.

Sandbank, Shimon. *Two Pools in the Forest: Connections and Parallels between Hebrew Poetry and European Poetry* [in Hebrew]. Tel Aviv: Hakibbutz Hameuchad, 1976.

Sapiro, Gisèle. Preface. *Questions in Sociology* [in Hebrew]. By Pierre Bordieu. Trans. Avner Lahav. Tel Aviv: Resling, 2005. 7 – 20.

Schiller, Friedrich. *Naïve and Sentimental Poetry and On the Sublime*. Trans. Julius A. Elias. New York: F. Ungar, 1967 [1795].

Scholem, Gershom. *Explications and Implications: Chapters in Heritage and Revival*. Vol. 2 [in Hebrew]. Ed. Avraham Shapira. Tel Aviv: Am Oved, 1989.

Schütz, David. *Grass and Sand* [in Hebrew]. Jerusalem: Keter, 1992 [1978].

Schwartz, Yigal. "The Status and Role of Labor Settlement in the Work of S. Y. Agnon" [in Hebrew]. *Iton 77*. 66 – 67 (1985): 28 – 29.

–. *Living for Living: Aharon Reuveni — A Monograph* [in Hebrew]. Jerusalem: Yad Yitzhak Ben-Zvi, 1993.

–. "A Dynasty Whose Life Force Stems, Perhaps, from its Proximity to the Desire for Death: Gershon Shaked, *Hebrew Narrative Fiction 1880 – 1980*" [in Hebrew]. *Maariv: Literature and Books* 24 Sept. 1999.

–. "Holocaust Literature: Myth, History and Literature." *Literary Responses to Mass Violence*. Ed. Daniel Terris. Waltham: Brandeis University Press, 2004. 97 – 108.

–. *Vantage Point: Issues in the Historiography of Modern Hebrew Literature* [in Hebrew]. Or Yehuda: Dvir, 2005.

–. "Afterword: And Then There was Silence." *Vultures and Dead Flesh* [in Hebrew]. By Yoram Kaniuk. Tel Aviv: Yedioth Aharonoth, 2006. 195 – 206.

–. *Do You Know the Land Where the Lemon Blooms? Human Engineering and Designing the New Space* [in Hebrew]. Tel Aviv: Dvir, 2007.

–. "The Shock of the Creation of the State" [in French]. *Yod: Revue des études Hébraïques et Juives* 14 (Inalco, Paris) (2009): 13 – 30.

-. *The Cult of the Author and the Religion of the State* [in Hebrew]. Or Yehuda: Dvir, 2011.

-. "When Honi the Circle Maker Met Icarus: Periphery and Center in the Novel *Winter* by Y. H. Brenner and the Novel *The Buried Heart* by Shimon Adaf " [in Hebrew]. *Mikan* 12 (2012): 171 - 191.

-. *The Narrative Art of Aharon Appelfeld* [in Hebrew]. Or Yehuda: Keter, Magnes, Ben-Gurion University of the Negev, Dvir, 2014.

-. *The Zionist Paradox*. Trans. Michal Sapir. Waltham: Brandeis University Press, 2014.

Schwartzman, Uri. *Moonlight Woman* [in Hebrew]. Kfar Saba: Aryeh Nir, 2002.

-. *White Doctor, Black Gods: Western Spiritual Medicine in the African Jungle* [in Hebrew]. Tel Aviv: Aryeh Nir, 2007.

-. *Village of the Witches* [in Hebrew]. Tel Aviv: Babel, 2012.

Semel, Nava. *IsraIsland* [in Hebrew]. Tel Aviv: Yedioth Aharonoth, 2005.

Shabat-Nadir, Hadas. "But I Have Been Emptied from All Places: Poetry between Sderot and Tel Aviv." Diss. Ben-Gurion University of the Negev, 2006.

Shabtai, Yaakov. *Past Continuous*. Trans. Dalya Bilu. New York: The Overlook Press, 1983 [1977].

Shachar, Galili. "Allegories of Holiness: Modernism and Jews in Germany" [in Hebrew]. *Bikoret Uparshanut* 43 (2010): 167 - 192.

Shaham, Haya. *Self-Examination: On Misgivings of Identity, Ideology, and Self-Criticism in Modern Hebrew Literature* [in Hebrew]. Sede Boqer: The Ben-Gurion Research Institute for the Study of Israel and Zionism, Ben-Gurion University of the Negev, 2012.

Shaked, Gershon. *Hebrew Narrative Fiction 1880 -1980*. 5 vols. [in Hebrew]. Tel Aviv: Keter, Hakibbutz Hameuchad, 1978 - 1998.

-. *Identity: Hebrew Literature in European Languages* [in Hebrew]. Haifa: Haifa University Press, 2006.

Shalev, Meir. *The Blue Mountain*. Trans. Hillel Halkin. New York: HarperCollins, 1991 [1988].

Shamir, Moshe. *He Walked through the Fields* [in Hebrew]. Tel Aviv: Am Oved, 1972 [1948].

Shapira, Anita. *Land and Power: The Zionist Resort to Force, 1881 - 1948*. Stanford: Stanford University Press, 1991.

-. *New Jews, Old Jews* [in Hebrew]. Tel Aviv: Am Oved, 1997.

Shapira, H. N. *The History of Contemporary Hebrew Literature* [in Hebrew]. Tel Aviv: Massada, 1939.

Shavid, Eliezer. *Homeland and a Land of Promise: The Land of Israel in the Philosophy of the Nation of Israel* [in Hebrew]. Tel Aviv: Am Oved, 1979.

Shavit, Uzi. "Between Shlonsky and Fogel" [in Hebrew]. *Hasifrut* 4.2 (1973): 251 - 257.

Shavit, Zohar. *Literary Life in Eretz Israel 1910 - 1933* [in Hebrew]. Tel Aviv: Hakibbutz Hameuchad, The Porter Institute for Poetics and Semiotics, 1982.

Shchori, Yaara. "Orly Castel-Bloom" [in Hebrew]. *Masters of Culture: Anatomy of Israeli Culture Producers* [in Hebrew]. Eds. Noa Greenberg and Nir Baram. Tel Aviv: Am Oved, 2003, 202 - 213.

Sheinfeld, Ilan. *The Tale of a Ring* [in Hebrew]. Jerusalem: Keter, 2007.

-. *When the Dead Returned* [in Hebrew]. Or Yehudah: Kinneret, Zmora-Bitan, 2012.

Shezaf, Tsur. *Panther Trap* [in Hebrew]. Tel Aviv: Hakibbutz Hameuchad, 1988.

-. *Sinai and Egypt* [in Hebrew]. Jerusalem: Keter, 1994.

Shiffman, Smadar. "On the Possibility of Impossible Worlds: Meir Shalev and the Fantastic in Israel Literature." *Prooftexts* 13.3 (1993): 253 - 267.

Shafran, Nessia. "The Reflection of the Petra Episode in Hebrew Literature" [in Hebrew]. *Iyunim Betkumat Israel* 9 (1999): 490 - 524.

-. "From the Palmach Journeys to the Mochileros." *Panim* 35 (2006): 48 - 83.

Shimoni, Batya. *On the Verge of Redemption: The Story of the Immigrant Transit Camp, First and Second Generation* [in Hebrew]. Or Yehudah: Dvir, Heksherim Institute and Massa Critit, 2008.

Shlonsky, Avraham, and Leah Goldberg, eds. *An Anthology of National Poetry: Russian Poetry* [in Hebrew]. Tel Aviv: Hakibbutz Haartzi Hashomer Hatzair, Bialik Institute, 1942.

Shmeruk, Chone. *Chapters in the History of Yiddish Literature* [in Hebrew]. Tel Aviv: The Porter Institute for Poetics and Semiotics, 1978.

Shofman, Gershon. *Short Stories* [in Hebrew]. Chosen by Haim Beer. Afterword by Haim Beer. Tel Aviv: Am Oved, 1994.

Shoham, S. Giora. *Salvation through the Gutters: Deviance and Transcendence*. Washington: Hemisphere Publications, 1979.

-. *The Mythology of the Shepherd* [in Hebrew]. Tel Aviv: Ministry of Defense, 1990.

-. *Valhalla, Calvary, and Auschwitz*. Cincinnati: Bowman and Cody Academic Publishing, 1995.

Shtrass, Chen. "In the Corridor of the World: Upbringing and Socialization in the Novels of the Communal Group in the Third Aliyah" [in Hebrew]. MA thesis. Ben-Gurion University of the Negev, 2009.

Sivan, Emmanuel. *The 1948 Generation: Myth, Profile, and Memory* [in Hebrew]. Tel Aviv: Ma'arachot, 1991.

Skorza, Manuel. *Drums for Rancas* [in Hebrew]. Trans. Yosef Dayan. Tel Aviv:

Dora Publishers, 1975 [1972].

Smilansky, Moshe. *The Writings of Moshe Smilansky*. Vol. 1 [in Hebrew]. Jerusalem and Berlin: Yavne, 1924.

—. "Hawaja Nazar." *Palestine Caravan: A Collection of Stories*. London: Methuen, 1936. 145 - 181.

Smolenskin, Peretz Ben-Moshe. *A Wanderer on the Path of Life* [in Hebrew]. Vienna: Ha-Shahar, 1867.

Sophocles. *Oedipus the King* [in Hebrew]. Trans. Aharon Shabtai. Jerusalem: Schocken, 1994.

Spiegel, Shalom. "From the Legends of the *Akedah: A Piyyut* on the Slaughter of Isaac and his Resurrection by Rabbi Ephraim of Bonn" [in Hebrew]. *Alexander Marks Jubilee Volume*. Ed. Saul Lieberman. New York: The Jewish Theological Seminary of America, 1950. 471 - 547.

Talmon, Miri. *Groups and Nostalgia in Israeli Cinema* [in Hebrew]. Tel Aviv: The Open University of Haifa, 2001.

Taub, Gadi. *A Dispirited Rebellion: Essays on Contemporary Israeli Culture* [in Hebrew]. Tel Aviv: Hakibbutz Hameuchad, 1997.

Taylor, Richard. "The Double-Headed Eagle: Russia—East or West?" *European Integration and Disintegration: East and West*. Eds. Robert Bideleux and Richard Taylor. London and New York: Routledge, 1996. 252 - 258.

Tolkien, J. R. R. *The Lord of the Rings*. 3 vols. London: Allen & Unwin, 1954.

Tönnies, Ferdinand. *Community & Society*. Trans. Charles P. Loomis. East Lansing: The Michigan State University Press, 1957 [1887].

Trevor-Roper, Hugh. "The Highland Tradition of Scotland." *The Invention of Tradition*. Eds. Eric Hobsbawm and Terence Ranger. Cambridge: Cambridge University Press, 1984. 15 - 42.

Turner, Victor W. *The Ritual Process: Structure and Anti-Structure*. London: Routledge and Kegan Paul, 1969.

Tuval-Mashiach, Rivka, and Gabriela Spector Mersel, eds. *Narrative Research: Theory, Creation, Interpretation* [in Hebrew]. Jerusalem: Magnes, The Hebrew University Press in collaboration with Mofet Press, 2010.

Tzur, Muki. *Our Community* [in Hebrew]. Jerusalem: Yad Yitzhak Ben-Zvi, 1988.

Urbach, Efraim E. *The Sages: Their Concepts and Beliefs*. Trans. Israel Abrahams. Skokie: Varda Books, 2006 [1971].

Vincent, Isabelle. *Bodies and Souls: The Tragic Plight of Three Jewish Women Forced into Prostitution in the Americas*. New York: HarperCollins, 2005.

Vogel [Fogel], David. *Viennese Romance*. Trans. Dalya Bilu, Brunswick, Victoria: Scribe, 2013.

Wazner, Michal Miriam. "The Protocol Text" [in Hebrew]. Diss. Ben-Gurion University of the Negev, 2009.

Weber, Max. *On Charisma and Institution Building*. Chicago and London: University of Chicago Press, 1968.

Werses, Shmuel. M.Y. "Berdichevsky's Story 'Across the River': An Examination of its Sources and Versions." *Literary Studies in Honor of Shimon Halkin* [in Hebrew]. Ed. Ezra Fleischer. Jerusalem: Magnes, Hebrew University, 1973. 35 - 60.

-. *Trends and Forms in Haskalah Literature* [in Hebrew], Jerusalem: Magnes, Hebrew University, 1990. 223 - 248.

White, Hayden. *Tropics of Discourse: Essays in Cultural Criticism*. Baltimore and London: Johns Hopkins University Press, 1978.

Yaari, Yehuda. "On a Bumpy Road: Words at a Gathering of the Third Aliyah in Jerusalem" [in Hebrew]. *The Book of the Third Aliyah*. Vol. 1 [in Hebrew]. Ed. Yehuda Erez. Tel Aviv: Am Oved, 1964. 882 - 892.

Yehoshua. A. B. *Open Heart*. London: Halban Publishers, 1996 [1994].

Yizhar. S. *Tzalhavim* [in Hebrew]. Tel Aviv: Zmora-Bitan, 1993.

-. *The Days of Ziklag: Stories* [in Hebrew]. Tel Aviv: Am Oved, 1958.

Zaarur, Shlomit. "Afterword: Dov Kimche, Man of the Big World in a Small World" [in Hebrew]. *The Book of Destruction* [in Hebrew]. By Dov Kimche. Or Yehuda: Heksherim Institute and Dvir, 2008.

Zaban, Yahil. "Criticism and Incest in Avraham Mapu's Ahavat Zion" [in Hebrew]. *Literature and Life: Poetics and Ideology in Contemporary Hebrew Literature, Menachem Brinker Jubilee* [in Hebrew]. Eds. Iris Parush, Hamutal Tsamir, and Hannah Soker-Schwagger. Jerusalem: Carmel and Heksherim Institute, 2011. 214 - 236.

Zakovitch, Yair. "Creation and History in the Bible" [in Hebrew]. *The Creation of the World in Science, Myth, and Faith* [in Hebrew]. Ed. Lea Mazor. Jerusalem: Magnes, 1991. 64 - 66.

Zabrowski, Mark and Elizabeth Herzog. *Life Is With People: The Jewish Little-Town of Eastern Europe*. New York: International Universities Press, 1962.

Zerubavel, Yael. *Recovered Roots: Collective Memory and the Making of Israeli National Tradition*. Chicago and London: University of Chicago Press, 1995.

Zamora, Y. "A Talk with Asher Barash" [In Hebrew]. *Hadoar* 19 June 1926.

Zur, Yaakov, ed. *The Diaspora: Western Europe* [in Hebrew]. Jerusalem: Keter, 1976.

Zur, Yigal. *The Monsoon's End* [in Hebrew]. Tel Aviv: Sifriat Maariv, 1989.

-. *Troubles in Paradise* [in Hebrew]. Or Yehudah: Kinneret Zmora-Bitan, 2011.

人名译名对照表

A

A. B. Yehoshua	A.B.约书亚
A. N. Gnessin	A.N.格尼辛
A. Reuveni	A.鲁文尼
A.L. Lewinsky	A.L.莱温斯基
Abba Hushi	阿巴·惠氏
Abraham	亚伯拉罕(圣经人物)
Abraham Broides	亚伯拉罕·布罗伊德斯
Abraham Shlonsky	亚伯拉罕·史龙斯基
Abram	亚伯兰(圣经人物)
Achotofel	阿乔托费尔
Adrian Hastings	阿德里安·黑斯廷斯
Ahad Ha'am	阿哈德·哈阿姆
Aharon Appelfeld	阿哈龙·阿佩费尔德
Aharon Megged	阿哈龙·麦吉德
Aharon Reuveni	阿哈龙·鲁文尼
Ahasuerus	亚哈随鲁(圣经人物)
Albert Camus	阿尔贝·加缪
Alejandra Pizarnik	阿莱杭德拉·皮萨尔尼克
Alterman	阿尔特曼
Amalia	阿玛莉亚
Amalia Kahana-Carmon	阿玛莉亚·卡哈娜-卡蒙

Ami Dvir	阿米・迪维尔
Amnon	阿默农
Amnon Raz-Krakotzkin	阿默农・拉兹-克拉科茨金
Amos Kenan	阿摩司・肯南
Amos Oz	阿摩司・奥兹
Amraphel	暗拉非(圣经人物)
Apuleius	阿普列乌斯
Ariana Melamed	阿丽亚娜・梅拉梅德
Arieli-Orloff	阿里埃里-奥罗夫
Arik Lavi	阿里克・拉维
Arioch	亚略(圣经人物)
Arnon Greenberg	阿农・格林伯格
Arthur Schnitzler	阿瑟・施尼茨勒
Aryeh Arieli-Orloff	阿里耶・阿里埃里-奥罗夫
Aryeh-Yehuda Leib	阿里耶-耶胡达・莱布
Asgard	阿斯加德
Asher Barash	阿舍尔・巴拉什
Asher Zvi Hirsh Ginsberg	阿舍尔・兹维・赫尔施・金斯伯格
Atlas	阿特拉斯
Augusto Monterroso	奥古斯托・蒙特罗索
Avidov Lipsker-Albeck	阿维多夫・利普斯克-阿尔贝克
Avner Holtzman	阿夫纳・霍茨曼
Avraham Balaban	亚伯拉罕・巴拉班
Avraham Mapu	亚伯拉罕・玛普
Ayelet Gundar-Goshen	阿耶莱特・贡达尔-戈申
Azriel Carlebach	阿兹瑞尔・卡莱巴赫

B

Babel	巴别尔
Balak	巴拉克
Baron Hirsch	赫施男爵
Baruch Kurzweil	巴鲁赫・库茨维尔
Barzilai	巴兹莱
Batya Shimoni	巴提亚・西蒙尼

Bedouin	贝都因人
Ben Avigdor(A. L. Shalkovich)	本·阿维格多(A.L.沙尔科维奇)
Benedict Anderson	本尼迪克特·安德森
Benjamin Harshav	本雅明·哈沙夫
Bcrshadsky	伯沙德斯基
Bialik	比阿里克
Binyamin Shvili	本雅明·什维利
Bordieu	布尔迪厄
Brody	布罗迪
Bruno	布鲁诺

C

Carlo Collodi	卡洛·科洛迪
Carlos Castenada	卡洛斯·卡斯塔尼达
Chen Shtrass	赫恩·施特拉斯

D

D. Kimche	D.吉姆奇
Dan Ben-Amotz	丹·本-阿莫茨
Dan Miron	丹·米兰
Dan Tsalka	丹·察尔卡
Daniella	丹尼埃拉
Daria Maoz	达莉娅·玛奥兹
David Fogel	大卫·佛格尔
David Grossman	大卫·格罗斯曼
David Horowitz	大卫·霍洛维茨
David Litvak	大卫·利特瓦克
David Maltz	大卫·马尔茨
David Schütz	大卫·舒尔茨
David Shahar	大卫·沙哈尔
David Vogel/Fogel	大卫·沃格尔
Deleuze	德勒兹
Dmitri Merejkowsky	德米特里·梅列日科夫斯基
Dolly	多莉

Don Juan Matus	唐·胡安·马图斯
Dori	多利
Dorothy	多萝西
Dosh	杜什
Dostoevsky	陀思妥耶夫斯基
Dov Kimche	多夫·吉姆西
Drivnik	德里夫尼克
Dvora Baron	戴沃拉·巴伦

E

Edgar Allen Poe	埃德加·艾伦·坡
Eduardo Mendoza	爱德华多·门多萨
Edward Said	爱德华·萨义德
Edwin Muir	埃德温·缪尔
Ehud Manor	埃胡德·马诺
Eitan Glass	艾坦·格拉斯
Elijah	以利亚(圣经人物)
Emir Mor-Tal	埃米尔·莫-塔尔
Eshkol Nevo	艾希科尔·内沃
Esperanza Ganz	埃斯玻兰萨·甘兹
Ever-Hadani	耶维尔-哈达里
Ezekiel	以西结(圣经人物)
Ezra Goldin	以斯拉·戈尔丁

F

Feierberg	菲尔伯格
Ferdinand Tönnies	费迪南·滕尼斯
Foucault	福柯
Franz	弗兰茨
Franz Josef I	弗兰茨·约瑟夫一世
Franz Rosenzweig	弗兰茨·罗森茨威格
Fredrich Loewenberg	弗雷德里希·劳温伯格
Freud	弗洛伊德
Frischman	弗里希曼

G

Gabriel García Márquez	加夫列尔·加西亚·马尔克斯
Gabriela Avigur-Rotem	加布里埃拉·阿维古尔-罗特姆
Gad	加德
Gadi	加迪
Galit	嘉丽特
Gary Cooper	加里·库珀
Gauguin	高更
Gedaliah Bernchok	格达丽亚·伯恩乔克
Geppetto	杰佩托
Gershom Scholem	格肖姆·肖勒姆
Gershom Shofman	格肖姆·肖夫曼
Gershon Shaked	格尔绍恩·谢克德
Gideon	吉迪恩
Gideon Aran	吉迪恩·阿然
Gidi	吉迪
Gidi Nevo	吉迪·内沃
Guattari	伽塔利
Guy Ad	盖伊·阿德

H

Haim Beer	海姆·拜埃尔
Haim Hazaz	海姆·哈扎兹
Haim Hefer	海姆·赫弗
Haim Nahman Bialik	海姆·纳赫曼·比阿里克
Hamutal Bar-Yosef	哈姆塔尔·巴尔-约瑟夫
Hannah Komy	汉娜·科米
Hannan Hever	汉南·海威尔
Hanoch Bartov	哈诺赫·巴托夫
Haviva Pedaya	哈维瓦·佩达亚
Heine	海涅
Heinrich	海因里希
Hertzl	赫茨尔

Herzl Goldring	赫茨尔·戈德林
Hofmannsthal	霍夫曼斯塔尔

I

Ibrahim	易卜拉欣
Ido	伊多
Ilan Sheinfeld	伊兰·沙因菲尔德
Ilana Pardes	伊兰娜·帕德斯
Irit Dankner-Kaufman	艾里特·丹克纳-考夫曼
Isaac	以撒(圣经人名)
Isaac Kumer	伊扎克·库默
Isaiah	以赛亚(圣经人物)
Israel Brama	以色列·巴拉马
Israel Zangwill	以色列·赞格威尔
Israel Zarchi	以色列·扎黑
Itamar Levy	伊塔玛·列维

J

J. E. Lubetzky	J. E.鲁贝斯基
Jean-François Lyotard	让-弗朗索瓦·利奥塔
Joe Levy	乔·列维
Jorge Luis Borges	豪尔赫·路易斯·博尔赫斯
Josef	约瑟(圣经人名)
Joseph Aricha	约瑟夫·阿利哈
Joseph/Yosef Haim Brenner	约瑟夫·海姆·布伦纳
Joseph Klausner	约瑟夫·克劳斯纳
Joseph Luidor	约瑟夫·路易多尔
Joseph Roth	约瑟夫·罗斯
Joseph Tommy Lapid	约瑟夫·汤米·拉皮德
Judah Halevi	犹大·哈列维
Judea	朱迪亚
Julio Cortázar	胡利奥·科塔萨尔

K

Kafka	卡夫卡

Kaldam	卡尔达姆
Karl Kraus	卡尔・克劳斯
Katerina Clark	卡捷琳娜・克拉克
Kedorlaomer	基大老玛(圣经人物)
Keret-Auster-Vonnegut	克里特-奥斯特-冯内古特
Kingscourt	金斯考特
Kishon	基松
Joseph Klausner	约瑟夫・克劳斯纳
Kobi	科比
Kress von Kressenstein	克雷斯・冯・克雷森斯坦

L

L. Frank Baum	L.弗兰克・鲍姆
Lazar	拉扎尔
Lazarus	拉撒路(圣经人物)
Leah Goldberg	莉亚・格尔德伯格
Lev Shestov	列夫・舍斯托夫
Lilienblum	里连布鲁姆
Lot	罗德(圣经人物)
Lucius	鲁巧
Lupatin	卢帕汀

M

M. Y. Berdichevsky	M. Y.别尔季切夫斯基
Manuel Skorza	曼努埃尔・斯科尔扎
Max Nordau	麦克斯・诺尔道
Max Weber	马克斯・韦伯
Meir Har-Zion	梅厄・哈尔-锡安
Meir Shalev	梅厄・沙莱夫
Meir Yaari	梅厄・亚阿里
Menachem Blinker	门纳海姆・布林卡
Mendele	门德勒
Mendele Mochel Sforim	门德勒・莫海尔・塞佛里姆
Merejkowski	梅列日科夫斯基

Meshisa	米希萨
Michael Ende	米海尔·恩德
Michael Holquist	迈克尔·霍尔奎斯特
Michael Rost	米海尔·罗斯特
Michal Shalev	米哈尔·沙莱夫
Michal Wazner	米哈尔·瓦兹纳
Miguel Delibes	米格尔·德利贝斯
Mikhail Bakhtin	米哈伊尔·巴赫金
Mira Magan	米拉·玛甘
Mircea Eliade	米尔恰·伊利亚德
Momik	莫米克
Mordechai Manuel Noah	末底改·曼努埃尔·诺亚
Moshe Gil	摩西·吉尔
Moshe Natan	摩西·纳坦
Moshe Shamir	摩西·沙米尔
Moshe Smilansky	摩西·斯米兰斯基
Muki Tzur	穆基·祖尔

N

Naavat Hamardut	纳瓦特·哈玛都特
Nachman	纳赫曼
Nahum Megged	纳胡姆·麦格德
Naomi S. Chazanovitz	娜奥米·S.查扎诺维茨
Natan	纳坦
Natan Bistritzky	纳坦·比斯特里斯基
Nathan	纳坦
Nathan Shaham	纳坦·沙哈姆
Nathan Zach	纳坦·扎赫
Nava Semel	娜娃·塞梅尔
Nechama Puhachevsky	尼哈玛·普哈切夫斯基
Nili Sadan-Loebenstein	尼利·撒旦-勒本斯坦
Nissim Aloni	尼辛·阿洛尼
Nurit Tamar-Smilansky	努里特·塔米尔-斯米兰斯基
Nurith Gertz	努里特·戈尔茨

O

Orde Wingate	奥德・温盖特
Orly Castel-Bloom	奥莉・卡斯特尔-布鲁姆
Oswald	奥斯瓦尔德
Otto Weininger	奥托・魏宁格

P

Penina	普尼娜
Peter Altenberg	彼得・艾滕伯格
Pinchas/Pinhas Sadeh	平哈斯・萨代
Proust	普鲁斯特

R

Rachel Elboim Dror	雷切尔・艾尔波茵・德罗尔
Rachel Savorai	雷切尔・萨沃拉伊
Rahab	喇合(圣经人物)
Ravit Levin	拉维特・列文
Reb Barish	瑞布・巴瑞斯
Reichenstein	莱肯斯坦
Rilke	里尔克
Rita Braun	丽塔・布劳恩
Roman Jakobson	罗曼・雅各布森
Rueben Brainin	鲁宾・布莱宁
Rueven Miran	鲁文・米兰
Ruth Almog	露丝・阿尔莫格
Ruth of the Moabite	摩押人路得(圣经人物)

S

S. Halkin	S.哈尔金
S. Shalom	S.沙洛姆
S. Streit	S.斯特莱特
S. Tzemach	S.采麦赫
S. Y. Abramowich	S. Y. 阿布拉莫维茨

S. Y. Agnon	S.Y.阿格农
S. Yizhar	S.伊兹哈尔
Sam Spiegel	萨姆·斯皮尔伯格
Samara	萨马拉
Sandra Gilbert	桑德拉·吉尔伯特
Shalom Aleichem	沙洛姆·阿莱海姆
Shalom Spiegel	沙龙·斯皮格尔
Shama	沙玛
Sherlock Holmes	歇洛克·福尔摩斯
Shifra	希芙拉
Shifra Horn	希芙拉·霍恩
Shimon Adaf	西蒙·阿达夫
Shimon Halkin	西蒙·哈尔金
Shlomo Nitzan	施罗莫·尼灿
Shlomo Yidov	施罗莫·以多夫
Shmil Bloch	施米尔·布洛赫
Shmuel Mor-Tal	什穆埃尔·莫-塔尔
Shraga Kadari	施拉加·卡达里
Shulamit Lapid	舒拉密特·拉皮德
Shulamith Hareven	舒拉密特·哈列文
Sisyphean	西西弗斯
Smadar	斯玛达尔
Smadar Hersfeld	斯玛达尔·赫斯菲尔德
Smolenskin	斯莫伦斯金
Sonya	索尼娅
Sophocles	索福克勒斯
Stefan Zweig	斯蒂芬·茨威格
Susan Gubar	苏珊·古芭
Suzie	苏西

T

T.S. Eliot	T.S.艾略特
Tal Nitzan	塔勒·尼灿
Tamar	塔玛

Tartarus	塔尔塔罗斯
Teman	特曼
Theo	西奥
Theodore Herzl	西奥多・赫茨尔
Thomas Mann	托马斯・曼
Tidal	提达
Tolkien	托尔金
Tolstoy	托尔斯泰
Tsur Shezaf	楚尔・谢扎夫

U

Uri	尤里
Uri Schwartzman	尤里・施瓦兹曼
Uri Zvi Greenberg	尤里・兹维・格林伯格

W

Wassermann	瓦瑟曼
Willy Kahane	威利・卡哈纳

Y

Y. Fichman	Y.费什曼
Y. H. Brenner	Y. H.布伦纳
Y. Luidor	Y.路易多尔
Y.L.Gordon	Y.L.戈登
Yaakov Fishman	亚考夫・费什曼
Yaakov Horgin	亚考夫・胡尔金
Yaakov Horovitz	亚考夫・霍洛维茨
Yaakov Rabinowitz	亚考夫・拉宾诺维茨
Yaakov Steinberg	亚考夫・斯坦伯格
Yarden Katzir	亚登・卡齐尔
Yaron Avitov	亚龙・阿维托夫
Yehoshua Kenaz	约书亚・凯纳兹
Yehuda Yaari	耶胡达・亚阿里
Yermiyahu Feirman	耶米亚胡・费尔曼

Yeshayahu Austridan	耶沙亚胡・奥斯特里丹
Yigal Mossinson	伊戈尔・莫辛松
Yitzchak Bakon	伊扎克・巴孔
Yitzchak Erter	伊扎克・尔特
Yitzhak Averbuch Orpaz	伊扎克・埃弗巴克・奥帕斯
Yitzhak Lamdan	伊扎克・拉姆丹
Yitzhak Orpaz-Auerbach	伊扎克・奥帕兹-奥尔巴赫
Yitzhak Sadeh	伊扎克・萨代
Yoachim Kron	约阿希姆・克朗
Yochanan/Heinreich Greenberg	约哈南/海因里希・格林伯格
Yochi Brandes	尤西・布兰德斯
Yoel Hoffman	约珥・霍夫曼
Yohanan Zarai	约哈南・扎莱
Yoram Kaniuk	约拉姆・康尼尤克
Yosef Perl	约瑟夫・佩尔
Yudel Hasid	尤德尔・哈西德
Yudke	余德克
Yuval Shimoni	尤瓦尔・施莫尼

Z

Zali Gurevitch	扎利・古雷维治
Zee'v	泽夫

作品译名对照表

A Circassian Dance in Sydney, *Machol Cherkesi Besidney*	《悉尼圆舞曲》
"A Dialectical Return to the Diaspora"	《向大流散的辩证回归》
A Man and His House Perished, *Ish Ubeito Nimchu*	《一个男人及其住宅消失了》
A Perfect Peace, *Menucha Nechona*	《完美的和平》
A Tale of a Ring, *Ma'aseh Be-taba'at*	《一枚戒指的传说》
A Wanderer on the Path of Life, *Hatoeh be-Darkei ha-Chaim*	《人生路上的徘徊者》
Adam Resurrected, *Adam Ben Kelev*	《犬之子亚当》
Altneuland	《新故土》,一译《古老的新家园》
And Abimelech Went up by a Whirlwind into Heaven, *Avimelekh oleh be-sa'arah ha-shamaymah*	《亚比米勒乘着旋风上了天堂》
Aryeh Baal Guf	《阿里耶·巴力·古夫》
At One and the Same Time, *Beet Uveona Ahat*	《此时此刻》
Australia	《澳大利亚》
Aviezer	《阿维泽尔》
Black Jesus, *Yeshu Hashachor*	《黑色耶稣》
Book of Joel	《约珥书》
Born unto Labor: The Poetry of Avraham Broides	《生为劳动者：亚伯拉罕·布罗伊德斯》

Breakdown and Bereavement, *Schol ve-Kishalon*	《生死两茫茫》
Czenowitz, *a Place of Testimony: Jewish Life in Europe before the Holocaust and its Influence on Life in Israel Today*	《见证之地切尔诺维茨：大屠杀之前犹太人在欧洲的生活及其对当今以色列生活之影响》
Days and Nights, *Yamim ve-Lailot: Sipur be-Arb'a Sfraim*	《日与夜：四卷本故事》
Dead Flesh, *Nevelot*	《死尸》
"Dead of the Desert", "Metei Hamidbar"	《沙漠死者》
Dolly City	《多莉城》
Don't Call it Night, *Al Tagidi Laila*	《莫称之为夜晚》
Drums for Rancas	《为兰卡斯击鼓》,一译《兰卡斯的喧嚣》
Elsewhere Perhaps, *Makon Acher*	《或许在别处》,一译《另一个所在》
Even to Jerusalem, *Ad Yerushalaim*	《直到耶路撒冷》
Fiery Ember, *Ritzpat Esh*	《炽热的余烬》
Finished Symphony	《结束的交响乐》
"Forms of Time and of the Chronotope in the Novel"	《小说的时间形式和时空体形式》
From Here and There, *Mikan Umikan*	《从这儿到那儿》
Frost on the Earth, *Kefor al Haaretz*	《大地严霜》
Glittering Light, *Ke-or Yahel: Megillat Chayav shel Yosef Landa*	《犹如闪烁的光：约瑟夫·兰达的一生》
Grass and Sand, *Ha-Esev ve-ha-Chol*	《草与沙》
"Guru Lachem Min Hagaliza'im", "Beware of the Galicianers: The Struggle Over the Canon of Hebrew Literature at the Beginning of the Twentieth Century"	《提防加利西亚人：20 世纪初关于希伯来文学经典的斗争》
Ha-Tkufa	《划时代》
Hapoel Hatzair	《青年劳动者》
"Hawaja Nazar"	《哈瓦加·纳扎尔》
He Walked through the Fields, *Hu Halach ba-Sadot*	《他走在田野中》

Hebrew Narrative Fiction, 1880 -1980	《希伯来小说叙事(1880—1980)》
Identity, Zehut	《身份认同》
Imagined Communities	《想象的共同体》
In the Desert, Ba-Midbar	《在沙漠中》
In the Fertile Valley, Bagai Haporeh	《肥沃的山谷》
In Winter	《在冬天》
India Will Love Me, Hodu Tohav Oti	《印度会爱上我》
India: Account of a Voyage, Hodu, Roman Drachim	《印度：一部游记》
Israel, IsraIsland	《以色列》
Israeli Prose in the Nineteen Twenties	《20世纪20年代的以色列散文》
Jim Button and the Wild Thirteen	《小纽扣吉姆和十三海盗》
Journey to Ixtlan	《伊斯特兰之旅》
Khirbet Khizeh	《黑泽废墟》
Layish	《莱什》
Midrash	《米德拉什》
Mishna	《密释纳》
"Mistake", "Ta' ut"	《错误》
Mozart Was Not a Jew, Mozart Lo Haya Yehudi	《莫扎特不是犹太人》
"Naïve and Sentimental Poetry"	《论朴素的诗与伤感的诗》
Neuland	《处女地》
Oedipus	《俄狄浦斯王》
On this Night, in this World: A Selection of Poems and Diary Entries	《在今夜,在今世：诗歌与日记选集》
One Hundred Years of Solitude	《百年孤独》
One Night, Markovitch, Laila Echad, Markovitch	《一夜之间,马尔科维奇》
Only Yesterday, Tmol Shilshom	《昨日未远》,一译《只是昨天》
Our Community, Kehilateno	《我们的共同体》
Out of a Gloomy Valley, Me-Emek Achor	《出自忧郁之谷》
Panther Trap, Namer Be-Harim	《山中黑豹》
Pinocchio	《木偶奇遇记》

Red Poem/Blue Poem: Seven Essays on Uri Zvi Grinberg and Two Essays on Else Lasker-Schuler	《红色的诗/蓝色的诗：尤里·兹维·格林伯格诗歌七论及埃尔斯·拉斯卡尔-舒勒诗歌二谈》
Russian Novel, *Roman Rusi*	《俄国人的浪漫曲》,一译《蓝山》
See Under: Love, *Ayen Erekh: "Ahava"*	《参见：爱》,一译《证之于：爱》
Smoke, *Ashan*	《烟》
South of Antarctica, *Dromit Leantartika*	《南极以南》
Talmud	《塔木德》
The Age of Wonders, *Tor Hapelaot*	《奇迹年代》
"The Apotheosis of Groundlessness", "Apofeoz besochvenosti"	《无根据颂》
The Beer-Shevans, *Ha-Beer-Sheva'im*	《比尔谢瓦人》
The Book of Beggars	《乞丐书》
The Buried Heart, *Halev Hakavur*	《埋葬的心》
The Days of Ziklag	《在洗革拉的日子》
"The Eretz Israel Genre and Its Artifacts"	《以色列地类型及其艺术品》
The Garden of Forking Paths	《小径分岔的花园》
The Golden Ass	《金驴记》
The Holy Innocets	《圣婴》
"The Horror and the Commitment"	《恐怖与承诺》
The Hunchback of the Emperor's Son, *Ha-Hatoteret shel Ben ha-Kesar*	《皇子的驼背》
The Imaginary Doctor	《想象中的医生》
The Latino Series, *Sidrat Latino*	《拉丁美洲系列丛书》
The Legend of the Sad Lakes, *Agadat ha-Agamim ha-Atzuvim*	《悲湖的传说》
The Lord of the Rings	《指环王》
The Love of Zion, *Ahavat Zion*	《锡安之恋》
The Miracle Hater, *Soneh Ha-Nissim*	《奇迹憎恨者》
The Olive Labyrinth	《橄榄迷宫》
The Other Sky	《另一片天空》
The Poetry of S. Shalom	《S. 沙洛姆的诗歌》
"The Postmodern Condition"	《后现代状况》

The Reckoning and the Soul, *Ha-Cheshbon Ve-Ha-Nefesh*	《清算与灵魂》
"The Revival of the Land of Israel and the Modern Jewish Revolution: Thoughts on the Situation"	《以色列地的复兴与现代犹太革命：对当前局势的思考》
"The Road from Drovna to Drovicz"	《从德罗夫纳到德罗维奇的路》
"The Sermon", "Hadrasha"	《宣讲》
The Solitary Youth in Hebrew Fiction, 1899 - 1908	《希伯来小说中的孤独青年(1899—1908)》
The Teachings of Don Juan	《唐·胡安的教诲》
The Waste Land	《荒原》
The Wizard of Oz	《绿野仙踪》
"The Yatir Evening Express", "Masa ha-Erev shel Yatir"	《亚提尔夜行列车》
Thirst: The Desert Trilogy, *Tzimaon: Shlishiat Ha-Midbar*	《渴：沙漠三部曲》
"Three","Shlosha"	《三个》
To Remember, *To Forget*, *Lizkor Velishkoach*	《记起，忘却》
"Transmigration of the Soul", "Gilgul ha-Nefesh"	《灵魂转世》
Tulips our Brother, *Tzvivonim Achinu*	《我们的兄弟郁金香》
Tzalhavim	《亮光》
Under the Sky of Mexico, *Tachat Shmei Meksiko*	《在墨西哥的天空下》
Unto Death	《直至死亡》
Viennese Romance, *Roman Vinai*	《维也纳浪漫曲》
When the Dead Returned, *Keshe ha-Metim Chazru*	《当亡者归来》
Whither?, *Le' An?*	《去向何方?》
Wild Blossoming, *Pricha Pra'it*	《野花》
Zelig Mainz and His Longings for Death, *Zelig Mainz Vega' aguav El ha-Mavet*	《齐力格·马因茨和他对死亡的渴望》

专有名词译名对照表

A

Adventure Novel of Everyday Life	世俗传奇小说
aesthetic distance	审美距离
alienation	异化
Aliyah	阿里亚
altneuland	新故土
altneumann	新旧民
anti-genre fiction	反类型小说
anti-genre-ist	反类型作家
anti-oedipal matrix	反俄狄浦斯范式
Asherot-qarnayim	亚特律加宁
Ashkenazi Jews	阿什肯纳兹犹太人
Ashkenazi literature	阿什肯纳兹文学
Atlas Complex	阿特拉斯情结
Atlas-like task	阿特拉斯般的任务(沉重责任)
Audience	受众
Austro-Hungarian Jews	奥匈犹太人
auto-anti-Semitic syndrom	自身的-反犹-综合征
autochthonic narrative	自生叙事
axis	轴心

B

backward conversion	反向转换

Bar-Ilan University	巴伊兰大学
Ben-Gurion University	本-古里安大学
Bethlehem	伯利恒
Bialystok	比亚韦斯克
Bildungsroman	成长小说
Bilu'im	比卢伊姆(巴勒斯坦先驱)
Bishlik	比施里克(20世纪初期巴勒斯坦的货币单位)
Brenner's Matrix	布伦纳范式

C

Carmel	卡麦尔山
Carpathian Mountains	喀尔巴阡山
Central European style	中欧风格
central literature	中心文学
Chronotope	时空体
community	共同体
confessional-existential mode	忏悔主义-存在模式
corpus	集合体
cosmopolitan identity	世界主义身份
Cossack	哥萨克
cover version	改写版,翻版
cultural narrative	文化叙事

D

dead culture	死亡文化
dead language	死亡的语言
detached	冷漠超然的
Diaspora	大流散
diasporic languages	流散语言
discourse of pathos	悲情话语

E

Eastern European style	东欧风格

elend	外域
Emim	以米人
empty territory	空白领地
Eretz-Israel	以色列地
European-ness	欧洲性
existential narrative	存在主义叙事
existential-religious mode	存在主义-宗教模式

F

fiction of the center	中心小说
fiction of the margins	边缘小说

G

Galicia	加利西亚
Galician writer	加利西亚作家
generation of the desert	沙漠的一代
generation of the State	国家一代
genre fiction	类型小说
genre-ist	类型作家
geo-cultural context	地缘-文化语境
German Jewish cultural space	德国文化空间
Germanized Jews	德国化的犹太人
ghetto	隔都
ghostly language	幽灵语言
Gomorrah	蛾摩拉
Gordian knot	难解的问题

H

ha-Makom	那地
Ham	哈麦
Hasidic Jewish culture	哈西德犹太文化
Hasidic literary	哈西德文学
Haskalah	哈斯卡拉(犹太启蒙运动)
Haskalah literature	哈斯卡拉文学

Heksherim	本-古里安大学犹太-以色列文学与文化研究中心
Hibbat Zion	热爱锡安
historical justice	历史的公正
historiography of winners	胜利者的史学
Holocaust refugees	大屠杀幸存者
Holy Spirit	圣灵
homecoming	回归
homeland languages	故国语言
horizon of expectations	预期视野

I

ideological narrative	意识形态叙事
imprisonment of ideology	意识形态监禁
imprisonment of utopia	乌托邦监禁
intellectual capital	文化资本
intellectual-stylistic criteria	思想-风格标准
interim period	过渡时期
interim state	过渡状态
intertextual fabrics	互文结构
inverse logic	逆向逻辑
ironic fiction	反讽小说

J

Jews of the East	东部犹太人
Jews of the Germany	德国犹太人
Jews of the Pale of Settlement	隔离地带犹太人
Jezreel Valley	耶斯列谷地
Judgment Day	审判日

K

Kaldam	卡尔达姆
King of Elam	以拦王
King of Ellasar	以拉撒王

King of Goyim	戈印王
King of Shinar	示拿王

L

Land of Israel	以色列地
late homecoming	迟到的回归
literature of “blazing blue light”	“耀眼的蓝光”文学
literary styles	文学风格
literature of imitation	模仿的文学

M

major literature	强势文学
marginal literature	边缘文学
matrix	范式
mediator	介质
memento mori	转喻
Mesopotamian mythology	美索不达米亚神话
minor literature	弱势文学
mirror story	镜像故事
Mizrahi Israeli Jews	米兹拉希以色列犹太人
mother base	母基地
Mother Earth	大地之母
Mother Russia	俄国母亲
Mount Hermon	赫尔蒙山

N

naive fiction	天真小说
narrative matrix	叙事范式
narrative of migration	迁徙叙事
narrative of rebirth	再生叙事
narrative of redemption	救赎叙事
narrative of revival	复兴叙事
national languages	民族语言
national treasures	民族财富

Neve Shalom	和平绿洲
new continent	新大陆
New Hebrew	新希伯来人
not-place	虚无之地
Novi Mlini	新姆利尼

O

Occupied Territory	被占领土
oedipal	俄狄浦斯式
Oedipus complex	俄狄浦斯情结
Old Jew	旧式犹太人
oleh	新移民
original (Jewish) literature	独创的(犹太)文学
out-land	境外之地

P

Pale of Settlement	隔离地带
Palmach generation	帕尔马赫一代
Phantom Language	虚幻语言
pioneer	拓荒者
Pochep Yeshiva	波切普经学院
politaical literature	政治文学
political-destructive matrix	政治-破坏性范式
political Zionism	政治犹太复国主义
pristine era	原始时代
process of repair	改造流程

R

Ras al-Satan	拉什阿勒撒旦
realistic-allegorical mode	现实主义-寓言模式
realistic illusion	现实幻象
realistic-symbolic mode	现实主义-象征模式
Refa'im	利乏音人
religious experience	宗教体验

return to origins	回归本源
return to religion	回归宗教
revival literature	复兴文学
rites of passage	通过礼仪
Rocky Mountain	落基山

S

sacred language	神圣语言
salvation through the gutters	通过阴沟得救
Satmar Hasidim	撒塔玛哈西德派
sderot	斯德洛特
secular pilgrimage	世俗朝圣
secular-spatial Zionist	世俗空间犹太复国主义
semantic baggage	语义负荷
Sharon	沙仑平原
Shave-qiryatayim	沙微基列亭
shock of statehood	国家制度冲击
Sick-canine person	病态-犬类人
silver platter youth	银盘青年
Sinai Desert	西奈沙漠
Socialist-Zionist	社会主义-犹太复国主义
societies	社会群体
Sodom	所多玛
space of extremity	极端空间
some artistic merit	某种艺术特质
spiritual Zionism	精神犹太复国主义
spleen	忧愤病
status groups	身份群体
stranger	局外人
synchronous historiography	同步史学

T

tabula rasa	白板
territorial diglossia	地域性双语制

textual archaeology	文本考古学
the Akedah	以撒受缚
the authors of the "New Way"	"新道路"作家
the borderless space	无限空间
The Chosen One	天选之子
the concept of the ecosystem	生态体系的概念
the European Exodus	出欧洲记
the European mother countries	欧洲母国
the first Israelis	第一代以色列人
the Fourth Aliyah	第四次阿里亚
the language of the people	人民的语言
the literary republic	文坛
the math of redemption and rescue	救赎神话
the Nabatean temple	纳巴泰人的神庙
the nature of literature	文学本质
the new Diaspora	新大流散
the new foundation for historiography	新史学基础
the New World	新世界
the old-new country	古老的新国家
the Old World	旧世界
the Other	他者
the Palmach generation	帕尔马赫一代
the Red Rock	佩特拉城
the regulative idea of the nation	民族规约性理念
the religious yearning	宗教渴望
the Second Aliyah	第二次阿里亚
the Second Temple	第二圣殿
the spirits of the ancestors	先祖之灵
the "state of the nation"	民族国家
the story of revelation/epiphany	启示/顿悟故事
the style of the eye	眼睛体
the style of the mouth and ear	口耳体
the Third Aliyah	第三次阿里亚
the ultimate Zionist	终极犹太复国主义者

The Valley of Hinnom	欣嫩子谷
the vector of national desire	民族渴望矢量
the Wandering Jew	流浪的犹太人
The Young Guard	青年卫士
The Young Worker	青年劳动者
the Zionist disease	犹太复国主义疾病
time of metamorphosis	蜕变时间
tribal languages	部落语言
typical narrative tones	典型叙事基调

V

Valley of Siddim, Dead Sea Valley	西订谷,即死海谷
Vantage Point	视点,出发点,着眼点
virgin space	处女地
Volapük	沃拉普克语

W

Wandervogel	候鸟运动
watchman over the house of Israel	以色列之家的守望者
Wild East	野蛮东部
Wing of Rejoicing Song	欢乐颂之翼(龙的名字)
Workers of Zion	锡安劳动者

Y

Yishuv period	伊舒夫时期

Z

Zionist dream	犹太复国主义梦想
Zionist narrative	犹太复国主义叙事
Zionist youth movement	犹太复国主义青年运动
Zuzim	苏西人
Zvi Migdal	茨维·米格达尔

译后记

翻译完伊戈尔·施瓦茨教授(1954—)《希伯来文学的再生》一书的序言,我难以平息澎湃的心潮。施瓦茨教授乃是以色列现代希伯来文学研究领军人物,曾任以色列希伯来大学希伯来文学系主任、以色列本-古里安大学希伯来文学系主任,现为本-古里安大学犹太-以色列文学与文化研究中心主任。著有《从个体悲悼到部落永恒:阿佩费尔德的世界观》(*From Individual Lament to Tribal Eternity: Aharon Appelfeld's Worldview*)、《阿什肯纳兹犹太人:中欧与东欧》(*The Ashkenazim: Center Vs. East*)、《犹太复国主义的悖论:希伯来文学与以色列人身份》(*The Zionist Paradox: Hebrew Literature and Israeli Idenity*)、《希伯来文学的再生》等 12 部现代希伯来文学研究专著,其中 3 部已经翻译成英文,在国际希伯来文学界拥有广泛的影响。

作为在以色列受过系统训练的现代希伯来文学学者,我从读博之日起就蒙受施瓦茨教授思想的启迪,得益于他的学术追问。施瓦茨是一位匈牙利裔犹太人,秉承了中欧犹太人超强的学术敏感度、严谨的理论思维方式和以色列人的求索与执着精神。在我读博期间,他步步把关,毫不放松。因此,21 世纪初与他读书的四年零两个月是我一生学术长进最大的时光。尽管早在 2016 年 12 月我利用到以色列特拉维夫大学参加学术会议之际前去母校拜访师友,便从施瓦茨教授那里得到《希伯来文学的再生》,但因为当时大部分精力消耗在其他研究领域,此书也被束之高阁。

能够翻译《希伯来文学的再生》一书是一种巧合,也许也是冥冥之中无法逃脱的使命。2019 年初，学术友人、南京大学宋立宏教授约我翻译第一代本土以色列作家伊兹哈尔的小说《黑泽废墟》，我有幸和浙江人民出版社的汪芳小姐建立了联系。在我们讨论《黑泽废墟》的翻译时，一并敲定了这本书的翻译与出版。《希伯来文学的再生》全书共分四章，从地缘文化、共同体的思想-风格、社会历史、文本分析等跨学科视角出发，深入探讨了现代希伯来文学史学领域多年被忽略的欧洲阿什肯纳兹文学内部的分野以及复兴文学、回归文学、南美与以色列文学想象等诸多主题，探讨了现代希伯来文学的思想、风格与特征，论及希伯来文学在犹太民族复兴过程中的作用，分析了希伯来文学与以色列社会文化的关系、希伯来文学与欧洲文化的渊源等问题，并与南美等其他洲际文学加以比较，视野宏阔，对国内读者了解犹太历史文化传统以及当今以色列的文化特性具有重要的启迪作用，对我国正在蓬勃发展的国别区域研究也有参考价值。

这三年，准确地说，是在 2019 年 6 月接待奥兹女儿范妮亚访华迄今两年半的时间里，我一面专心整理、书写与完成国家社科基金项目“希伯来叙事与民族认同研究”，一面渐渐进入本书的深入阅读与翻译情境中。施瓦茨教授以其特有的思辨之力与阐释问题时的雄辩之风，将我重新带回了一度搁浅的现代希伯来文学研究领域。作为可能是中国的第一位读者，我认为此书为我打开了一扇窗，使我开始关注以往未曾关注的以色列文学研究领域的话题，这一点近乎施瓦茨在前言中所说，在跑道上重新开启犹太与以色列“文学与人生”研究之旅。也许正是在这次旅行中，我捕捉到了沿途的奇异风景，对以色列文学地图展开丰富的想象，在 2020 年如期完成了国家社科基金项目，并顺利通过结项。

之后的一年间，我与几位博士生通力合作，完成了此书的翻译。这里向她们的倾力付出致以谢意。由于中国社科院大学的评估要求，博士生们需要社会实践，对于或在兰州大学担任英文老师(殷磊)，或在伦敦大学学院(高天琪)和希伯来大学(肖逸荷)完成硕士学位的学子来说，她们有着很好的英文阅读水平，具备了从事翻译实践的能力；而作为从事20余年希伯来文学翻译的译者、博士生导师，我也有责任带领她们在这一领域进行尝试，并希望她们将来能做出自己应有的贡献。具体分工是：本书英文版序言与致中国读者、第一章由我本人翻译，第二章由高天琪翻译，第三章由殷磊翻译，第四章由肖逸荷翻译。词汇表由三位博士生分工整理。

翻译是一项艰难的事业。作为老师，我其实要求极其严格。先让她们把自己负责的章节译出，根据原文校对，而后三人互相根据原文校对，再后便是我自己通读其译文，无论有任何疑问都要核对原文。我自己那部分翻译完毕并根据原文校对后，又请学生们帮我逐句校对原文，而后审核再审核，校读再校读，并经常在线上进行讨论。对于行文中意义模糊的字句，一一找作者询问。可以说，她们交出了一份令人满意的答卷，从翻译到校对，都表现出较高的素养与品位。应该承认的是，尽管我们努力为之，但不得不感叹翻译是一门遗憾的艺术。翻译这样一部信息密集、思想迅疾深邃、字句凝练复杂的著作，确实让人感到文字转换的艰难。针对译文中出现的错谬与不到位之处，敬请读者与同行指正。

由衷感谢浙江人民出版社汪芳编辑在本书付梓过程中的辛勤付出，更感谢南京大学宋立宏教授在百忙中认真通读译稿，并提出诸多宝贵而中肯的意见和建议。

钟志清

2022年元月于北京